夜读书系之17

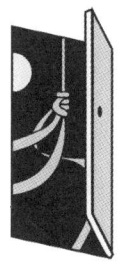

[日] 米原万里 著
米文雕 译

寇护者们

インラク・ヨールダン
と寇护する女たち

新經典文化股份有限公司
www.readinglife.com
出品

觉醒者们

目 录
Contents

TRAP HAND
1

革新者
15

虚幻者
79

孕育者 继承者
123

革新者·续
175

审查者
227

TRAP HAND

TRAP HAND

"我正犹豫该如何处置夏威夷的别墅。"说这句话时,清川正坐在前往第二家店的出租车上。那家店位于惠比寿,似乎是清川最近发现的,那里不顾东京下达的"缩短营业时间"的防疫政策,过了晚上十点依然供应酒水。

"您在夏威夷有一栋别墅?"美菜问。这是在刚刚结束的晚餐中未提及的话题。美菜打算尽可能不动声色地摸透清川的经济实力和资产状况,看来她还是遗漏了某些重点。

"在瓦胡岛的卡哈拉,一栋老房子,我每年都会去住几天。"清川用不经意的口吻淡淡说完,微微耸了下肩,"不过因为疫情,今年是去不了了。明年也不知道会是什么样,毕竟连奥运会还开不开得成都难说呢。虽然飞夏威夷的航班会逐渐恢复,但怎么也没办法回到从前,这样一来,好好的别墅也派不上用场了。话虽如此,要把它拱手让人还是有些遗憾啊,我不想失去边看海边喝鸡尾酒的乐趣,所以现在就在发愁应该如何是好。"

"那就留下它吧?"

"我也很想,但别墅这种东西,不住也得花这个啊。"清川用右手的食指和大拇指比了个圈,"真叫人发愁。"

美菜心想,必须确认一下那栋别墅的具体情况。如清川所言,眼下是去不了,但等疫情过后,能在夏威夷长住也不坏。

"师傅,麻烦在这里停。"清川示意出租车司机。他们在与主干道有一小段距离的路边下了车。

"这种地方有酒吧?"美菜环视四周后问道。这里看起来不像有店面的样子。

"就在前面。"清川在公寓楼和加油站中间的小路前停下脚步。"看。"他指了指地面。一块混凝土方砖随意地放在那里,上面刻着"TRAP HAND"。

"'TRAP HAND',陷阱之手?真是一家隐世小店。"

"正是如此。"

往里走有一扇平平无奇的木门,清川打开木门进入店中,美菜紧随其后。店内的照明灯调整了亮度,光线有些昏暗。

右手边是吧台,一个身材高大的男人站在吧台后面,应该是这家店的老板。他穿着黑色衬衫,外面是同样黑色的马甲,连戴的口罩也是黑色的。"欢迎光临。"男人向美菜他们打招呼。

吧台边没有别的客人,里侧的卡座也空无一人。

清川选择了吧台落座,美菜便也在他的旁边坐下。

"两位喝点什么?"老板问。

"趁着点酒的时候,咱们再继续刚才的话题如何?"清川转向美菜,"别墅的话题。"

"好啊,我还想再听您说说。不过,这和酒有什么关系吗?"

"只要想起那栋别墅,我就有一款必须要喝的酒。你愿意陪我吗?"

"可以啊,是什么酒?"

"也没什么特别,就是鸡尾酒'蓝色夏威夷'。"清川竖起食指,"怎么样?"

"蓝色夏威夷?我听是听过,但没喝过。好喝吗?"

"那就请亲自品尝看看吧。——老板,两杯蓝色夏威夷。"

"好的。"老板点头示意。

美菜将上半身扭向清川。"说起别墅,我听说有联排和独栋两种类型。清川先生,您拥有的是哪一种呢?"

"是独栋。虽说联排别墅只要付管理费就不用自己操心了,但说到底还是公寓啊,不可能不和别的住户打照面。既然都已经到夏威夷了,我当然想要充分享受属于自己的时间,所以就下决心买了独栋。"

"我很理解您的心情。不过真奢侈呢。"

"我也是狠下心了,作为给自己的奖励。毕竟一直努力到了这把年纪。"清川自嘲地笑了笑。四十五岁,至今未婚——他的履历上是这样写的。

老板摇起调酒壶,沙咔沙咔,愉悦的声音在店中响起。

清川从上衣内袋取出手机,用指尖点了几下,将屏幕转到美菜面前。

"随手拍的,照片不是很好看,不过大概就是这个样子。"

画面中显示的是一栋临街的建筑物,照片是从斜前方拍摄的。白色长方体的二层建筑,从马路到玄关要走楼梯。周围栽种的绿植青翠欲滴。

"真好。"美菜小声说,"离海近吗?"

"走路差不多十分钟,不过从家里也可以望见。"

清川又点了点手机，拿给美菜看。这次是从室内向外拍摄的照片，远方果然有一片碧蓝的大海。这当然很棒，但美菜更关心的是室内的样子。毫无疑问，沙发是产自欧洲的高级货，其他用品看起来也价值不菲。

"这样问可能有些失礼，这种别墅大概多少钱呀？"

面对美菜的问题，清川苦笑道："又一个直球啊。"

"不好意思。很没品吧？"美菜合拢双手，"不回答也没关系。请忘了吧。"

"没必要道歉。我家的话，大概这样。"清川在吧台下伸出两根手指。

"这是……"美菜犹豫着单位。

"差不多两百多点。"

"两百"是什么意思？美菜飞速思考着，不可能是两百万日元，难道是两百万美元？那换算成日元是多少呢？算着算着，美菜心脏狂跳起来——超过两亿日元！

听到咔一声轻响，美菜看向前方，吧台上放了两个鸡尾酒杯。老板在碎冰上注入澄澈的蓝色液体，再添一片菠萝，插入两根细吸管。

"让两位久等了。蓝色夏威夷，请用。"老板低声说。

"好美。"美菜轻声赞叹后拿起杯子，联想着蔚蓝的大海饮下一口，微微的苦味、甜味和酸味以绝妙的平衡在口中绽开，独特的香气沁入鼻腔。

放下杯子，美菜睁开眼睛说："好喝。"

"谢谢。"老板点头致意。

清川从一旁伸过手来，碰了碰美菜杯中的吸管。

"你知道为什么要插两根吸管吗？"

美菜摇了摇头。"不知道。酒里插吸管本来就很奇怪，难道是为了让情侣能够同时喝？"

清川忍不住笑出声。"偶尔也有人这么想，不过很遗憾不是这样。这吸管是用来搅拌碎冰的，这样即使冰融化了，水和酒也能充分混合，酒的味道还能保持均匀。"

"这样啊。果然不是用来喝酒的。"

"不，你用它喝酒也没关系。不过太细了不方便喝，所以要双管齐下。"

"啊，所以有两根……原来是这样。"

"不好意思，一不小心就开始卖弄自己的学识了。"

就在这瞬间，美菜的视野突然被什么东西遮住了。菜单在眼前展开。

"不好意思打断二位聊天，需要来些下酒的小菜吗？"老板拿着菜单问。

"啊，我不用……"

"这样，那您呢？"老板将菜单移至清川面前，"小店也有一些不常见的坚果和奶酪。"

"我也不用了。谢谢。"

"好的。"老板撤下菜单，啪啪叠好收进吧台下方。他的手法丝滑如流水，虽然只是在做十分平常的事，也让美菜看得入迷。

"那么，我们来干杯庆祝一下吧？"清川拿起酒杯。

"为了什么？"

"当然是为了你我的相遇，这值得庆祝吧？"

"是呢！"

鸡尾酒杯在半空中相碰,发出叮一声脆响。

再次品尝着蓝色夏威夷的滋味,美菜问:"您只在夏威夷有别墅吗?"

清川的表情瞬间苦涩起来。"国内的话,我之前在轻井泽有一栋,但几乎没怎么住,几年前出手了。那是一个失败的决定,很多人因为疫情离开东京,让轻井泽那边的房价涨了不少,早知道会发生这种事,我肯定不会卖掉的。"

"谁也预料不到会发生这些呀。"

"确实。"

关于别墅的信息,就先打探到这里。

"您说现在住在广尾,是公寓吗?"

"是的。"

"买的房子吗?"

清川摇头道:"是租的。性格使然,我没办法在一个地方长住,隔几年就会搬家,所以租房对我来说更加轻松。如果买下来,卖不出去不就麻烦了?即便能卖,我也不想折价出售。"

"这么说也对。"美菜一边点头一边想,话虽如此,如果结婚了还是得尽快让他买下高级公寓,而且不是一套,尽量多买几套备着,将来要是守寡还能成为收入来源。

聊着聊着,蓝色夏威夷也见底了。"再给两位做一杯什么酒?"老板询问道。

"想喝什么?"清川将问题抛给美菜。

"喝什么好呢,我虽然喜欢酒,但不太了解鸡尾酒。"

"如果能交给我来决定,二位不妨尝尝今晚的特调?"老板说。

闻言,清川啪地打了个响指。"就它了。既然有特调,怎么能不尝尝呢。"

"好的。"老板拿起调酒壶，开始制作鸡尾酒。他的动作没有丝毫多余，身体也并非机械地运动，而是轻柔优雅，仿若在跳一支舞。简直是不可思议的手法，似乎就这么一直看下去也不会感到厌烦。

"对了老板，这杯酒里都有些什么？"清川问道。

"白兰地配上白朗姆，再加入君度橙酒和柠檬汁。"老板娓娓道来，但仅凭这些信息，美菜很难想象究竟会调出什么来。

摇晃停止了，老板将鸡尾酒注入两个杯子，说着"请用"，将杯子放到美菜和清川面前。

美菜凝视了一会儿棕色的液体，含进口中，柔和的柑橘香气钻入鼻腔。

"好喝。"

对于美菜的感想，清川点头表示赞同。"嗯，高级的味道。"

"两位若是感到满意，就太好了。"老板回以从容的微笑，他应该对自己的作品有信心。

"既然换了酒，我们换个话题如何？"美菜看向清川。

"没问题啊。聊什么呢？"

"我想再听您聊聊工作。您说在从事IT业，具体是做些什么呢？"

"很多，其中之一是预测流行趋势。我结合大数据和AI，寻找下一个热点以及它会在什么时候出现。我的客户不仅有来自时尚界的，还有日用品生产商之类的……"说到这里，清川突然打了个哈欠，"啊，不好意思。刚才说到……哦对，流行。有很多企业和组织都需要关于流行趋势的信息。因为在这个时代，等热点出现再跟进已经太迟了。从这一点来说，我们公司研发的系统是划时代的……毕竟把大数据和AI……"说完这句话，清川眨了好几下眼睛。他用右手指尖揉了揉两边眼睑，轻轻晃了晃头。

"您不舒服吗？"

"不，我没事。嗯……说到哪儿了？"

"您说把预判热点做成了生意。还有其他生意吗？"

"其他……嗯，我对娱乐产业也有所涉猎。幻宫……美菜小姐知道'幻宫'吗？"

"我倒是很了解《幻影迷宫》，很火的动漫。"

不知为何，清川没有回应。他用手捂住了额头。

"清川先生，"美菜唤道，"您怎么了？"

"嗯？没，没什么。说到……"

"您刚才说到'幻宫'。"

"对。我正在策划以那部动漫为原型的线上游戏……已经和作者谈妥了……"清川用手掌搓着脸，做了好几次深呼吸，"奇怪了。——老板，厕所在哪儿？"

"我带您去。"

老板走出吧台，带清川去了厕所。虽然厕所就在入口附近，但门似乎很难找。

老板回到吧台里侧，眼带笑意地对美菜说："是相亲APP，还是相亲网站啊？"

"嗯？"

"看起来您今晚是第一次和对方直接见面。"

美菜轻笑出声。"您似乎听见了我们聊的内容。如您所说，我们是在相亲网站上认识的，今天第一次约会。"

"您对那位男士的评价是？"

"聊到目前还算不错，但我还无法做出评价。"

"您看起来是一位很务实的女性，非常仔细地确认了他的资产状况。而且，不是旁敲侧击，而是大胆地直接问。我无意指责，甚至认为您干得漂亮。毕竟这事关人生大事，没必要客气。"

"决定结婚对象的时候，审查是必需的。大约二十年前，松岛菜菜子在电视剧里也这样说。"美菜说着喝了口鸡尾酒。酒果然美味。

"审查确实是必需的，但越是如此，越要严肃公正。"

美菜对这别有深意的话有些在意。"您想说什么？"

闻言，老板操作起不知何时拿在手里的手机，将屏幕转向美菜。看到手机里的照片，美菜吃了一惊，是刚才清川给她看的夏威夷别墅。

"这照片为什么会在……"说到这里，美菜已经意识到了，"这不是您的手机，是他的吧？您假装带他去厕所，是为了拿手机？"

"不是拿，是小借一下。像他那样醉得不省人事，我必须联系他的熟人才行啊。"

好快的动作，做得毫无痕迹。

"您怎么解锁的？"

"自有办法。"

"什么叫自有办法……"

"比起这些小事，还有更重要的问题。看着这栋房子的照片，您没注意到什么吗？"

美菜盯着画面看了一会儿，摇了摇头。"我没觉得奇怪。有什么问题吗？"

"请仔细看看。这是用广角拍摄的，对吧？但这部手机并没有广角镜头。室内的照片也是用广角拍的。这到底是怎么回事呢？根据我的推理，这些照片并不是他拍的，而是从某家房产中介发布的信息里借来的，因为中介一般都会用广角来拍摄房屋。"

美菜的视线在手机画面和老板的脸之间来回游走。"您的意思是，他说自己在夏威夷有别墅，是在撒谎？"

"他要是真的有，会给您看自己拍的照片吧？"

"所以这是他为了装成富豪而撒的谎？"

"是的。不过，我觉得他将别墅位置设在夏威夷还有别的理由。"

"什么理由？"

"这个男人上周第一次来本店，只点了一样东西——蓝色夏威夷，喝完立刻就走了。然后在时隔一周的今晚，他与一名女性相伴再次现身，又点了蓝色夏威夷。这难免让人觉得其中另有隐情。因此，我密切关注着他的一举一动，果然和我想的一样。"

"他做了什么？"

老板在吧台放上一个酒杯，往里注水，再放入一根细吸管。

"他跟您聊起搅拌吸管，目的不在于秀学识，而是借机触碰吸管，把某样东西混进您的鸡尾酒。我看到了白色的粉末从他的指间落下。"老板开始搅动酒杯里的水，"混入粉末的透明液体会变成这样。"

看着杯子里的水，美菜吃了一惊。水一点点变成了美丽的蓝色，和蓝色夏威夷的颜色几乎一样。

"刚才说的某样东西就是药。"老板再次离开吧台，走向厕所。他打开厕所的门示意美菜。"这种药如果不小心沾了口，人就会变成这副模样。"

美菜从高脚椅上起身，站到老板身后伸长脖子往里看。清川正抱着便器昏睡。

"啊，难道是安眠药……"

老板点了点头。"为了防止被违法者当作强奸等犯罪的工具，最近睡眠导入剂都做了改良，只要在水里溶解，就会变成蓝色。但如果溶于本就是蓝色的饮品，则很难被发现。蓝色夏威夷可以说是他们惯用的一种。上周他来这里应该是为了踩点吧，因为如果出现了意料之外的颜色，计划就泡汤了。"

"计划……是指让我喝下安眠药？"

"是的。至于他的目的，也不难猜。"老板操作着清川的手机，皱起眉头，看起来十分不悦，"虽说和我想的大差不差，但他还真是坏透了。这些照片，没有能拿给您看的。"

"照片？"

"……啊，这张稍微好点。"老板将手机屏幕转向美菜。

美菜不禁皱眉。画面上是一名趴着的女性，身上一丝不挂。她的脸转向一旁，闭着眼，应该是睡着了。

"我不认为会有女性同意被拍下这样的照片，因此这是擅自拍摄的。进一步推测，她很可能不是睡着，而是被迫入睡的。"

"人渣……"

美菜瞪着昏睡的清川，脸上带着迷茫。下药让自己睡去后，他打算做什么？把自己带到附近的酒店之类的地方，脱光衣服，然后呢？绝不可能只是拍下裸体照片就结束了。

"啊，但是，"意识到事情的关键，美菜看向老板，"为什么喝下药的是他，而不是我？"

老板微微张开双手。"很简单，因为我调换了酒杯。"

"调换？"美菜回溯记忆，立刻想到了，"是那时对吧，您让我们看菜单的时候。确实有一瞬间，酒杯消失在了视野里。"

"我管不到所有地方，但在这家店里，当卑劣的犯罪滋生，我绝不能坐视不理。"

"原来是这样。我完全没有注意到,而且——"美菜看向昏睡到意识全无的清川,"这药效看起来真猛啊。好危险。"

老板走回吧台,从下方拿出一个瓶子。"在调换酒杯的时候,我顺手加了点这个。"

美菜看了看瓶子上的标签,不禁"啊"了一声。"龙舌兰……"

"既然要惩治罪恶,就要做得彻底些。"老板的眼中露出轻蔑的笑意。

"您真厉害。我要说声感谢,多亏了您,我才逃过一劫。"

"他那些心思早就暴露了,我暗中警告他,但他好像毫无察觉。应该是对鸡尾酒了解不深吧。"

"警告?"

"那杯酒。"老板指了指美菜面前的酒杯,"那不是我原创的特调,而是经典款,名叫'Between the Sheets'——床笫之间。他如果意识到了我的警告,早早放弃作恶,这会儿应该已经在床上睡得舒舒服服了。"

美菜认真地看着老板。他到底是什么人?

"喝完这杯就回去吧。政府要求缩短营业时间,我这儿今晚也准备打烊了。账单不必费心,我已经让您的同伴结好了。晚安。希望您下次和一位真正优秀的绅士一同光临。"

啪,老板的指尖发出一声脆响,另一只手示意着出口的位置。

美菜转头看去,大门不知何时已经打开。

革新者

革新者

1

抬头看着深棕色的建筑，真世做了个深呼吸。这栋楼虽然已经建成超过二十年，但位于港区白金一带，每户房屋面积有一百平方米以上，价值应该将近两亿日元。如果进展顺利，她将时隔许久再次大展身手。真世满怀期待地挺起了胸膛。

她在装了自动锁的公共玄关处呼叫三〇五室。对讲系统很新，应该是近年大规模修缮时更换过的。

"您好。"对讲机里传来一个女人的声音。真世报出姓名后，手边的门开了。

她坐电梯上到三层，穿过内部走廊到达三〇五室前。门口没有贴名牌，按响门铃后，真世又做了一个深呼吸。

门开了，出来的是一名中长发的女性，身材很苗条。她化着浓妆，应该是随时做好了迎接客人的准备。能看出她在线条利落的眉毛和眼部的妆容上尤其下了功夫。

"请进。"

"打扰了。"真世点头致意后进门，递出名片，"我姓神尾，来自文光房地产装修部。非常感谢您与我们联系。"

女人看了看名片，微笑着说："神尾真世小姐，真年轻啊。说起设计师，我还以为会是个上了年纪的男人呢。"

"啊……不好意思。"

"请别道歉，我很庆幸来的是女性。不过不好意思，我没有名片。"

"没关系，我知道您的名字，是上松女士吧。"

"是的，我叫上松和美。请多关照。"

"也请您多多关照。"

"进来坐吧，虽然现在什么都没有。"

"打扰了。"真世脱下单鞋，换上自带的拖鞋。

走进屋内，的确空空如也，毕竟是三个月前购入以来从没住过的房子。

真世在屋内转了一圈，和事先调查过的格局一致，两室一厅，光起居室和餐厅的面积就占了二十叠①以上。

上松和美的需求是将这间房子变成一室一厅。这项工程比起"装修"，更应该说是"改造"。

"我一个人生活，所以也不需要两间卧室。"

"这样吗？"

上松和美的年龄看起来在四十岁上下，根据她的面部来判断，即使素颜应该也是美人，今后大概率不会没有恋爱对象。不过她似乎没有结婚的计划，打算将单身贯彻到底。毕竟已经有能力购入这样的房子，认为结婚没必要也不足为奇。

为了把握上松和美心中理想的房型，真世向她抛出了几个问题：日常生活中最重视什么？生活作息是什么样的？访客多吗？养宠物

---

① 日本的房屋面积单位，1叠约为1.62平方米。

吗……不过，大部分问题得到的回答都是"从现在开始考虑"。

"还什么都不知道呢，还没决定。我想先买了新房子再考虑这些。"

"那我能看看您现在住的房子吗？这样我也能稍微了解了解您的生活方式。"

上松和美歪了歪头，表情看起来不太愉悦。"我现在住在惠比寿的公寓，是个单间。那里只是这间房子装修好之前的暂居地，没什么参考价值。"

"那您之前住在哪里呢？"

"之前……在横滨。"不知为何，她的语气突然变得沉重。

"是公寓吗？"

"不是，是独栋，很旧了。"

"这样啊，那我能看看那栋房子吗？如果能知道您之前的生活是什么样的，对新房的装修将很有帮助。"

闻言，上松和美摇了摇头。"那栋房子正在挂牌出售，东西我都清空了，看了也不会有任何帮助。如果这些手续无论如何都是必要的，否则就没办法给出方案的话，那么很遗憾，我和贵公司没有缘分，我另找别家。"

面对对方和之前全然不同的冷淡语气，真世有些不知所措。"当然不是，"她慌忙说，"这只是常规询问。那我先给出几个方案，我们在此基础上再聊，您看这样如何？"

上松和美露出满意的微笑，说道："可以，就这么办吧。"

"请给我一周时间，可以吗？"

"一周啊，我知道了。我很期待。"

看来对方的心情又好了起来，真世一边说着"我会努力不让您失望的",一边暗暗松了口气。

一周后,真世联系上松和美,告诉她已经想好了房屋格局的大致方案,希望能见一面。

"方便去您惠比寿的家拜访吗?"

"嗯……"电话那头传来沉吟,"有点不太方便。之前也跟你说过了,是单间,而且堆满了从横滨搬过来的行李,已经没有空间铺开平面图了。不过,去咖啡厅之类的地方也没法静下心来吧,还有可能被别人听去。有没有什么适合聊天的地方呢?"

"了解了。如果您想在外面聊,我知道一个好地方。"

2

听到真世提出要借用店铺,武史擦拭玻璃杯的手顿住了,他皱起眉。"我正琢磨你怎么会这个时间过来,原来是为了这个。为什么不和我说一声就擅自做了决定。"

"所以我现在不就来拜托你了嘛。在你的营业时间之前,没什么关系吧?"

"你没看到'准备中'的牌子吗?在开门之前,我也有很多准备要做。"

"你做你的,我们只需要桌子和椅子就够了。话说回来,你到底要准备什么?不就是擦擦杯子嘛。"

"说的什么话,要做的事情多了去了。比如思考今天应该给客人推荐什么样的鸡尾酒,确认材料的库存,因为要把存货尽量消化掉。"

"什么啊，真小气。"

"那位客人什么时候来？"

"跟她约的是五点。"

真世看了眼放在一旁的手机，这会儿刚过四点半。

"哼，就今天啊。"武史又擦起玻璃杯。

"别这么说，今后也多多帮忙嘛，这可是我时隔许久的大项目。而且对方是个美人，虽然妆挺浓的，不过叔叔你应该也会喜欢，还是有钱人哦。"

武史把擦好的玻璃杯放到架子上，回过头说："真的吗？"

"你这个'真的吗'，是想确认什么？美人？还是有钱人？"

"当然是后者。真是有钱人？"

"应该是，毕竟在白金买了套两室一厅，现在想改造。虽然目前的预算是三千万日元以内，但我觉得如果对方案满意，她还会出更多钱。"

"三千万……"武史小声说完，换上一副若有所思的表情继续道，"那可是大客户啊，她做什么工作？"

"好像是投资一类的，具体不太清楚。"

"有摇钱树？"

"也许吧。叔叔，你看起来很有兴趣啊。"

"因为和有钱人走近点没什么坏处。你抓住了一个很不错的客户。"

"还没抓住呢。取决于这个方案能不能让她满意，她肯定和别的公司也有联系。"

"怎么回事，这么没自信。"

"毕竟上松女士可是谜点重重啊。"

真世说出上次和上松和美见面时的情形。

武史环抱起双臂，低声说："确实是位奇怪的女性。"

"是吧？因为不了解她的生活方式，我也没法确定设计理念。"

"知道了，交给我吧。"武史用力地拍了下胸脯，打开里侧的门，消失在了门后。门内似乎是他的起居室，但真世没有进去过。

静下心来认真听，能听到武史小声说话的声音，他应该是在给谁打电话。

这里是武史经营的酒吧，名叫"TRAP HAND"，是一家仅有吧台和里侧卡座的小店。武史是真世过世父亲的弟弟，也是她为数不多的血脉相连的亲属。

等了一会儿，入口处传来声响，门开了。上松和美犹犹豫豫地探进脑袋。

"啊，上松女士。"真世从高脚椅上下来，"辛苦您特意跑一趟。"

"稍微找了一会儿，入口不太好找呢。"

"是啊，不好意思。"

"真是一家隐世小店。"上松和美环视了一圈店内，"你在电话里说这里是你叔叔的店。"

"是的。——叔叔。"真世冲着吧台后面叫了一声。

门开了，武史从里面走出来。

"叔叔，这是刚才跟你介绍过的上松女士。"

"啊，您好。我侄女给您添麻烦了——"武史说着，看了眼上松和美的脸，"啊"地轻呼一声，表情随即欣喜起来。"侄女跟我说到上松这个罕见的姓氏，我还在想这跟我认识的人同姓呢。您该不会是上松孝吉的太太吧？"

上松和美困惑地眨了眨眼，说道："您认识我先生？"

"果然。您家是住在横滨的本乡町吧？"

"不，不是本乡町——"

"不是吗？哎？那是在哪儿？"

"在山手町。"

"山手町，"武史用手抵住额头，"原来是那里吗？我曾去拜访过一次，记得您家红砖的门柱，客厅里有暖炉。房子的周围也排着一栋栋大房子……直到刚才，我还觉得您是住在本乡町。不过您一说还真是，那里是山手町啊。不好意思，是我记错了。"

武史嘴里滔滔不绝的内容让真世感到混乱，上松孝吉是谁啊？还有红砖的门柱、客厅的暖炉？他从哪儿知道的这些？而且从上松和美的反应来看，武史所说的并不是凭空捏造。

"不好意思，请问您和我先生是什么关系呢？"上松和美问出了这个理所当然的问题。

"您先生没跟您提过神尾武史这个名字吗？我们是同好哦。"武史说着，意味深长地动了动右手，"这个。"

"啊，这个，该不会是……下国际象棋吧？"

"没错。"武史啪地打了个响指，"应该是七八年前吧，有那种和陌生人对弈的网站，我们在那上面认识的。下了几局后觉得意气相投，就开始私下联系了。后来，我们想不如直接见一面，我就拜访了您家。那时候我还跟您打了招呼呢。"

"跟我？"

"您不记得了吗？应该是因为只简短聊了几句吧，那会儿您正准备外出。"

"这样吗？说起来我好像有一点印象，不好意思，我先生总有很多客人来访。"

"没办法记住每个人的脸对吧,还请您不要介怀。比起这个,真世的客户是上松先生的太太这件事,还真是奇妙的缘分呢。"武史看向真世,又突然偏过头将视线拉回上松和美身上,"怪了,我听侄女说,您现在一个人住?您先生呢?"

上松和美脸上浮现出落寞的笑容。"我先生三年前去世了。"

武史重重地叹了一口气。"这样啊……虽然他年事已高,但看起来精神很好。是因为糖尿病?"

"是的,走的时候八十二岁。"

"真令人遗憾。那个网站关停后,我们也渐渐断了联系,我时不时还会挂念他过得怎么样……愿故人安息。"

"谢谢您。"

"那这三年里,您一直一个人住在那栋房子里?"

"是的。"

"应该会很寂寞吧。这回,您是终于下定决心搬家了。"

"其实是打算一直住下去的,因为那里充满了我和丈夫的回忆。但大概半年前遭遇了入室盗窃之后,让我觉得一个人住还是很恐怖。"

"入室盗窃?那可真吓人啊。"

"我刚好不在家,所以没造成更严重的后果,但只要一想到如果跟犯人撞上……我就毛骨悚然。"上松和美双臂环在胸前,抱住自己的身体。

"还真是。真世,用那儿的桌子吧,把你的自信之作拿出来给上松女士好好看看。她对我来说也是很重要的客人,请一定要照顾周到。——上松女士,我这侄女在做人上可能还有点半吊子,但作为设计师还是很有本事的。您要是有任何不满意就直接告诉她,无须顾虑,把您的需求全都提出来吧。"

"好的。"上松和美微笑着回答。

"那么,上松女士,里面请。"虽然不明就里,真世还是把上松和美带向了卡座。

"能别再做这种事了吗?真的让人很焦虑。"目送上松和美离开后,真世对站在吧台里的武史抗议道。

"什么事?"

"还用问吗?你不是突然说起了上松女士的丈夫吗?你是怎么查到的?"

"这种事简直易如反掌。我联系了认识的房产中介,让他们帮忙调查横滨挂牌出售的独栋住宅,户主姓上松的只有一户。"武史点了点平板电脑,将屏幕转向真世,说道:"就是这个。"

画面中展示的是一栋日式风格与西洋风格融合的宅邸,红砖门柱立于两侧。通过旁边的平面图,能看出客厅里有暖炉。户主的名字叫"上松孝吉"。虽说是武史的熟人,但把这样了不得的个人情报透露出来,那家中介公司还真是道德感低下。

"上松八年前买了这栋房子,当时的价格据说是一亿六千万日元,而且没有贷款,全款一次性付清。由此可见,上松绝对不是一般人。既然已经知道户主的全名,我就上网搜索,找到了最有可能性的人。"武史点了点平板电脑,"上松孝吉——一位小有名气的企业家,从年轻的时候就是全世界到处飞的商务人士。不仅在知名企业兼任董事,自己也经营着几家公司,很有本事。他七十岁时夫人去世,此后便从一线退了下来。因为和夫人之间没有孩子,卖掉当时居住的房子后,他就住进了横滨的高级养老院。然而他七十七岁那年,突然以闪电般的速度再婚了。但结局是,八十二岁的时候,他因为糖尿病恶化与世长辞。上松和美看起来不像是在工作也是理所当然的，实际上她就是没有工作。毕竟继承了亡夫的巨额遗产，自然没有工作的必要了。"

平板电脑的屏幕再次转向真世，只见画面中是一位戴眼镜的白发老人笑着的样子。

"就凭这点资料，你就说了那么多？"

"有这些就够了。"

"国际象棋的事情是从哪里知道的？"

"从哪里都没有知道。有本事的商务人士，总会有那么几项为了招待客人而培养的兴趣爱好。他肯定会打高尔夫，但年纪大了一般腿脚都会不方便，我就模棱两可地动了动右手，那手势说是围棋、将棋或者麻将都可以。结果答案竟然是我没想到的国际象棋，所以我就马上顺着她的话继续说下去了。"

"这样啊，你可真会糊弄人。"

"什么叫糊弄，我可是经过仔细斟酌的。我最开始说了横滨的本乡町，然后不是被她纠正了吗？那也是我有意为之。比起清晰地记得每一个细节，这种小小的记忆偏差才更具真实性。"

"真叫人无语，你干吗做到这个份上？"

"干吗？当然是为了让你的工作进展顺利啊。既然是委托装修房子这样的大事，比起完全陌生的人，稍有些缘分更叫人安心吧。我在这里听你们俩的对话，看起来这份合同就要到手了，不是吗？"

"这倒是……"

"怎么了，一脸不高兴，有什么不合你意的吗？"

"也没有……"真世将目光转向放在一旁的资料，暗自叹了口气。

真世今天准备了三套改造方案：极简，强个性化，以及不标新立异、彻头彻尾的正统风格。其中，她最有自信的是强个性化的方案，可以把独居的奥义发挥到极致。通过截然不同的建筑材料和设计格调，将宽敞的客厅空间分割为休闲和工作两个区域，走进不同的空间，人的心情也能够一秒切换。她第二推荐的，是极简的方案，那也是个不错的选择，巧妙地将一整面墙设置为收纳空间，家中只放置必需的家具即可。而剩下的正统风格，说实话十分无趣。对真世而言，那就是无论哪个设计师都能想得出的保守方案，设计起来也不会让人兴奋。

然而，上松和美就选了那套正统风格的方案。对于极简和强个性化的方案，她看起来没有一点兴趣。

"这就没办法了，这是个人喜好问题。真世，你不也是深知这一点，才准备了三套方案吗？她选中了其中一套，这不值得开心吗？"

"话是这么说，但她真的喜欢那套方案吗？"

"你为什么会有这样的疑问？"

"我总感觉她是根据价格选的。"

"选了最便宜的那套？"

"相反，她选了报价最高的。因为设计本身又普通又无聊，所以材料我全都用了最高级的。"

"这大概就是她的价值观吧，总有人通过价格来判断事物的优劣。"

"也许吧，但这应该不是唯一的原因。"

"还有什么？"

"上松女士看起来并没有联系别的公司，这种情况很少见。一般来说，客户都会找几家公司，拿到不同的方案和报价，从中选择符合自己需求且价格最优惠的那个。"

"她从丈夫那儿继承了巨额遗产，钱多得花不完了吧，自然没必要抠抠搜搜。真是一切都如她所愿了。"

"如她所愿？"

"像她那样的女性，从年轻时起，贴上来的男人就不会少。但她一个都不选，而是成功诓骗了年龄是自己两倍还多且患有糖尿病的老爷子，努力结了婚。因为老爷子没有子女，过世后财产自然都是她的囊中之物——现在看来，一切都按照计划实现了。"

"你是说她一开始就是为了遗产？"

"除此之外还有别的解释吗？说不定她在结婚之后故意给老爷子准备一些会让糖尿病恶化的食物。"

"够了，她是我的客户，别把她说得像个杀人犯一样。"面对这样不吉利的想象，真世的脊背一阵发凉。

"即使是这样，又有什么关系呢？事先说明，我可不是在指责什么，我甚至想要给她献上赞美之词呢。孤独的老爷子带着巨额财产死去，谁也得不到好处，只有国家暗喜。对于他来说，最后几年能和年轻的太太一起度过，也是他的夙愿吧。老爷子死后，他的遗孀要是挥金如土，还能福泽众人。问题是，这剩下的钱啊，究竟怎么才能到我的口袋里来呢？"后半段话他说得很小声，像是在自言自语，那口吻听起来不像是在开玩笑。

3

真世的手指在桌面上铺开的图纸上滑动。

"我想把卧室的插座布在这两处，一处在门边，一处在里侧的墙上。考虑到墙上的插座要跟电视信号线和光纤在一起，所以我尽量把它设计在了不显眼的地方。如果之后床的位置有变动，我想可能还需要稍稍调整一下。"

上松和美看着图纸，歪了歪头。"床的位置应该不会有什么大的变动，不过我也不太了解，真世你决定就好。"

"那我们就先设计在这个地方吧，随时可以改。"

"好的。"上松和美点了点头。

"二位稍事休息如何？"武史站在吧台里侧搭话，"我今天准备了一样东西，想请上松女士尝一尝。"

"哎呀，是什么呢？"

"您喝得惯黑啤吗？"

"嗯，偶尔会喝。"

"那请您务必尝一尝这个。"武史将玻璃杯和碟子并排放到吧台上，打开一罐黑啤倒入玻璃杯中。

上松和美起身走近吧台，真世也站了起来。

碟子里放的是曲奇佐奶油干酪，上面淋着蓝莓酱。

上松和美坐上高脚椅，喝了一口黑啤，拿起一块曲奇放入口中。很快，她的双眸变得明亮起来。"好吃。"

"是吧？黑啤和甜点也很配呢。"武史满足地说。

"叔叔，我的呢？"

武史一言不发地把一罐黑啤放到真世面前，似乎没有给她玻璃杯的打算。

"曲奇呢？"

"没有。"

"哎？"

"真世，一起吃吧。"上松和美移过碟子。

"可以吗？"

"当然。"

真世喝了一口罐中的黑啤，伸手拿起一块曲奇。嚼着嚼着，恰到好处的甜味和黑啤的余韵在口中混合着扩散开来。她确实觉得很美味，但又不甘心就这样承认，便只说了句"还行吧"。

"上松女士，您酒量如何？"武史问道。

"一般般吧。"

"那么下次请和朋友一起来慢慢喝一杯，我给您做合您口味的鸡尾酒。"

"哇，真让人期待。我会考虑的。"

听着两人的对话，真世想，这就叫用小虾钓大鱼。武史打算趁此机会把上松和美变成店里的常客。

真世的公司拿下了公寓改造的生意，可喜可贺。两人经常需要商讨方案，在哪里见面便成了问题。真世再次向武史借用正式营业前的店铺，没想到武史爽快地答应了。就这样，她和上松和美每周都会在这里见面。真世知道武史心里肯定打着什么算盘，迟早会有所行动。

"借您的好意，我有一个不情之请。"上松和美客气地开口道。

"是什么呢？有我能帮上忙的，您尽管开口。"

"不是什么难事。近期我能约别人来这里吗？不过不是作为客人，而是像这样在营业时间之前见面。"

"约别人来这里？"武史看向真世，表情像在问：你之前知道这件事吗？

真世摇了摇头。

"是什么人呢？为什么在这里？"武史问道。

上松和美窘迫地蹙起眉，说道："对方是……我哥哥。"

"哥哥？亲哥哥吗？"

"嗯。"上松和美小声答道。

武史瞬间笑容满面。"那非常欢迎啊！不过为什么是营业前呢？您哥哥不喝酒吗？如果是这样，店里也有很多其他饮品——"

"不，"上松和美略显强硬地打断了武史的话，"不是这样的。他虽然是我哥哥，但已经几十年没见过面了。我不想见他，所以一直回避，切断了所有联系。"

武史沉默不语，似乎有些困惑，表情看上去若有所思。随后，他慎重地说："看来情况很复杂啊。"

"不好意思，是我不足为外人道的家丑。其实我家在我还是孩子的时候就分崩离析了。我能说的只有这么多。"

"分崩离析？"武史的表情变得凝重。

"因为父亲出轨，我的父母离婚了。我和哥哥留在母亲身边，但母亲很快因病去世，我就被送到了福利院。那年我上初二，哥哥已经高中毕业，找到了工作，似乎不想再管我这个拖油瓶，就断了联系。自那以后，我就当自己没有任何亲人，孑然一身活到今日。然而前几天，哥哥突然找到惠比寿的公寓来。我看门口对讲机的监控画面就觉得那张脸在哪里见过，但不知道是谁。听到对方说出名字，我惊讶得心脏都快要跳出来。那就是我哥哥的名字，而且监控里的脸和遥远记忆里的脸重合在了一起。"上松和美按住自己的胸口，仿佛再次感受到了那时的冲击。

"您哥哥说了什么？"武史问。

"他说有话要说，希望见一面。但我还没下定决心，所以没给他开锁。他就说，如果我不肯见他，他就一直来，还会在附近蹲点。我忍受不了，只好告诉他我的电话，并约定过几天见面。"

真世在一旁听着，也渐渐掌握了大致情况。"您知道您哥哥是为了什么事来的吗？"

"他说是关于父亲的事。"

"您父亲还在世吗？"

"不太清楚……不过没有收到他过世的消息，应该还活着。"上松和美神色黯然地说完，求救般看向武史，"可以吗？您能让我在这里和哥哥见面吗？我不想让他踏入我家的门，但这些话也不好在咖啡厅说，我也不知该怎么办了。"

武史坐到椅子上陷入沉思，不一会儿，他抬起头说："您哥哥现在在做什么工作？"

"不清楚，我们完全没见过面。"

"从监控画面看到他的时候，他穿着什么样的衣服？系领带了吗？"

"我记不太清了，不过没系领带。"

"嗯……"武史发出一个鼻音，挠了挠耳后。

"你想说什么？"真世焦急地问。

"时隔二十多年到妹妹家做客，怎么也得收拾收拾自己的外表，再带个礼物去吧。但根据上松女士的描述，感觉他没有这样的闲情逸致。他找您很有可能是跟钱有关。"

"我也这样认为。"上松和美马上表示认同。

"您和上松孝吉先生结婚的事，通知过您哥哥吗？"

"当然不可能通知他。不过最近，他似乎从某些场合意识到了这件事。"上松和美情忧郁地咬着嘴唇。

"您哥哥是怎么知道您现在的住址的？"真世说出了疑问。

"这我就不得而知了。我甚至还没去迁户籍。"

"您去邮局变更地址了吗？"武史问。

"去了。"上松和美答道，"毕竟信件要是送不过来就麻烦了。"

"您结婚前的户籍在哪里呢？跟您过世的母亲在一起吗？"

"是的……"

"这样的话，要查到您目前的住址也不是什么难事。"

"哎，怎么查？"真世问。

"首先，拿到母亲户籍的复印件，即便人去世了户籍也不会注销。如果是母子关系，役所①不会拒绝。上面会记录上松和美女士因为结婚而迁出，同时还会写出户籍的迁入地和户主是上松孝吉先生等信息。这样一来，自然就查到了横滨山手町的地址。"武史将视线转向上松和美，"您哥哥恐怕先去了那里，然后得知您已经搬家了。"

"但我并没有把新的地址告诉附近的邻居。"

"方法多的是。"武史摇了摇头说，"比如将迷你GPS信号发射器用邮件或者信件寄到山手町的地址，因为您已经在邮局做了地址变更，东西会被自动转送到新地址，这样他不就知道了。"

"但我不记得收到过这样的东西。"

"请您再仔细想想，有没有收到什么不明包裹，体积应该不大，厚度最多也就两厘米。"

上松和美沉思了一阵后，猛地抬起头。"这样说来，大约两周前，我收到了从一家陌生公司寄来的保健品试用装。里面还有厂家的传单，但我不记得我买过那家公司的什么东西，当时还觉得很奇怪。"

---

① 日本地方政府的行政机关，社会职能主要有户籍管理、养老保障等。

"保健品是放在防撞泡沫箱里寄过来的吗？"

"我记得是。"

"那恐怕就是这个了，信号发射器藏在泡沫箱里。收件人写的是您的名字吗？"

"是，但只写了姓……"

"他只要到公寓去，就能找到您家是哪一户。"

"啊……"上松和美的声音里带着绝望。

武史无声地点了几下头后，笑着对她说："我很理解您不安的心情，您可以借用这家店，请让我一起见证您和您哥哥时隔二十余年的重逢吧。"

4

放在吧台上的手机显示，还有大概十分钟就四点了。坐在一旁的上松和美身体似乎十分僵硬，就连身为局外人的真世都无法平静下来，可想而知当事人该有多么紧张。

距离上次讨论过去了四天。今天她们到这家店来的目的不同于以往，上松和美接到哥哥的电话，定好在这里见面。真世之所以也在，是因为上松和美拜托她陪同。

上松和美的亲哥哥名叫竹内祐作，竹内是上松和美结婚前的姓氏。她说哥哥比她大四岁，今年应该四十七。也就是说她今年四十三岁，这让真世有些吃惊，因为她比真世想象中的年纪要大，或许是浓妆的效果吧。

武史一如既往地在吧台里擦着玻璃杯，突然说着"啊，对了"，停下了手上的动作。"我找到和您丈夫的合照了。"

"合照?"上松和美歪了歪头。

武史拿起自己的手机,一通操作后,放到上松和美面前。看到画面,她轻轻"啊"了一声。

真世也从一旁窥来,只见画面中显示的是面带笑容站在房子前的三人。长相温厚的老人站在中间,画面右手边是武史,左手边是上松和美。她穿着大红色西装外套,留着短发,脸颊比现在更加圆润饱满,给人的印象与现在大不相同。

"我想起那天咱们一起拍了张照片留念,"武史说,"就去翻了翻旧手机,找到了。画质不太清晰,毕竟当时的相机功能有限。"

"我好像有些印象,真令人怀念啊。"

"您的西装外套很漂亮。"

"我也很喜欢那件衣服。这张照片,能发我一份吗?"

"当然可以。"

看着两个人传照片的样子,真世心里惊呆了。既然武史和上松孝吉是棋友这件事本就是假的,这张照片自然也不可能存在。他应该弄不到上松和美的旧照,肯定是什么时候偷拍,然后做了精妙的加工。看到开心接收照片的上松和美,真世发自心底觉得可怜。今后,她大概会把这张假照片当作珍贵的回忆,一直珍藏下去吧。

真世正想着这些,入口的门突然开了。进来的是一个胡子拉碴、有些发福的短发男子,他穿着褐色短外套。

上松和美起身离开高脚椅,走向男人。"好久不见。"她口气冷淡地说,从她的侧脸上看不出表情。

竹内紧盯着她看了一阵,又瞥了真世他们一眼,说道:"我想两个人单独谈谈。"

"这地方是人家提供的,'请离开'这样没礼貌的话,怎么说得出口。"

"那我们去外面聊。"

"为什么?你想说什么不可告人的内容吗?"

竹内皱起眉,瞪着上松和美。然而她的表情不见丝毫退缩,坦荡地对上了他的视线。

"您不用管我们。"武史说,"我们不会偷听的。如果您介意,我就放点音乐。"

"您是?"竹内问。

"他是我丈夫生前的朋友。"上松和美说,"曾经到我家做过一次客。"

"我姓神尾。二位到里面坐吧,有卡座。"说着,武史开始摆弄架子上的 DVD 播放器,店内响起了爵士乐。

上松和美走向卡座,竹内不情不愿地跟在后面。两人面对面坐下。

一直用目光追随也不是回事,真世把头转回前方。就在这时,武史用右手递来一个小小的白色的东西。是无线耳机。真世看向武史,他的左耳已经戴上了耳机。

真世接过耳机戴到右耳,男人的声音瞬间传入耳中。

(你现在在做什么?)

真世吓了一跳,看向卡座,是竹内的声音。

(我做什么都跟你没关系吧。有事就快说。)这是上松和美的回答。

真世抬头看武史,他若无其事地轻轻点了点头。

原来如此,真世明白了,是武史在上松和美他们坐的桌子的某处装了窃听器。她知道自己的叔叔拥有很多这样的小道具。

真是个可怕的男人,真世一边想,一边集中注意力去听。

(我要跟你说的不是别的,是关于爸的事。他现在住在茨城的养老院。我最近见了他一面,他已经沦落成了一个孤独的老头子。他抛弃了我们,和别的女人结婚,到头来还是和对方分开了。财产可是实实在在被分走了一大半。)

(哼,这样啊。不过,对我来说怎样都无所谓。我已经跟他断绝关系了。)

(我就知道你会这么说,但法律上可不允许你这样做。父母离婚了也好,你把户籍迁走了也罢,亲子关系是这辈子永远不会改变的。我想说的是,你对他有赡养义务。当父母因贫穷而陷入困境,为人子女就必须照顾他们。爸现在很穷,靠生活保障金和养老金撑到现在,已经是极限。再加上他的老年痴呆越来越严重,甚至不能和别人正常对话了。养老院的工作人员也没办法,所以和役所的人一起联系了我。)

(那你就去照顾他,毕竟是亲儿子。)

(我想照顾也照顾不了啊。我自己过活都已经很难了。这时候就应该你这个女儿出场了。你现在是有钱人吧?我看到你在横滨的房子了,也知道你过的是什么样的生活。你诓骗有钱的老头,搞到了一大笔遗产吧?这事在你家附近都传遍了。)

(你该不会到处说自己是我哥哥吧?)

(我可没做这种事,不然就问不出附近那些人的真心话了。)

(那太好了,关于我的传言不会再加上一条,说我有一个下流又卑鄙的哥哥。)

哐!敲桌子的声音在耳机里炸开,真世悄悄看了眼两人的表情。

上松和美面朝真世坐着,能清晰地看见她的表情仍没有丝毫动摇。

竹内的声音压低了。(说正题吧。我们都有赡养父亲的义务。我到他身边去照顾,看你也不想见他,就用钱解决吧。每个月打五十万过来,这样对我们两人来说都轻松。)

(哼,你是认真的吗?我怎么可能出这笔钱。)

(你要违背法律吗?)

(我没有违背的必要,因为法律肯定会站在我这边。我的生父,在和妻子离婚后,一分赡养费都没有付过。在我进入孤儿院后,也没有尽过一天抚养义务。对于这样的父亲,我有什么为人子女的义务可谈?)

(你不怕上法庭是吧?你要是这种态度,我真的会向家庭法庭提起诉讼。)

(随你的便。)

(真的?你心里其实很焦虑吧?也觉得闹到法庭上就糟了?)

(有什么糟的,一点也不。)

(是吗?话都说到这个份上了,我也没必要遮遮掩掩。我本来是考虑到你的立场,打算不声张地了结这件事,看来是做不到了。)

(我完全不明白你在说什么。)

(你……真的是和美吗?)竹内的声音压得更低了。

真世吓了一跳,再次看向两人。竹内弓着背,向前探出身体。上松和美露出疑惑的神情。

(你这话什么意思?)

(字面意思。你不是和美吧。你到底是谁?)

(啊?你在说什么?我就是上松和美。)

(不,不对。你也许和现在的和美长得很像,像到会被别人认错,可却骗不过我。虽然已经过了近三十年,但兄妹毕竟是兄妹。你是假冒的。)

(你是认真的吗?还是又在讨价还价?我不懂你的意思。)

(我当然是认真的。虽然今天是我们第一次直接见面,但我从很久以前就在观察你了。我最开始也认为你就是和美,但渐渐意识到不对劲。这样见面之后,我确信了,你不是我的妹妹。)

上松和美短暂地陷入沉默,很快脸上浮起了冷笑。

(是吗,也就是说,你和我是毫无关系的陌生人,对吧。我知道了,这样也好。我们没有再见面的必要了。)

(你开什么玩笑!和美在哪里?你肯定知道。)

(嗯,我知道得可清楚了。真正的和美已经死了。)

竹内缓缓点着头。(果真是这样啊。她什么时候、在哪儿死的?)

(什么时候?在哪儿?你在说什么,你不是应该比谁都清楚吗?)

(你想说什么?)

(和美死的时候十三岁,上初一,被大她四岁的哥哥杀死了。自那以后,活着的就是假的和美。你猜对了,站在你面前的我就是假的和美!)

面对这冲击性的自白,真世忍不住频频往那边偷看。上松和美的表情就像能剧的面具一样僵硬,而背对她的竹内,不知又是一副什么样的表情。

上松和美拿起手机。(不过,我是上松孝吉的妻子是事实。证据就在这里。这是我和丈夫一起去箱根旅行时拍下的照片,你好好看清楚。)

(哼,这种照片,想要多少就能捏造出多少。)

（这个呢？这可是刚刚神尾先生传给我的。神尾先生也造假了吗？他干吗这么做？）

上松和美似乎拿出了刚才那张在自家门前拍的合照。

（确实，照片上的女人和你很像。她是真的和美吗？画质这么差，很难作为证据啊。）

（我第一次来这里时，是神尾先生先和我搭话的，问我是不是上松孝吉的妻子。你要是怀疑，就去向神尾先生求证好了。还是你要说，事情就这么巧，神尾先生也认错人了？）

竹内快速转头看向斜后方，应该是在看武史。武史则一副什么都不知道的样子，摆着架子上的酒瓶，左耳依然戴着耳机。

（你是和美的话，那你的病怎么样了？）是竹内在发问。

（病？什么病？）

（在横滨的时候，你应该去过医院。）

（……你怎么知道？）上松和美的声音里透出了一丝紧张。

（因为我调查过了。消息来源我不能透露。）

（我会生病很正常，不过现在已经没事了。）

（根据我得到的消息，那可是很严重的病。）

（那你应该拿到假消息了，真可怜。）

耳机里传来竹内重重的叹息声。（我不相信你。）

（你信不信跟我都没有关系。谈话到此为止，请回吧。）上松和美拿回手机，挺起胸向后做了个拉伸。

（就这样？你会后悔的。）

（请回吧。）上松和美冷淡地重复。

两人似乎都瞪了对方片刻，竹内双手拍桌站起，转过身迈起大步直冲门口，看都没看真世他们一眼，便粗暴地打开门离开了。

上松和美站了起来。真世取下右耳戴着的耳机，放到吧台角落。

"事情解决了吗？"

"在我这里是结束了，但对方好像不这么认为。"上松和美苦笑着坐到真世旁边，"你听到我们的对话了吗？"

"没有，但凶险的氛围在这儿都能感受到。"

"我受到了莫名其妙的恶意诽谤，他说我不是上松和美，是伪装的冒牌货。你怎么看？"

"这……确实是莫名其妙的恶意诽谤啊。"

"多亏了神尾先生刚才给我的照片，没想到马上就派上用场了。"上松和美对武史说。

"真是太好了。"武史回以笑容。

上松和美看了眼手表，站起身。"我先告辞了。真世，再联络哦。"

"好的。"真世也起身，"下次我打算请您去卫浴展厅看看。"

"浴室吗？我很期待。"上松和美向门口走去，中途不知想起了什么又停下脚步，转身说，"我想拜托你一件事。"

"是什么呢？"

"既然那个男人已经知道了我在惠比寿的住址，不知什么时候又会找上门来。我也很讨厌被跟踪或者蹲点，就想干脆搬家好了。就在白金的房子改造好之前小住一段时间，你知道什么合适的地方吗？"

"我应该能找到。不过在那之前，您怎么办呢？"

"这的确是个问题。因为太叫人毛骨悚然了，所以我打算从今晚开始住酒店。还有一件事想拜托你，搬家那天，你能替我去吗？我会找人去全部打包好，你只需要待在房间里就好。"

"我擅自进去，没关系吗？"

"没事,没有什么见不得人的东西。而且你知道了我有多少东西之后,才方便帮我找房子,不是吗?"

"确实如您所说。我知道了,交给我吧。"

"太好了。"说着,上松和美从包里拿出钥匙扣,取下其中一把钥匙递给真世,"先放你那里吧。"

"好的。"真世答道,接过递来的钥匙。

"那就拜托你了。——神尾先生,多谢。"

"欢迎再次光临。"武史应道。

看到大门关上,真世舒了一口气,不知为何感到非常疲惫。

"叔叔,给我来一杯能恢复元气的喝的。"真世说着坐到高脚椅上。

武史打开冰箱,取出一个小瓶子,放到吧台上。是功能饮料。

"这是什么呀?既然是酒吧,一般不是应该给杯酒吗?"

"先喝这个吧,能让你的脸色好些。"

"啊,这样吗。"真世双手蹭了蹭脸颊,"估计是听了他俩的对话,太过震惊了。"她拿起功能饮料,旋开盖子,"叔叔,你也吓了一跳吧?"

"有些话的确让我出乎意料,比如初一的时候被哥哥杀了。虽然我觉得这应该是一种比喻。"

"竹内在那之前的惊人发言,你不会没听见吧?他说和美女士是假冒的,他为什么会那么说呢?"

"他应该是真的那么认为吧。"

"但他们已经快三十年没见面了啊。就算长相有些变化,也不能断定不是同一个人吧?"真世一口气喝光了功能饮料,药味在口中散开,她不禁皱起脸,"叔叔,给我杯水。"

"有件事我想告诉你，是关于上松和美的。"武史一边把装了水的玻璃杯放到真世面前，一边说。

"什么？"真世问完，把玻璃杯送到嘴边。

"她，"武史继续道，"是假冒的。"

真世差点要把刚喝进嘴里的水喷出来，慌忙拍了拍胸口，忍住了。"你刚才说什么？"

"我说她是假冒的，她不是上松和美。"

"你是在逗我玩吧？"

武史一脸严肃地操作起手机，将屏幕转向真世。画面中显示的，是刚才那张武史和上松夫妇站在位于横滨的家门前的合照。

"我知道这张照片是假的。你究竟是怎么做出来的？"

"只要有每个人的脸部图像，就能轻轻松松做出这种东西来。上松孝吉的照片在网上多的是。"

"那上松和美女士的照片呢？"

"我用了她来店里时拍的照片。"

"什么时候拍的？"

"这可说不好，我装了高性能监控摄像头，二十四小时都在拍摄。"

"哎，真的吗？装哪儿了？"真世来回扫视吧台内侧。

"如果轻易就被发现了，还怎么发挥监控的效果。"

"也就是说，现在也在拍？什么啊，真叫人不爽。这跟偷拍有什么区别？"

"要是没有这点安全意识，我可没办法一个人应付那些喝得烂醉的家伙。先不说这个了，我用那时拍的画面合成了纪念照，上松和美的身体部分用的是别人的。然而她却说，那件红色西装外套是她喜欢的衣服。"

"说不定上松女士当时碰巧也有相似的衣服。"

"这种大红色的西装外套？我先告诉你，这件衣服是今年的新品。就算她有红西装外套，也应该能发觉设计上的区别吧？"

武史的说法十分合理，令真世无法反驳。然而看着手机里的照片，真世又产生了另一个疑问。"叔叔，如果当时上松女士指出'我没有这样的红色西装外套'，你打算怎么办？"

"那我会用恶作剧为幌子糊弄过去。即使是那样，我的目的也充分达成了。"

"目的？"

"确认她是不是上松和美本人。"

真世睁大眼睛看着武史。"叔叔，你也在怀疑这个吗？为什么？"

武史指了指手机中的照片。"这张假照片里只有一样东西是真的，就是作为背景的房子。前几天我去了趟横滨，在山手町看到了上松夫妇之前住的那栋房子。照片就是那时拍的。不仅如此，我在附近转了转，打听到很多消息。"

"啊，你为这个专程跑了一趟？"

"我做这些可都是为了让我可爱侄女的工作能进展顺利，哪怕只能帮上一点点忙。"

"这话绝对是在撒谎，叔叔怎么可能为了我做这么麻烦的事。"

"哈哈。"武史干笑了几声，"果然被你看穿了吗？上松和美不是很不情愿跟她哥哥见面吗？所以我就想看看怎么帮她。简单来说，就是为了卖个人情给这位有钱人。"

"我想也是，这个理由还比较可信。"

"为什么哥哥现在突然要跟妹妹见面，最要紧的是弄清楚这一点。那个男人大概在上松夫妇家周围打探到了什么，而我想知道内容。"

"怎么知道？"

"我装成刑警去询问邻居，说'我们接到报案，最近有奇怪的男人在调查上松女士的消息，不知道有没有到您家来'。"

"装成刑警，是吧？"这是叔叔的拿手好戏，真世总担心哪天他会在真正的刑警面前暴露，被抓起来。比起这个，看着他那副怪异的装扮，为什么大家都没有丝毫怀疑呢？

"和我预料的一样，好几位邻居给了我具有参考性的回答。他们说，有一名自称'铃木'的男性自由撰稿人，说自己正在撰写知名企业家上松孝吉的创业史，希望他们能提供帮助。他问了一些关于上松孝吉的性格、为人的问题后，又将话题转向邻居们对上松夫妇的印象，以及老夫少妻的婚姻生活。听了这些话，我判断这个'铃木'就是上松和美的哥哥，而他的目的，是调查上松和美究竟继承了多少遗产。"

"上松孝吉的财产可不少，所以他想来敲一笔吧。"

"然而话题并未止于此，铃木还打听了上松和美搬去了哪里。邻居回答说不知道，他就问对方最后见到她是什么时候。奇怪的是接下来的对话。听见对方说'大约三个月前见过'，铃木问，那真的是上松和美吗？有没有可能是和她长得很像的另一个人呢？"

"他怎么会这么问？"

"很奇怪吧？而且还不是一两个人被这么问。于是我意识到，上松和美的哥哥，不知为何在怀疑她是假冒的，或者是替身。那么，他为什么会有这样的怀疑呢？他向附近邻居问出的另一个奇怪问题给了我线索。他问的是'最近感觉和美的身体状况如何、是否听说她去过医院'。他似乎非常在意上松和美的健康状况。我脑海中灵光一现——上松和美的哥哥似乎从某种途径得知她患有不治之症，然而她却在那之后恢复了健康,于是哥哥就开始怀疑是不是有人在假冒自己的妹妹。"武史滔滔不绝地说完,看见真世正目不转睛地盯着他,"我脸上沾了什么吗?"

"没有,我是在佩服你,只凭这点信息,竟然能够推理到这种程度。"

"也不是什么了不起的推理,只要动动脑子,谁都能想到。你别以自己为基准。"

"我的脑子不太动得起来,真是抱歉啊。那关于上松女士的健康状况,邻居们是怎么回答的?"

"什么都没回答。"武史不客气地说,"大部分人都说他们本来就是碰了面打个招呼的关系,没有深交,不了解这种私人情况。就连其中关系最亲近的隔壁家太太,也说近一年没有和她说过话了,也没怎么看见过她,等隔了一段时间再见到上松和美的时候,觉得她的气场有些改变,但感觉不像是生病了。"

"除非本人亲自说明,不然周围邻居一般不会知道她有没有生病吧。"

"我姑且给他们看了这个,"武史点了点手机,放到真世面前,"然后请他们确认这是不是上松和美。"

画面中映出的是坐在这个吧台边的上松和美。从着装来看,照片是她上次来的时候被悄悄拍下的。摄像头应该藏在武史背后的酒架上。

"大家的回答是?"

"他们说应该没错,不过不是那种确信的语气。估计平时真的没有什么来往吧。"

"也就是说,不能排除这是长得很像的另一个人?"

"很有可能。所以我进行了确认,用刚才那张纪念照。如果是本人,没有印象就会干脆地否认,而她说的却是'有些印象,真令人怀念'。那一瞬间,我确信了她是假冒的。"

"事情怎么会变成这样呢?"

"最好弄清前因后果。这样下去,连真世你都难免会被波及。"

"就算这样,我也不知道该怎么做啊。"

"首先要调查她的情况,比如她周围的人,还有她过着怎样的生活。"

"怎么调查?我可没办法假装刑警。"

"谁告诉你要那么做的,你刚才不是获得了最强武器吗?"武史指了指真世的包。

5

上松和美目前暂住的公寓,位于惠比寿站步行五分钟就能到达的地方。公寓一共六层,第一、二层出租给了商铺。

穿过公共玄关,乘坐电梯上楼。每一层有三到四户,根据真世预先做好的调查,虽然户型有差异,但都是供单身人士居住的单间或一室一厅。

上松和美居住的六〇三室距离电梯最远。真世带着愧疚旋开门锁,进入室内,智能家居立刻检测到动静,点亮了灯。

真世在狭窄的玄关处脱下运动鞋,走进房间,按下墙壁上的开关,打开了室内的灯。贴着墙壁堆放的纸箱立刻闯入她的视野,每两到三个纸箱摞在一起,侧面贴着标签,以辨明里面放的东西。真世的视线停在写着"孝吉（书房）"的纸箱上，这应该是从横滨的家搬过来的。

除此之外，屋内还放了床和小型餐桌、椅子，几乎没有生活气息。作为临时的住所，整理妥当也无可厚非，不过即便如此，这房间用来居住也过于单调乏味了。

"这房子不错啊，"身后的武史说，"离车站也近，房租一个月多少钱？"

真世又环视了一圈室内。"面积大约三十平方米，按建成二十年来算，十七万日元左右吧。"

"不错。"武史又说了一遍，随后走进屋内，拉开了窗帘。阳台对面，商业建筑闪烁着璀璨的灯光。

时间刚过七点，这本是酒吧的营业时间，但武史火速决定临时歇业，并建议真世和他一起去上松和美的公寓一探究竟。

"现在要怎么做？"真世问。

武史将目光投向一摞摞纸箱。"线索应该就藏在这里面，我们得把它找出来。"

"啊？我们要擅自翻别人的东西吗？"

"当然，不然你以为我们为什么来这里？"

"可是，这会侵犯别人的隐私啊，如果被告上法庭怎么办？"

"她怎么会知道我们看过？只要恢复原状就好了。而且，上松和美估计早就预料到箱子会被人翻查。"

"怎么可能？你为什么这么说？"

"她拜托你帮忙看着搬家，按理说只要在搬家前把钥匙给你就好了。说什么'知道有多少东西之后才方便帮忙找房子'，这理由也太牵强了，因为你只要找一间和她现在住的大小和户型相似的房子就行。她在期待你来翻查这间房子里的行李，然后为她就是上松和美本人这件事做出佐证。但这也反过来说明，她不是上松和美，而是假冒的另一个人。"武史确认着箱子上贴的标签，说"先从这个开始看吧"，随即指向其中一个。标签上写着"证券／证明文件"。

武史把纸箱搬到地上，撕去胶带打开，里面放着文件夹和透明的文件收纳盒。他在文件收纳盒的小隔层间寻找，说着"哦，这么快就让我找到了好东西"，取出了护照。"八年前签发的，目的地是中国香港，也许是和年迈的丈夫去度蜜月。"他将翻开的那页转向真世，"你怎么看？"

真世凝视着贴在护照上的证件照，不禁沉吟："嗯⋯⋯"

"怎么样，"武史再次问道，"你觉得和她是同一个人吗？"

"嗯⋯⋯"真世再度沉吟，"说是同一个人，也不会叫人怀疑。"

"如果说是不同的人呢？"

"哎，这样吗？长得好像啊——应该会是这种反应吧。毕竟是照片，有时候是会这样的。"

武史点点头。"冷静客观的意见。比对照片没什么意义，就拿最新的手机人脸识别系统来说，用面部照片是没办法完成认证的，因为照片能提供的信息有限。不过，更值得参考的信息就在这张证件照旁边。"武史指了指签名栏上手写的"上松和美"几个字，"装修资料里也有她的签名吧？你现在带着吗？"

"啊，带了。"真世从单肩包里取出文件夹。虽然今天没有讨论装修事宜的打算，不过以防万一，她还是带上了。她从文件夹里抽出水道工程相关的确认书，上面有上松和美的签名。

将文件和护照并排放在桌子上，对比两边的笔迹，并没有看出

49

太大区别。"说是同一个人写的也能让人接受。"

听到真世这么说，武史点了点头。"确实很像。笔迹鉴定专家来看应该能看出区别，但普通人是分辨不出来的。她签名的时候，有什么不自然的地方吗？比如格外认真、花费很长时间之类的。"

真世摇了摇头。"没有。她每次都唰啦唰啦就签完了。"

"这样吗？我也很擅长模仿别人的笔迹，所以我很清楚，要想写到这么相似的程度，一定是一位手非常巧的人，而且需要大量的练习。"

"练习……不知道她练没练过。"

"她应该也进行了学习。"

"学习？"

"你仔细看箱子。放在最上面的箱子，标签分别是'证券/证明文件''交友关系''回忆之物'，都是跟隐私有关的。而且仔细看会发现，纸箱虽然都是新的，但是有胶带被撕下的痕迹。为了彻底伪装成上松和美，她得努力把所有的个人信息都灌进脑子里，所以一有空就翻看这里面的资料来学习。这样她才能做到无论何时何地与任何人见面，被问及一些事情时都不会露出马脚。"

真世的视线在纸箱和小桌子间来回，她想象着这个自称上松和美的女人直到深夜还在努力记各种个人信息的样子，起了一身鸡皮疙瘩。"那真正的上松和美在哪儿？"

"问题就在这里。"武史环抱起双臂，"真世，你怎么想？"

"什么怎么想？"

"你觉得她还活着吗？"

面对武史投来的直球，真世吓得后仰。"直接就来这个问题？"

"关键就在这里吧。你怎么认为？"

"没……活着了吧……"

"不能否定这种可能。"

不吉利的想象在真世的脑海中掠过。"她不会……"

"什么？"

"没，"真世摇头，"没什么。"

"别支支吾吾的，有什么在意的地方就直接说出来。"

"说不清是在意还是我的一点想象，我觉得应该不可能……"说到这里，真世接着道了句"还是算了吧"，便不再开口。

武史皱起眉。"你要是这样话说一半，还不如从一开始就闭嘴。你应该是想说，假冒的上松和美把真的上松和美杀了，然后借用她的身份，夺得了巨额遗产。"

正中靶心。真世收着下巴，抬眼看向武史。"不太可能吧？"

"不知道，也许是这样。"

"哎……"

"作为推理小说只能算二流剧情，但完全有可能发生在现实中。"

"假的吧……太吓人了。"真世再次看向护照上的照片，将它和自己脑海中上松和美的脸比对，这时却有另一种感情翻涌起来。"不行，我还是无法相信。"

"无法相信她是假冒的？"

"这是其中一点，但比起这个，我更无法相信那个人竟然会做出这样的事。我们见过几次面，在我看来，她是一个很好的人。"说到这里，真世意识到武史冰冷的目光，"也许是我没有看人的眼光……"

"你倒是对自己很了解。"

真世怒瞪武史。"可是，现在也不能说她就是假冒的，什么证据都没找到。"

"如你所说,所以我们的工作还要继续。"武史再度转向纸箱。

"不过,按照叔叔你说的,她已经知道这些行李都会被翻查,如果她是假冒的,不可能会将成为证据的东西放在里面吧?刚才的护照就是个绝好的例子,她应该有绝对不会被怀疑的自信,才会把它放在一眼就能看到的地方。"

武史挑起一边眉毛,叹服似的"哦——"了一声。"这番分析很到位嘛,我也这样觉得。然而无论多么谨慎的人,也会有失误的时候。只要我们调查得足够彻底,一定能发现什么。"说完,武史抱起另一个纸箱放到地上。箱子上贴着写有"交友关系"的标签。打开箱子前,他回头看向真世。"发什么呆,你也帮帮忙啊,去调查一下别的箱子。"

"哪个箱子?"

"哪个都行,这种事你自己考虑。"

虽然武史这样说,但真世还是不知道应该调查什么才好。她凝视了一会儿摞在一起的纸箱,将手伸向贴着"回忆之物"标签的那个。她抱起纸箱,箱子很重。撕下胶带打开箱子,只见里面放的是剪贴簿和文件夹等物,尤其引人注目的是相册。

真世取出一看,是一本很有年代感的相册。第一页上贴的照片应该是几十年前拍的——穿着白色衬衣的婴儿在棉被中安睡。这个婴儿应该就是上松和美。

真世一页页翻过去,婴儿渐渐长成小女孩的过程在她眼前重现。穿着和服摆姿势的那张,应该是七五三节时拍的。还有努力骑上自行车的少女、在公园里玩耍的少女——相似的照片一张接一张。

真世发觉有什么不自然的东西混杂在这些照片当中。比如少女站在动物园的围栏前拍摄的照片十分细长，很明显旁边有一部分被裁掉了。还有几张照片也出现了同样的情况。

似乎察觉到真世在沉思什么，武史问道："怎么了？"

"这个你觉得是怎么回事？"真世给武史看相册，说明了疑点。

武史认真看过那几张照片，略做思考后似乎有所领悟般点了点头。"原来如此，是这么回事啊。"

"怎么回事？"

武史并未回答，沉默着再次思考起什么。

"喂，叔叔。"

"别跟我搭话。"

武史用手托着下巴，将目光投向"回忆之物"的箱子。他伸手进去拿出了什么，是一个相框。照片里，看上去是上松和美的少女坐在一位应该是她母亲的女性膝头。母亲很年轻，十分靓丽。

"这张照片怎么了？"

武史还是一言不发，很快又不知想到了什么，将相框翻了过来，甚至拆起固定背板的金属配件。全部拆除后，武史取下背板。

真世从一旁看向武史手上拿着的东西。"叔叔……"

"那名女性的身份还不得而知……"武史终于开口了，"但是看起来，至少我们没有必要帮助那个姓竹内的哥哥。"

6

距离上次和竹内见面过了五天，真世带上松和美去参观卫浴展厅，并告诉对方自己正抓紧寻找新房子，希望她再等两三天。

"不要紧,我正享受酒店生活呢。"上松和美微笑着回道,"比起这个,你去惠比寿的房子看过了吗?"

"嗯,去过一次……"

"看到我完全没整理,把所有东西就那样乱七八糟地堆在箱子里,你应该惊呆了吧?"

"既然是暂住的房子,这也没办法嘛。"

"虽然里面没有什么见不得人的东西,但我担心你会觉得我很不擅长整理。"

上松和美的语气虽然轻松,但真世能感觉到她很在意自己是否看过了箱子里的东西。如武史所言,她似乎已经做好了那些东西会被翻查的准备。"我没看,所以您不必担心。"真世答道。

离开展厅后,她们照例来到"TRAP HAND"讨论。她们进店时,武史正在打扫,擦拭东西。

"每次都打扰您,真不好意思。"上松和美表示抱歉。

"别这么说,我很欢迎。"武史礼貌地笑了笑,"里面的卡座已经打扫消毒完了,快请坐吧,不用客气。"

正当两人快走到打扫好的卡座时,入口的门猛地开了。真世回头看见来人,吓了一跳。是竹内。

"总算让我抓到了,你这家伙,躲哪儿去了?"竹内瞪着上松和美。

"不好意思,我们还没营业。"武史站在吧台后面说。

"你知道我不是客人。我找这女人有事。我想着她也该出现了,一直在店门口蹲点呢。"竹内指着上松和美说。

"简直就是跟踪狂。虽然你专门跑过来,但我没有事要找你。"上松和美说,"该说的我们上次都说完了吧。"

"不，还没完。我并不想跟你吵架。"竹内的语气稍微缓和了一些，他坐到吧台旁的高脚椅上继续道，"其实，我是来跟你做交易的。"

"交易？什么交易？"

"哎呀，别这么剑拔弩张的，坐下说吧。你一直站着，咱们也没法好好谈啊。"

上松和美重重地吐出一口气，这才走近吧台，在与竹内间隔两把椅子的地方坐了下来。

竹内把手伸进上衣内侧，掏出一个扁平的小盒子，放到吧台上。

"这是什么？"上松和美问。

"你自己看看啊。"竹内嬉皮笑脸地说。

上松和美拿起盒子，马上皱起眉。"亲子鉴定试剂盒？"

"如今时代真是便利啊。据说只要自己采样DNA寄到鉴定公司，他们就能帮忙判定是否具有亲子关系。"

"你拿这个来是想干什么？"上松和美将盒子放回吧台，推到竹内面前。

"不需要我再解释了吧，用这个确定一下你和爸有没有亲子关系。我先说好，这不是我的意思，是爸说的。"

"你不是说那个人得了老年痴呆吗？"

"他偶尔也会恢复正常，我趁那时候把你的事告诉他了，我跟他说你不是真正的和美。于是爸就书面委托我作为他的代理人，把话带到你面前。虽然你可能会感到不愉快，但这也是为了大家好。作为交换，如果鉴定结果显示你和爸确实有亲子关系，那今后我再也不会出现在你面前，一言为定。怎么样，这条件不错吧？"

"我要是拒绝呢？"

"你为什么拒绝？你要真是和美，应该没有拒绝的理由。你别担心,我不会造假的。取爸的样本的时候,你可以一起去,然后再采你的,当场寄出,这样不就好了?"

"我拒绝。"上松和美果断地说,"这对我一点好处都没有。"

"你没听我说话吗?只要证明了你们是亲生父女,我就会从你眼前消失。反过来说,在此之前,我会不断地纠缠你。"

"那没办法了,随你的便吧。"

"我上次说过,迫不得已时,我会向家庭法庭提起诉讼,申请确认你们不存在亲子关系。到了那个时候,你就无处可逃,想躲也躲不掉了。"

"所以我说了,随你的便。"

"真的?我不是在吓唬你。"

"不好意思,我能说句话吗?"武史插嘴道。

竹内皱起眉,转身面向吧台。"什么?这不关你的事。现在还没到营业时间吧,你别多嘴。"

"这可不行。和美女士是我已故朋友的夫人。有人故意找碴,我怎么也不能坐视不理。"

"我找什么碴了!"竹内出声威吓。

"根据我刚才听到的,你说的话明显很奇怪。你出于什么目的要调查你父亲和和美女士的亲子关系?"

"这还用说,如果查明他们不是亲生父女,这个女人就不是和美,而是假冒的。"

武史用力摇了摇头。"我不懂你的意思,为什么要这样?"

"啊?这话应该我说吧,你什么意思?"

武史转向上松和美。"和美女士,为什么不对这个人说出真相呢?我觉得您已经没有必要顾虑他的感受了。"

对上上松和美困惑的目光，武史道了声"不好意思"，接着说："前几天真世去您家的时候，我也一起去了。那时，我们发现了这个。"武史说着从下方拿出了一样东西，放到吧台上。是之前他们看到的相框。相框里放的是少女时代的上松和美和像是她母亲的女性的合照。

"我觉得这张照片拍得很好，就拿起来看，不巧背板脱落了。我绝对不是故意打开的，不过还是有些在意，就看了内容……"

上松和美凝视了一会儿相框，随后缓慢地伸出手，在所有人的注视下打开了背板。

真世从一旁窥探，照片背面有用蓝笔写下的文字。

上松和美一动不动，似乎沉浸在特别的回忆之中。

"和美女士，"武史唤道，"我理解您的心情，您想要掩盖母亲做过的事。不过事到如今也没有办法了，为了让这个人信服，您最好还是告诉他吧。"

"什么啊，快说。"竹内不耐烦地说，"怎么回事，你们在说什么！"

上松和美叹了口气，双肩似乎也垂下去。她从相框里取出照片，一言不发地放到亲子鉴定试剂盒旁边。

竹内面目狰狞地拿起照片，瞥了一眼正面便翻了过来。

他的视线划过文字，表情不断变化，脸颊也逐渐开始抽搐。

也难怪，真世想。

照片的背面写着如下文字：

致和美

这个重大的秘密，我只告诉你一个人。

祐作不是我的孩子，是你父亲和别的女人生下的。

所以我也生下了别的男人的孩子,那就是你,和美。这件事,你爸爸毫不知情。

请你一定要过得幸福。

妈妈

竹内低吼了一声,呻吟似的说:"骗人,这不可能。在户籍上,我可是堂堂正正的长子。"

"这一点也不奇怪。只要给道德败坏的医生塞点钱,让他们写下出生证明,就能把别的女人生下的孩子变成自己的孩子。"武史冷冷地说,"这下你懂了吧?你的父亲和和美之间没有亲子关系也不足为奇,不如说是理所当然的,这也就没办法成为证明她身份是真是假的证据。"

"骗人!"竹内吼道,"我不相信!这简直是胡说八道!"说完,他开始撕照片,把照片撕得细碎后抛向了空中。细小的纸片四散飞舞,落到地上。

竹内从怀里掏出手机,操作起来。真世看到他的手小幅度地抖动着。

"这你又怎么说?"竹内将手机屏幕转向上松和美,画面中显示的是一份文件,"这是诊断书,根据上面写的,一年多前你被告知得了胰腺癌。得了这种病,怎么可能到现在还能这样活蹦乱跳的?"

上松和美舔了舔嘴唇。"你的意思是,得了胰腺癌就一定会死?"

"我问了相熟的医生,就算治疗了,也到不了你如今的状态。"

"你还是这副老样子,一点都没变。"上松和美的语气中带着怜悯,"愚蠢又武断,不会深入思考。"

"你说什么！"竹内起身去抓上松和美的右手腕，然而武史先一步抓住了他的手。"放开！"竹内怒骂道。

"店里安了监控。"武史说，"你的一举一动都被拍下来了。你刚才撕照片的行为，已经构成故意损坏他人财物罪。如果被法院判定有罪，将处以五年以下拘役。你要我报警吗？"

"……哼，随你的便。"竹内的声音里却难掩狼狈。

武史放开竹内的手。"我也许应该顺便告诉警察，半年前有人闯入和美女士家中盗窃，他们应该会展开各种调查，比如把当时在现场采集的指纹和你的比对看看，说不定还会做一做你很喜欢的DNA鉴定。你刚才大张旗鼓展示的诊断书照片，说不定会成为正合适的证据呢。"

竹内的脸色唰地变得惨白。"我听不懂你在说什么。"

"你要是没有印象便不必在意，我先叫警察来。不过，如果你现在立刻起身离开，我也不是不能放你一马。"

竹内懊悔得脸都歪了，看了上松和美一眼，重重地咂了一下嘴，站起身。他正准备走向门口，就听见武史说"你忘了这个"。武史递出亲子鉴定试剂盒。

竹内一把夺过盒子攥在手中，大步向门口走去。

门关上后，武史走出吧台，锁上了门。

上松和美起身离开高脚椅，开始捡地上四散的纸片。

"充满回忆的物品成了这副零散的模样。"武史出声搭话。

"我试试用透明胶带粘起来。"

武史凝视着上松和美手中的纸片。"母亲留下的宝贵信息，您会时不时拿出来看吗？"

"说不上时不时……非常偶尔吧。"

"这样吗？"武史走回吧台内侧，"和美女士。"

"怎么了？"

"那张照片是复印的。"

"哎？"上松和美仰起脸。

"原件在这里。"武史说着举起一张照片，是少女和母亲的合照——和放入相框里的那张一模一样。

"然后，"武史翻过照片，"原本的照片背面，什么也没写。"

上松和美的身体僵住了，像是在说：我不明白发生了什么。声音似乎也卡在了喉咙里。

"那段话是我写下的。"武史淡然地说，"竹内不是您母亲的孩子，以及您不是您父亲的孩子，都是我的创作。也就是说，我在胡说八道。可您却说，您偶尔会看那段话。"

上松和美的胸口剧烈起伏，似乎喘不上气来。"你为什么这么做……"

"在说明这个之前，我必须先跟您道个歉，其实，我不是您丈夫的棋友，那也是彻头彻尾的谎言。我们从没见过面，当然也不曾去家里做客。"

"怎么会……这……"

"对不起，做了这么轻率的事。我想为了侄女，得在您这里取得一点点好印象。"武史将初次见面时的对话完全是虚张声势，以及在横滨的房子前面拍摄的纪念照是自己伪造的等等，一五一十地向愣在那里的上松和美坦白。

"所以你早就意识到我不是真正的上松和美？"

"是的。"

"你也是？"假和美回头看向真世。

"不好意思。"真世低下了头。

"既然你们都知道了,为什么到今天为止什么都不说呢?"

"因为我们都是局外人。"武史代替真世回答,"既然你们双方都同意这么做,旁人也不应该插嘴。"

"双方……"

"不用说,指的当然是您和上松和美女士。如此巧妙的调包,没有本人和替身双方的合作,是不可能完成的。根据我的想象,提出计划的是上松女士,而您接受了她的提议。我没猜错吧?"

眼前作为替身的女子沉默片刻后,放弃似的点了点头。"没错,如你所言。"

"进一步展开想象,上松女士确实如竹内所言患了重病。知道所剩时日不多的她,有一件比什么都在意的事,那就是从丈夫那里继承的巨额遗产的去向。如果放任不管,就会悉数变成父亲和哥哥的东西。即使留下遗嘱,说要将遗产全部捐给慈善机构,父亲也会分到不少于三分之一的份额。而这实质上也会变成哥哥的囊中之物。只有这一点,是上松和美女士怎么也不能容忍的,因为哥哥是她在这个世界上最憎恨的人。"

作为替身的女子睁大了眼睛。"为什么你连这个都知道?"

"因为我看到了。"武史稍弯下腰,这回从下方取出的是一本旧相册,"这里面还留着的都是上松和美女士小时候的照片,但有几张被不自然地裁切了。据我推测,被裁掉的部分大概就是大她四岁的哥哥,也就是竹内。那些原本应该是兄妹二人的合照。然而这样的纪念照,在上松和美女士眼中却是可憎的。前几天您是这么对竹内说的吧,上松和美在初一的时候,被哥哥杀死了。虽然我不知道具体情况,但能想象她应该遭受了某种形式的虐待。在那之后,她就切断了和哥哥的一切联系。这些照片就是证据。"

作为替身的女子略显踌躇地开口道:"上松女士在上初一那年的冬天,被她哥哥的好几个同学猥亵。那些同学是这样对她说的,'我们付钱给你哥哥了,所以你要按我们说的做'。"

"人渣。"听到这令人作呕的往事,真世嘟囔道。

"自那以后,她就觉得男人很恐怖,没办法和任何人交往,也不曾考虑结婚。然而在养老机构工作的时候,她遇见了孝吉先生,那一刻,她感觉到了命运。她说,也许是因为他们的年龄差比父女还大,所以在她眼中,孝吉先生和迄今为止遇到的男人都不一样。"

"所以她无论如何也无法接受自己深爱的丈夫的财产,变成可恨的哥哥的囊中之物,哪怕只是一部分。所以她才会找到替身,营造出自己还活着的假象。"

"正是如此,真是了不起的推理能力。"

"得到您的夸赞,不胜惶恐。"武史单手抚胸,说出客套话,"因为我相信自己的这番推理,便想即使只是微薄之力,是否有我能帮上忙的地方。就这样,我想出了在照片背后写下母亲的留言这样的小把戏。我预想到竹内迟早会提出做 DNA 鉴定,而这就是对抗的计策。那个男人应该终其一生都会不断怀疑自己的身世,这样的惩罚是他应得的。"

"我没从和美女士那儿听说照片背面有那些话,所以刚才很慌张。但我怎么也没想到,那竟然是伪造的。"

"您表演得十分精彩,瞬间便做出了反应。那么,现在您能告诉我了,"武史换上严肃的表情,凝视着眼前的女子,"您究竟是谁?"

直到刚才还在以上松和美自称的女子,放弃般浮起一丝笑意,道出了自己的本名——末永奈奈惠。

7

末永奈奈惠在位于川崎市的大型书店工作。

一天,她检查完书架后,发现有一位独自来店里的女客人一直盯着她。对方戴着口罩和黑框眼镜,身材纤细,一头浓密的栗色头发给人留下很深的印象。

奈奈惠正想着这是怎么回事,女人走向了她,问:"契诃夫的书在哪里?"

"您要找契诃夫的哪本书呢?您知道书名吗?"

闻言,女人歪了歪头,接着说:"如果你能给我推荐一下就好了。"

"好的。"她回答完,将女人带向外国文学区。

"我喜欢《樱桃园》,不过《万尼亚舅舅》也卖得很好,还有《海鸥》和《三姊妹》。不同出版社出的,选篇也不一样。"奈奈惠一边展示着书一边说明,女人却都只瞥一眼,便又将视线盯回她的脸上。难道是她脸上沾了什么吗?

"您想要哪本呢?"

听到奈奈惠的问题,女人眯起眼睛点头。"谢谢,我全要了。"

"全部……吗?但有几本里的作品是重复的。"

"没事,我买来送人的。"

"啊,原来如此。那确实不错。"

女人接过书,走向收银台。目送着她的背影,奈奈惠心想,真是奇怪的客人啊。

两周后,奈奈惠整理书架时,听见背后有人叫"末永小姐"。

回头一看，一个女人站在那里。她穿着佩斯利花纹的连衣裙，戴着眼镜和口罩。

"还记得我吗？"

"买契诃夫的……"

"太好了。"通过女人的眼睛，能看出她说这句话时在微笑。"上次多谢了，礼物反响很好。"

"这样啊，真是太好了。"奈奈惠发自内心地说。推荐的书让客人满意，对于店员来说是莫大的快乐。

"所以呢，我想表达一下我的感谢。你下班后有安排吗？"

"这可不行，"奈奈惠举起双手左右挥动，"我只是做了分内的事。您的好意我心领了。"

"别这样说，就陪我吃个饭，可以吗？其实，我有件事想拜托你。只要一个小时就好，听我说说。"女人的语气变得亲切起来。她说自己名叫上松和美。为了证明这是真名，她甚至拿出了信用卡。

奈奈惠感到困惑，不知道对方的目的是什么。她知道自己姓末永，大概是因为看到了别在胸前的名牌，可这种东西一般不会专门去记。也就是说，上一次见面，她就已经对自己抱有某种特别的想法。

"拜托了。"上松和美双手合十，目光分外真切，看起来不像是图谋不轨。而奈奈惠也有些在意她想要拜托自己什么事。

"好吧。"奈奈惠回答，"我晚上八点半能走。"

"谢谢。那我在车上等你，你能到停车场来找我吗？"

上松和美说出了车型和车牌号，奈奈惠对汽车不甚了解，在手背上用圆珠笔写下了四位数字。

晚上八点二十分左右，奈奈惠走向停车场。因为已经过了闭店时间，只有一辆车停在那里，上松和美正坐在车上等她。

待奈奈惠坐到副驾驶座，上松和美发动了汽车。当奈奈惠问起目的地，对方只回答"不是很远"。

她们去的地方，是城市酒店的一间房间。走进去后，上松和美不等坐下便转向奈奈惠说道："第一次在你们店里看到你的时候，我简直不敢相信。我觉得这是一个奇迹。因此，虽然很抱歉，我还是对你做了各种调查，并确信了你是一位值得信赖的人，所以才会像这样邀请你。"

奈奈惠完全不明白对方想要表达什么。

"呵呵。"上松和美抿嘴笑了笑，"你感到困惑也不奇怪，但我如果这样做，你应该就知道我在说什么了。"上松和美摘下眼镜，放到一旁的桌子上，又取下口罩，梳起头发后才将脸转向奈奈惠。

究竟过去了几秒，奈奈惠才理解了眼前的状况？一秒？两秒？都不是。她呆呆地望着对方，时间一分一秒地流逝。直到某一刻，她发出了"啊"的一声，睁大了眼睛。

"你知道我的话是什么意思了吧。"

"我们长得很像……对吧？"

"岂止是像，你不觉得我们简直一模一样吗？"

奈奈惠凝视着对方，沉默地咽了一口唾沫。她说不出话来。面前女人的脸和她的十分相似。当然还是有一些细微差别，但乍看之下却是一模一样，正如上松和美所言。

"实话告诉你，我做了一些改变，对我自己。"上松和美两手抚住脸颊，"我照着你的脸改变了妆容，也换了眉形，但也只是这种程度而已，我可没去整容。本来想把发型也变成跟你一样的，但没找到合适的。所以，我想让你戴上这个。"

65

上松和美拿过椅子上的纸袋，从中掏出一顶假发。栗色的发丝看起来和她的一样。

上松和美走近奈奈惠，将假发戴到她头上，整了整形状后说"你自己看"，将奈奈惠推到镜子前。

奈奈惠倒吸了一口气，镜子里映出的两个人影仿若孪生。如果她们这样对别人说，应该没有人会怀疑。

"怎么样？"上松和美问。

"很像。就是我有些胖。"

"没有啊，我以前也跟你差不多。你今年几岁了？"

"三十九岁。"

"那就是比我小三岁。不知道卸了妆，肤质会不会有差别。"

"上松女士，接下来您打算做什么？拍照片吗？"奈奈惠以为她是想上传到社交媒体才这么问，上松和美却摇了摇头。"我虽然想拍，但还是算了吧。我不想留下奇怪的证据。"

"证据……"她的回答让奈奈惠不明所以。如果不是为了拍照，她为什么要这样做呢？

"我会跟你解释清楚的，坐下说吧。假发可以摘下来了。"

奈奈惠在椅子上坐下，摘下了假发。上松和美坐到了她的对面。

"你有没有觉得很奇妙？就像和自己面对面。"

"是……吧……"确实如此，但因为摸不清上松和美的目的，此刻在奈奈惠心中，紧张感占了上风。

"我想拜托你的事也不是别的，我希望你能做我的替身。"上松和美说道，"我现在住在横滨的一栋房子里，但因为一些情况，没办法再继续住下去了。然而，我必须让别人认为我还一直住在里面，所以希望你代替我住进去。不需要每天，一周一次就好，如果做不到的话，一个月一次也行。只要让附近的邻居看到你住在里面就行。当然，我不会让你白干的，我会支付相应的报酬。"

面对这着实奇怪的委托，奈奈惠依然不清楚对方的目的，只有猜疑在她的心里不断膨胀。似乎察觉到了这一点，上松和美耸了耸肩说："这番话很可疑吧。"她继续道，"毕竟，我对你的事情一清二楚，你却完全不了解我。要不这样，你到我家来一趟吧。这样我就能把一切告诉你，一定会让你接受的。"

"你对我的事情一清二楚？"

"是的，我刚才说过了吧，我做了调查。"上松和美拿出小手账本，如数家珍地报出了奈奈惠居住的公寓、电话号码、常去的咖啡店、买东西时会去的便利店等等，全都分毫不差，这让奈奈惠感觉脊背发寒。

"你应该觉得很不舒服，但我是认真的。"上松和美的表情透出一股悲壮感，"你能来我家一趟吗？"

奈奈惠心中支起了一杆天平，好奇心和不想参与麻烦事的警戒心各占一端。几番摇摆之后，天平向一端大幅度倾斜。奈奈惠点了点头。

两天后，奈奈惠根据地址，找到了上松和美位于横滨山手町的家。因为上松和美交代过，希望她不要让附近的邻居看到脸，所以奈奈惠戴上了口罩。自从疫情暴发以来，戴口罩已经成为不再会引人注目的常态。

终于到达目的地，出现在眼前的是一栋日式和西式风格交融的房子，虽然不是那种能称得上宅邸的宏伟建筑，但房子建得很有格调，红砖门柱十分引人注目。

上松和美化着和两天前一样的妆容等待着，她说今后打算一直这样生活下去。

"我之前在家时一直都是素颜,不过既然请求你来扮演我的替身,首先必须让附近的邻居看惯这张脸。"

"嗯……上松女士,我还没有答应。"

"我明白,所以我才请你到这儿来呀。"

上松和美泡好了红茶。在能眺望庭院的客厅里,她时不时喝着茶,说起了自己的故事。

最先提到的人是她已故的丈夫——在高级养老机构认识的上松孝吉,两年前去世了。他留下了巨额遗产,皆由上松和美继承。然而,上松和美还没过多久优雅的年轻寡妇生活,就察觉到了身体的异样。检查结果显示,她得了胰腺癌。

"我虽然一直在接受治疗,但已经没办法了。我知道自己活不了几年。"上松和美淡然道。比起放弃人生的态度,她的语气听起来更接近达观。奈奈惠觉得自己没必要说出一些蹩脚的安慰,便等待着她接下来的话。

"比起这些,我更在意的是我死后的事。坦白讲就是我的财产的去向,因为我并非没有法定继承人。"她继续说,"我的父亲和哥哥还在世,而我不想把财产让给他们当中的任何一个。"接着,她说明了不情愿的理由。奈奈惠听完后也能够理解。上松和美有一个不堪的父亲和人渣一般的哥哥。尤其是哥哥,奈奈惠心想,事到如今,就没有什么方法让他得到惩罚吗?

"所以我不能死啊。"上松和美露出无力的笑容,"即便我死了,也不想让别人知道,至少要保密到我父亲死去为止。如果我留下遗言,可以把哥哥从继承人里剔除,但父亲总能分到一部分。"

"所以您才希望我代替您住到这个家里……"

"看来你已经明白了我的用意,正是如此。而你也能获得相应的报酬,一旦我死了,所有财产就都是你的了。这也是理所当然的,毕竟你就是我嘛。而且,那一天的到来应该要不了多久,最多一年。"

"也不能这样下定论,不是吗?只要您坚持治疗——"

似乎要打断奈奈惠的话一般,上松和美用力摇了摇头。"不,是我自己决定了,要在一年内告别这个世界。"

奈奈惠闻言愕然,和美是打算自杀。"这……不太好吧?"

"为什么?"上松和美歪了歪头。

"为什么……因为,这就是不好啊。"

"我说过了吧,我活不了几年了。而到了那时,我会在痛苦中咽下最后一口气。既然这样,我想在自己还能有所掌控的时候死去。你别担心,我会选一种让人无法确定身份的方式。比如到一个很远的地方去,纵身一跃。"她的语气平淡得宛如这一切都与她无关,显示出了她不容更改的决心。奈奈惠无法再说什么。

"如何?你要是答应,我会很高兴。"

即便理解了事情的缘由,奈奈惠还是无法立刻给出结论。她说希望能多一点时间思考,然后便离开了。

奈奈惠一个人想了很久。做这种事真的没关系吗?她依然内心不安。这不是在犯罪吗?话虽如此,她也非常同情上松和美的遭遇。再加上能够获得一笔巨额财产,这也很吸引人。然而最终促使奈奈惠下定决心的,是一个完全不同的理由。

听到奈奈惠说她答应,上松和美在胸前十指相扣,说着"太好了",长舒一口气。"我一直想你要是拒绝了该怎么办,担心到睡不着。"

"我会尽力帮助您,不过,我有一个条件。"

"什么？钱吗？"

"不是。上松女士，您上次说过吧，想去一个很远的地方纵身一跃……"

"你说自杀啊，是，我是这样打算的。"

"我想请您更改计划。"

"更改？什么意思？"

"您能在我家里……迎来人生的最后一刻吗？"

上松和美深吸了一口气，又呼出来。"为什么？"她问。

"因为我……想杀死末永奈奈惠。"

上松和美眨了好几下眼睛后，才稳住声线，说："看来，你也有一些故事呢。"

"今天轮到我来说自己的事了。"奈奈惠说，"您能做我的倾听者吗？准确地说，是我和我妈妈的事。"

"当然，我很荣幸。说给我听吧。"

"好。"说完，奈奈惠开始讲述起来。那是一个有些长的故事。

奈奈惠出生和长大的家，位于日本海沿岸的一个地方城市。在末永家，母亲支配着一切。女儿要上哪所学校，要不要换车，什么时候吃买回来的蜜瓜等等，全家事无大小，都由她一个人决定。

是从什么时候开始变成这样的呢？奈奈惠已经记不清了。自她懂事以来，似乎已经是这样的。

刚上小学时，住在附近的一位朋友夸赞了她们家崭新大门上的花纹十分美丽。回家后她把这件事告诉了母亲，只见母亲微微上扬鼻尖，挺起了胸膛。"是吧，毕竟，那可是你妈妈我挑的。还有墙壁的颜色、外面的树篱，大家应该都觉得很棒。你下次去问问。"

过后奈奈惠才知道，就连建房子这件事，也是母亲提出来的。

不仅如此，作为和祖父母同居的条件，她要求两位老人承担三分之一的费用。从备选的几块建筑地中挑中如今这块地的是她，房子也按照她所希望的，以白色为基调建成了。

然而，奈奈惠并没有觉得这些有什么奇怪。在她心目中，母亲是这个家里最强大的，她很敬佩这样的母亲，这一切也都是事实。

奈奈惠上小学五年级时，祖父因中风倒下，从此只能卧床。祖母承担了看护的工作，但一个人实在忙不过来。再加上祖母不擅长照顾人，总是做一些无用功，母亲看不下去，便开始帮忙，渐渐掌握了主导权。看护病人要办的琐碎手续，和役所的交涉，这些都是母亲处理的。她经常向奈奈惠抱怨："你奶奶是不知人间疾苦的慢性子，真令人困扰。"又一定会紧接一句："这个家要是没了我就转不下去了。"

母亲如此强势的言行，自然也波及了作为独生女的奈奈惠。她日常生活中的所有事情，母亲都要干涉。她只能穿母亲喜欢的衣服，发型也不能自己决定。她被迫学习不喜欢的东西，而喜欢的事情却不被允许。一天的日程都贴在桌子上，如果不照做，母亲就会哀叹。不是训斥，而是哀叹。

"我什么都为奈奈惠着想，为什么奈奈惠却不听我的话呢？你只要听妈妈的话，一切就会顺顺利利的，所以别想多余的事，就按我说的做，好吗？我求你了。"

母亲的灼灼目光也投向了奈奈惠的人际关系。比起掌控，那更像是一种监视。她交了哪些朋友，母亲了解得一清二楚。对于她的好几位朋友，母亲都说过这样的话："那孩子不适合跟奈奈惠来往，以后别一起玩了。"她不知道母亲是根据什么标准在为她挑选朋友。

"我不是妈妈的机器人！"这是奈奈惠上高中不久时发出的呐喊，因为母亲擅自打开了奈奈惠朋友的来信。

然而母亲并没有道歉。不仅如此，她坚称"是为了你好才这么做的"，还说："这个世界上再没有像我这样爱你的人了。"奈奈惠用反驳回敬道："这不是爱。"

自此，你一言我一语的争论逐渐成了末永家新的日常。没多久，母女俩大吵一架，母亲在争吵中歇斯底里地大声哭号。

对于这些问题，父亲一向不管不顾。他每天工作到很晚，周末也经常不在家，不是加班，就是陪客户打高尔夫。他并非没有意识到家里的变化，总之他就是在逃避。而他心里，也对帮忙照顾自己父母的妻子怀有歉疚。

不久，母女之间的争执平息了，因为奈奈惠已经对反抗感到疲惫。她知道只要自己扮演一个好女儿，这个家就能维系表面上的平和。

她对母亲言听计从，母亲让她学习她就学习，母亲让她考她就考进了当地的大学。然而大学生活也没有丝毫快乐可言，母亲的监视一如既往，她没办法谈恋爱。因为不管怎样都会遭到反对，她也不想去认识新朋友。

毕业后，她进入父亲的熟人开的公司。她对自己的工作毫无兴趣，但面对母亲的话——"对于女人来说，职场不过是找老公的地方罢了"，她失去了所有反抗的力量。

最后，是母亲给她找来了结婚对象。对方是熟人的儿子，尽管长相和内涵都不差，但不是奈奈惠喜欢的类型。不过奈奈惠还是和他交往了，只因为对方在东京上班。奈奈惠心想，只要结婚了，就能摆脱母亲的束缚。

新婚还不到一个月，奈奈惠就知道一切并不如她所预期的那样。母亲频繁地出入她位于东京的新居，次次都是不打招呼就来。母亲不仅事无巨细地过问她的新婚生活，还会仔细翻查房间。到了最后，母亲一定会询问夫妻俩的育儿计划，以责问的语气抛出一句"怎么样了"。

虽然她和丈夫有夫妻生活，但没有怀孕。对于这件事，奈奈惠比谁都焦虑。她和丈夫之间并没有多深的情感联结，要是再不生个孩子，她简直无法忍耐这段平凡又无趣的婚姻。对方似乎也如此认为。没过多久，她就发觉丈夫出轨了。丈夫说厌倦了感受不到爱情的生活。听到这句话，奈奈惠也心有同感。

离婚后，她留在东京一个人生活，很幸运地找到了工作。她经由学生时期的朋友介绍，来到了如今的公司。

母亲频繁地叫她回家，她每次都以在老家找不到工作为由避开话头。"如果有条件的话，我也很想回家。但到了这个年纪，我不想再给父母增加负担，还是应该先挣一笔积蓄再来积极地考虑今后的事。"她说着违心的话。

就这样过了十年，母亲一边照顾年迈的丈夫，一边等待着女儿归家。她的愿望是女儿能为她养老——这是她亲口说出的话，一字不差。

我的人生究竟是怎么一回事？奈奈惠一直在思考，我是为了母亲而生的吗？从今以后，我也不能为自己追求些什么吗？

就在这时，她遇到了上松和美，为她带来了一个惊天计划，甚至可以说是一场能让她重启人生的豪赌。

"我懂你的心情。"听完奈奈惠的故事，上松和美说，"被父母抛弃的孩子是悲惨的，但被束缚的人生也很痛苦啊。"

"对不起。和上松女士受过的苦相比,我这些应该不算什么吧。"

"我没这么想。我明白了,我接受你的条件,会在你的房间里结束我的生命,以末永奈奈惠的身份离开这个世界。"

"谢谢。"奈奈惠诚挚地说。

从那一天起,两人频繁地见面。见面地点是在惠比寿新租的一个单间。上松和美说自己已经从横滨的房子搬离了。奈奈惠知道对方这是在为她考虑,以便她今后以上松和美的身份开启新的人生。

"等我死了,你可以搬到更宽敞的房子里去。最好买一个属于自己的家。"上松和美愉快地说。

在惠比寿的公寓里,奈奈惠为完美扮演上松和美进行着训练。她听上松和美讲述自己生平的种种经历,将这些东西彻底灌输进脑海。她还学习了上松和美的兴趣爱好、穿搭喜好等等。

幸运的是,这个世界上几乎没有和上松和美关系密切的人了。至于理由,上松和美解释道,和年迈丈夫的生活,就是她的全部。

为了让体形和本人尽量接近,奈奈惠开始减肥,几个月内瘦了将近十公斤。公司同事都担心她的身体是不是出了什么问题。

奈奈惠还改变了发型。上松和美戴着栗色假发,脱下后是黑色的短发。她的头发曾因化疗掉光,如今终于又留出了一头新发。因此,奈奈惠也剪了短发。

就这样过了将近一年,命运的一天终于到来。

"我没有什么遗憾了。虽然这样说有些奇怪,但是和奈奈惠一起生活的这段时间,我很快乐。我回顾了自己的人生,而且这个世界上能有一个人让你毫无保留地敞开心扉,是一件很幸福的事。"

奈奈惠流下了眼泪,因为她也有相同的感受。她们之间有一种不同于友情的深厚情谊,也许因为她一点点继承了上松和美的人生。

与此同时，名叫末永奈奈惠的人将从这个世界上消失，这也让她颇为感慨。迄今为止的所有人际关系都会彻底消失。她不能再接近现在工作的地方，也不能再和朋友、相识的人见面。然而不可思议的是，她对此没有丝毫惋惜和悲伤。自己走过的半生，和即将以新身份展开的人生相比，是多么黯淡无光。

　　上松和美决定服毒自尽。在奈奈惠家里，穿着奈奈惠的衣服，在各处留下指纹后饮下毒药。在遗体的旁边，会留下一封遗书，上面写着"我累了。对不起。末永奈奈惠"。由于是奈奈惠亲笔写下的，不用担心字迹惹人怀疑。

　　两天后，奈奈惠通过一则不起眼的网络新闻得知了自己的死讯。

8

　　"我作为上松和美做的第一件事，就是买公寓。"末永奈奈惠说，"既然已经继承了她的人生，就应该以和她相符的方式生活。因为有钱，房子也能买得宽敞些，但不能过于标新立异。神尾小姐提出了几个很有吸引力的设计方案，但我不确定究竟哪个与名为上松和美的女性更为相配，最后还是选了最正统的那个。"

　　原来是这样，真世明白了其中缘由。

　　"你们有预想到会和竹内见面吗？"武史问。

　　"和美说总有一天会见面的，还说他们已经几十年没见了，他绝对意识不到眼前的人是假冒的。但那个人知道和美的病情，对吧。他是通过什么手段、从哪里知道的呢？真是不可思议。"

　　"刚才当着他本人的面，我也说了，我认为半年前的入室盗窃就是他做的。他应该是那时看到了诊断书。据我推测，他在得知和美女士身患重病后，改变了原本的计划。"

"计划？"真世问。

"我不认为他潜入和美女士家中的目的只是盗窃。根据我的推理，他应该是想要和美女士的命。"

"怎么会……"真世和末永奈奈惠对视着，奈奈惠的表情也僵住了。

"这样想更合乎逻辑。和美女士成了资产家的遗孀，他闻着味就来了，只可能是为了遗产。他应该觉得，只要让人认为这是一起入室抢劫杀人案，警察就不可能怀疑到已经几十年没有与受害人联系的他身上。"

"但他知道和美女士得了胰腺癌，就改变了主意，认为只要等她死去就好，这样更为安全。"真世说。

"是的。然而和美女士并没有死，不仅如此，她还元气满满地复活了。于是他怀疑是不是有人假冒，这才上门纠缠。"

"他应该不会再来了吧。"

"我不知道，但他应该无计可施了。只要您不说出真相。"武史看向奈奈惠，真世也转过视线。

意识到两人都在注视自己，末永奈奈惠似乎有些窘迫，身体微微颤抖着。"我应该怎么做呢？你们觉得我应该说出真相吗？"

"这应该由您自己决定。"武史立刻答道，"至少我并不打算把今天听到的事情说出去。从某种意义上说，我已经是共犯。我侄女应该也是同样的想法。——是吧？"

武史突然抛来问题，真世有些困惑，她无法坦率地说出"是的"。"我能问个问题吗？"她对末永奈奈惠说。

"请说。"

"您母亲怎么样了呢？我指的是末永女士的母亲。毕竟，在她的认知里，女儿死了，这对她来说应该是非常沉重的打击吧。您觉得这样好吗？"

末永奈奈惠窘迫地垂下眼帘。她果然不想提及这些。

"真是愚蠢的问题。"武史打破了沉默。

"哎？"真世抬头看向他，"什么？"

"我说，真是愚蠢的问题。你是打算成为道德老师吗？对于从伤害自己的父母身边逃离的孩子，这不是该问他们的问题。这种问题只能孩子自己问自己，旁人不能插嘴。如果你觉得带着秘密共事是一种负担，就赶紧换一个设计师过来。"

听了武史的话，真世心下一惊，也许他说得没错。刚才武史用了"共犯"这个词，让她无法否定自己或许只是想要摆脱这种处境的心情。

是末永奈奈惠打破了这令人窒息的沉默。

"我当然也考虑了母亲。"她语气沉稳地说，"如你所说，这对她来说很残酷。然而我必须以某种形式脱离母亲的控制。这不仅是为了我，也是为了母亲。今后，母亲应该会很辛苦，但我还是可以找到一种方式去帮助她，不是以女儿的身份。"

从末永奈奈惠的话中，真世悟出了她的真实用意。她想一边作为上松和美生活，一边守护母亲。如果是这样，确实如武史所说，这不是旁人可以插嘴的问题。

"我明白了。"真世说，"我不会再多嘴了。"

"真世……"

"这件事就到这里吧。"武史拍着手，"我要去干活了。真世，你也回归日常生活吧，去做你该做的事。"

"好。"真世说完，看向末永奈奈惠，"那么上松女士，我们开始今天的讨论吧。"说着，真世心想，这名女性不仅要改造房间，连同自己的人生，她也要一起革新吧……

虚幻者

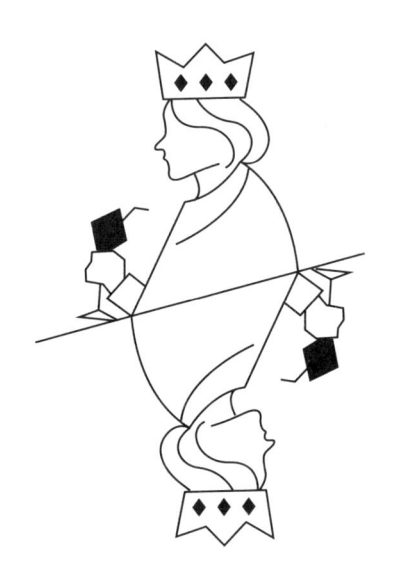

1

萨克斯奏出的悦耳乐声在店内飘荡，爵士名曲 *Left Alone* 的演奏进入终章。几天前智也说，他们乐团的现场演出基本都在这首曲子中落下帷幕。现在，智也正站在萨克斯吹奏者身后，演奏着"木贝斯"。伴随着乐曲，他沉醉地晃动身体，时不时向柚希投去视线，似乎是在向她确认：今晚开心吗？柚希眨眼回应：当然，我很享受哦！

萨克斯吹奏出的最后一个音传至观众席的同时，鼓手敲击西洋铙钹发出的纤细声响宣告了乐曲的结束。周围的观众心满意足地鼓起掌，他们几乎都是老年人。

吹奏萨克斯的男人向大家致意，演出正式结束了。柚希和智也对上视线。看到他轻轻点了点头，柚希从座位上起身。

走出仅能容纳数十人的小型爵士俱乐部，柚希拦了一辆出租车，目的地是惠比寿。出租车发动后，柚希拿出手机，给智也发了一条消息："棒极了。我很感动，眼泪都快要流出来了。"

对方很快发来回复："谢谢。你要是能为我尽情流泪就好了。（笑）"

她不知不觉弯起了嘴角。

出租车开到了目的地。柚希下车后立刻走进边上的小路。脚边放着一块刻有"TRAP HAND"字样的混凝土方砖。

小路深处是一扇黑色大门，上面没有任何标识。她拉开门踏入店内，微暗的光线恰到好处。这是一间仅有一个吧台和一个卡座的小酒吧。"欢迎光临。"吧台内侧，身材高大的男人低声招呼道。黑色衬衫配上黑色马甲，此人是这家店的老板神尾。

一名男性客人坐在吧台最靠里的位子上，身穿焦茶色的人字纹西装，戴着圆框眼镜。他手边的平底酒杯里装着喝到一半的琥珀色液体，应该是威士忌。

柚希在进门第二把高脚椅上坐下。

"今天有演出吧？"神尾问道。

"是的，我刚从店里过来。"

"你第一次听高藤演奏？"

"听过几次，但像今天这样在正规的爵士俱乐部里的演出，还是第一次。"

"怎么样？"

柚希在胸前握紧双手。"果然和在家里随性演奏的时候完全不同，有一种沉醉在音乐里的感觉。对他来说，那应该是最幸福的时光吧。"

"音乐人如果知道台下有观众这样理解自己的演奏，应该会感到非常幸运。不过有一点你说错了，对于高藤来说，最幸福的时光当然是和你在一起的时候。"

听到神尾的话，柚希感觉自己的体温升高了。因为不想被人看见脸颊上浮起的红晕，她默默低下了头。

"那么，"神尾说，"今晚要喝点什么吗？你在这里等高藤过来？"

"来一杯吧。整理乐器也挺费时间的，他还要回趟家再过来。"

"木贝斯"是日本人根据英语单词拼合出来的日语词，它其实是低音提琴。拿着比人还高的乐器实在行动困难，所以智也都用车搬运。他住的公寓位于广尾，离这里不远。

"还和之前一样喝红酒？"

"喝什么好呢？刚才在爵士俱乐部已经喝过红酒了。"

"那来一杯'新加坡司令'如何？记得你上次喝，对它评价很好。"

"可以，麻烦啦。"

神尾点点头，开始调酒。他首先拿出琴酒的酒瓶。

坐在里侧的男人站起身。"我回去了，麻烦结账。"

神尾摇头。"不用，今晚我请客。"

"这可不行。"戴圆框眼镜的男人从钱包里抽出信用卡，放到吧台上。

神尾皱了皱眉，向柚希投去礼貌的微笑。"等我一下。"

"嗯。没问题。"

圆眼镜男人没有说话，低头向柚希致歉。

神尾结完账，将信用卡和小票递给男人。男人接过卡片，同时开口道："刚才说的法事，你还是不想露面吗？"

"我会考虑。"神尾答得冷淡。

圆眼镜男人看样子已经放弃，叹了口气后走向门口。面对他的背影，神尾什么话也没说。

男人离开了。柚希好奇他的身份，正斟酌着应该如何询问，就听神尾一边说"是我哥哥"，一边把调鸡尾酒的材料加进调酒壶。"虽然我们约定好不干涉对方的生活，但他还是时不时从乡下过来，也许是怕我一个人死掉会给他造成不必要的麻烦吧。"

"请用。"神尾说着,放下平底酒杯。

浅红色的液体浸着樱桃和柠檬,含入口中,酸味、甜味混合着恰到好处的苦味传至舌尖,扩散开去。"好喝。"柚希说。

"太好了。"神尾笑起来,露出一口白牙。

度过了一段愉快的时间,智也应该也快来了。在干杯庆祝演出成功之后,柚希必须发表自己的观演感受。应该怎么表达才好呢?她喝着鸡尾酒,脑海中冒出这样那样的想法,她不想说那些陈词滥调。

平底酒杯空了。"再来一杯吗?"神尾问。

"也不是不行……我跟他联系一下,有些慢了。"

"这么说来确实,已经过了十二点了。"

柚希从包里取出手机,发了一条消息:"被什么事耽搁了吗?"

换作平常,智也应该马上就会回复。然而过了好几分钟,消息依然是未读状态。

柚希打去电话,但是无人接听,听筒里传出对方已关机的播报声。

她拿着手机,一时不知如何是好,耳边响起神尾的声音:"出什么事了吗?"

"我不知道,电话打不通。"

"去爵士俱乐部问问?可能演出后有什么突发情况,这个时间应该还有人在那里。"

"啊,是啊。不过我该怎么问呢……"

只有一小部分人知道柚希和智也的关系。店里的人不会将音乐人的消息透露给不认识的粉丝。

"你知道爵士俱乐部的联系方式吗?"神尾问。

"今天的门票上应该有。"柚希打开包，取出门票的副券。

"我看一下。"神尾说着伸过手来，柚希便把票递给了他。

神尾看着门票开始打电话，将手机抵在耳边。他姿态从容地等待电话接通，令人安心。

"啊，请问高藤智也已经从您那儿离开了吗？……不好意思，我姓神尾，是高藤的朋友。我们约好等他演出结束后一起喝酒，但他一直没来，电话也打不通，所以不知道是不是出什么事了。"神尾流畅地说着，没有一丝停顿，语气十分自然。

我就做不到这样，柚希心想。

然而下一刻，神尾从容的神色突然严峻起来。"在哪儿？……好的……好的……这样吗？……我知道了。……不，我自己查吧。抱歉深夜打扰您。"挂断电话，神尾严肃地看向柚希。"对方说高藤出了事故。"

"啊……"柚希的心脏重重地跳了一下。

"他把乐器搬上车时，被摩托车撞倒，撞到头失去意识，被送到了医院。现在在帝都大学医院。"

神尾说的每一个字，都无法顺利进入柚希的脑中。她在茫然中理解了情况，却无法将这一切认作现实，思绪陷入了混乱。

"火野小姐，"神尾以柚希的姓氏唤她，"你不去医院吗？"

这一问拉回了柚希的意识，她抱起包，从高脚椅上站起身。"我去……医院……嗯，是哪个医院……"

"帝都大学医院。"

"帝都……"柚希拿起手机想要搜索，然而手指抖得太厉害，已经无法打字。不仅手指，她全身都在发抖。

"我和你一起去。"神尾脱下黑色马甲。

虽然感到很不好意思，但柚希说不出拒绝的话。她实在太慌张了，对自己的判断力也失去了信心。她希望能有个人来告诉自己，应该做些什么。

神尾叫来出租车，两人坐上车奔赴医院。车内，柚希合起双手，一直在祈祷智也只是轻伤。她祈求神，希望自己到的时候，智也已经在床上睁开了眼睛。

出租车抵达医院，柚希和神尾从急诊入口进入。神尾到窗口询问智也被送去了哪里。

到达急救中心，等待室里有好几个人，其中之一是在演出中弹奏钢琴的男性。还有一名女性，年龄约莫四十岁，一头短发，穿着西装。她没怎么打扮，应该是急着赶过来的。这是柚希第一次见到她，但对于她的身份，柚希心里有数。

钢琴家看到柚希他们，走上前询问："请问两位是？"话音刚落，看到柚希的脸，他有些吃惊地挑起眉毛。

"您……刚才来看了演出，对吗？"

柚希模棱两可地点了点头。

"我们是高藤的朋友。"神尾说，"今晚约好一起喝酒，但他一直没有出现，我们就打电话到店里问了，才得知他出了事故。"

"这样啊。"钢琴家换上了然的表情。

"现在是什么情况？"

听见神尾的问题，钢琴家的表情又凝重起来。"说是脑挫伤。他被摩托车撞了，摔倒的时候，头重重地磕到了水泥墩上……因为抱着乐器，他腾不出手去挡。虽然已经进行了紧急手术，但还没有脱离危险。"

柚希在一旁听着，感到一阵眩晕。她希望智也只是轻伤，可他竟受了不得了的重伤。没有脱离危险，是什么意思？是说智也有可能会死吗？

"坐一下吧。"也许是察觉到了柚希的状态，神尾示意她旁边有椅子。

她卸了力一般跌坐到椅子上，心跳越发剧烈，她抑制不住越来越急促的呼吸，浑身发冷，感到腋下流出了冷汗。

她凝视着地板，眼前忽地落下一道影子。柚希抬起头，吓了一跳。站在她面前的是刚才那名女性。她慌忙起身，眼前却瞬间一黑。是神尾扶住了就要倒下的她。

"请坐下吧。别勉强自己。"女人说。

"坐着比较好。"神尾也说。

柚希慢慢地坐回椅子上。

"我是高藤的妻子。"

女人的话并没有让柚希感到意外。"嗯。"她点头应道。

"你就是现在对高藤来说很重要的那个人吧？"

这是一个很难回答的问题，但她也不能不做出回应。

"……他对我很亲近。"她艰难地答道。

"能告诉我你的名字吗？"

"我姓火野，火野柚希。"

"柚希……很好听的名字。"

眼下实在不是说谢谢的氛围，柚希保持着沉默。她知道对方的名字叫高藤凉子。

"你去看演出了吗？"

"去了。"

"是吗。我已经好多年没听过他演奏，或者应该说，我从一开始就没有兴趣。也许从那一刻开始,我就是不合格的伴侣了。"高藤凉子露出落寞的笑容。

护士走了过来。"夫人,能借一步说话吗?"

"好。"高藤凉子回答,和护士一起走了出去。

目送着她的背影,柚希心中五味杂陈。总有一天会和智也的妻子见面,她虽然已经做好心理准备,但做梦也没想到这一刻会在这般情形下到来。在她的预想中,如果见面,气氛一定会变得剑拔弩张,对方还会狠狠骂她。如今,初次见面却是另一番景象。

高藤凉子回到等待室,和钢琴家等人说明着什么。男人们脸上浮起沉痛的表情,开始各自收拾东西,似乎准备离开。神尾站起身,走近他们。

高藤凉子走到柚希面前。"手术还在继续,不知道什么时候能结束。"

"这样吗……"

"让大家就这么干等下去也不是办法,我就请他们先回去了,所以你也先回去吧。"

"不,我要在这里——"

高藤凉子带着冷静洞察的表情摇摇头。"我一个人等,因为我是他的妻子。你不是他的妻子吧?"她没有起伏的话音重重沉入柚希心中,"你明白我的意思了吗?"

"……嗯。"柚希无力地点头。她拿起包,晃晃悠悠地往外走。神尾不知何时走了回来。"我送你。"柚希听见他说。她决定接受他的好意。

再次坐上神尾叫来的出租车,两人离开了医院。柚希的身体止不住地颤抖,每当神尾问些什么,她虽然能机械般回答,头脑中却一片空白。等她回过神,已经站在了自家门口。

柚希一个人住的公寓位于距大门站步行七分钟的地方,是一处狭小的单间,所以她只请智也来过家里一次。他们从没有在这张小小的单人床上发生过关系。

躺倒在床上,她却没有丝毫睡意。她希望智也能活下去,为此她可以做出任何牺牲。

柚希和高藤智也是在两年前认识的。当时她在银座的一家店打工,智也是客人。他说正在找演出穿的衣服,还提出一个高难度的诉求:想要展现出爵士乐的世界观。

柚希被难住了,她对爵士乐一窍不通。她坦诚地说出实情,当场拿出手机,输入"爵士"和"时尚"搜索起来。

她找到几张照片,正认真看着,他突然开口道:"您该不会是火野小姐吧?"

她震惊地抬起头,只见对方眯起眼睛。"果然是!我刚才就一直在想我们该不会在哪儿见过吧。是我,高藤。"

"高藤……啊,'高藤口腔医院'?"

"是的。"他点头说道,"前阵子承蒙关照,那之后您牙齿状况如何?"

"已经没事了。啊,原来您就是当时那位医生呀。"柚希看向对方的眼睛。

"毕竟我当时戴着口罩。"他单手遮住口鼻。

那天早上起来,柚希发现牙龈肿了,还很痛,于是去了通勤路上的高藤口腔医院。只去了两次,牙齿的状况便好转了,她就没再去。

"原来您的本职是医生。"

"嗯,我暂且还在工作,只靠爵士乐可活不下去。"他说自己白天做牙医，到了晚上就变成爵士乐手。他演奏的乐器叫低音提琴，是受父亲的影响，从高中时开始学习的。

即便只是这样一点点交集，她知道后，还是亲切感倍增，挑选衣服时也更加上心。她推荐了衬衫、夹克和白色牛仔裤的搭配，对方表示很喜欢。

过了几天，他又来到店里，说想给她看看演出时的样子。手机画面里的他，不仅衣着合身，抱着低音提琴的样子也格外帅气。

"我想表达谢意，下次一起吃午饭如何？"听见对方邀请，柚希一口答应。那时她应该已经被他深深吸引了。

和智也的第一次午餐约会十分愉快。他善于交谈，学识渊博，还很擅长倾听。他总能巧妙应答，即便柚希说了不太有趣的发言，也不会冷场。

享用餐后咖啡时，智也挑明自己已有妻子。"我想也是呢。"柚希微笑着说。她心里感到沮丧，却并不怎么意外。因为他没说自己单身，她就猜到他可能结婚了。虽然她渐渐对智也抱有好感，但所幸目前还没有陷得太深，仍来得及抽身。

然而智也说出了在她意料之外的话：他和妻子已经分居了。

"我和她对今后的人生有不同的规划。她希望我放弃爵士乐，但我做不到。"

据智也说，他的妻子也是牙医，从祖父那代就开始经营口腔医院了。智也结婚前在大学医院工作，婚后便去了妻子娘家的医院。与此同时，他仍一直从事着爵士乐手的工作，这成了两人婚姻中的问题。起初，妻子还能表现出理解，然而随着丈夫因为排练和演出频繁旷工，她的态度也渐渐严格起来。她身怀使命感，不希望自己继承医院后风评变差，甚至雄心勃勃地想要进一步壮大事业。

"我想一边按照自己的节奏做牙医，一边享受爵士乐，她却说我这样三心二意的态度甚至会给其他医生和护士造成负面影响。既然话都说到这份上了，我索性自己到别处去创业，就开了现在这家医院。自那以后，我和妻子的关系就彻底破裂了。没多久，我们衣食住全都分开，一直到了现在。"智也语气轻松地说，一副事不关己的样子。他说完，耸了耸肩，喝了一口咖啡，随后伸了个懒腰，凝视着柚希。"所以，我就是这样一个不清不白的中年男人。如果你还愿意，我们可以继续见面吗？可以的话，下次我想请你共进晚餐。"

面对对方直截了当的请求，柚希一时不知如何是好。在吃午饭前，她就有预感对方会提出交往，但她怎么也没有想到会是这样的情形。

"果然不行吗？"智也脸上浮起无力的笑容，"也是，是我太强人所难了。我放弃了，请忘掉这一切吧。"

"你们一直……像现在这样吗？"

"嗯？"

"维持着婚姻关系，但分开生活——今后也会这样持续下去吗？"

智也面露惊讶，但很快察觉到柚希的言下之意。"是啊。"说着，他的表情也变得柔和，"如果你让我说有没有离婚的计划，我只能说目前没有，因为我和妻子还没谈过这件事。我也不清楚今后会怎么样，我不能把不确定的事情轻易说出口。"

听完他的回答，柚希心想他是一个可靠的人。有些男人在追求女人时，会随口说出"我现阶段在跟妻子以离婚为前提商讨"，在她看来，那样的行为十分愚蠢。

"前几天演出的时候,我的伙伴们都说,'高藤你怎么了,今天的衣品这么好,简直超水平发挥'。他们说我之前因为太拘泥于爵士乐而显得很土,那天却充分展现了个人风格。我心想,是那家店里的那位女性发掘了我的优点呢,便想和她坐下来慢慢聊一聊。今天很开心。希望你今后也加油工作。谢谢你。"

"我才应该说谢谢,让您破费了。"

"那,我们走吧?"

看到智也拿起账单,柚希心中一阵焦躁。她想,如果就这么走出店门,眼前的男人应该不会再约自己了,今后两人也不会再见面。

"那个……"柚希开口道。

正要起身的智也重新坐好。"怎么了?"

"午饭的话……"柚希说,她的声音有些沙哑,"午饭的话,还是可以一起吃的。"

智也的表情从困惑变成爽朗的笑脸。"真是太好了。那么,咱们过几天再约。"

"好。"柚希回答。她知道自己的脸在发烫。

那天之后没过多久,两人的距离就拉近了。午餐约会很快变成晚餐约会,饭后两人还会一起去酒吧。他们去的就是神尾经营的"TRAP HAND"。喝完酒去智也家已经成为约会的固定安排,从酒吧坐车不到十分钟就能到达那里。

柚希并不觉得她爱上了一个有家室的男人,因为智也从不提及家庭。但她不再对结婚抱有希望,她告诉自己,只有这件事是不能期待的。

然而交往一年后,情况发生了变化,因为智也说他开始和妻子商讨离婚的事情了。他们觉得保持目前的状态对双方都没什么好处,希望能各自积极摸索重启人生的方法。

"离婚之后,我可以描绘和你在一起的未来吗?"智也真挚地看着柚希说。

听到这样的话,没有人会不心生雀跃。柚希紧紧拥抱着智也,眼泪顺着她的脸颊止不住地流下,却带来温润的感觉。

智也有一个上高中的儿子,住在学校。据说他已经跟妻子商定,等儿子高中毕业后就离婚。距离这一期限仅剩半年了,然而现在,智也却生死未卜。

柚希一边回忆过去的快乐,一边担心智也当下的情况。她突然意识到自己还没卸妆,却早已没有站到洗脸池前的力气,只是蜷缩在床上,不停祈祷着。思绪时不时变得模糊,她不知道这是因为一时恍惚,还是扛不住睡意侵袭。

等她回过神来,天已经亮了。脑袋和身体都很沉重,她几乎无法动弹。今天只能请假了,肯定会被领导和同事抱怨的——正想着这些,手机突然显示有来电。

看了眼时间,还不到七点。这么早,会是谁呢?屏幕上显示的名字是"神尾",她想起昨天告别时,她和神尾交换了联系方式。

"你好。"她接起电话。

"我是'TRAP HAND'的神尾,是火野小姐吧?"

"是的。"

"抱歉这么早打电话,但我想还是早点告诉你比较好。"神尾以淡然的口吻说道。然而柚希有预感,这个人接下来要说出令人绝望的话——

"那位钢琴家刚才联系我了。我之前跟他说如果发生什么事,麻烦通知我,并把电话号码给了他。"

柚希紧握着手机，向神明献上最后的祈祷：拜托，拜托，请让他对我说有奇迹发生——

然而，神尾接下来的话是那样地令人遗憾。

"高藤去世了。"

柚希感觉全身的力气都在一瞬间抽离，意识也飘向远方。只有低音提琴的声音，在耳朵深处响起。

2

放下红酒杯，体形微胖的森永挺起胸膛。"也就是说，有些人虽然会在电影和电视剧里露脸，但他们并不实际参与演绎，这种情况可能会成为常态。他们的工作就是拍摄下大量面部照片，出借给影视制作人。实际演出的是有演技的演员，用深度伪造技术进行加工，把他们的脸换成借来的脸。那些虽然有演技但因长得一般而无法成为主角的演员，以及那些虽然长得好看但演技没法看的人，都能因为这项技术得救。你不觉得很厉害吗？"

说起这些时，森永的双眼闪闪发光，表情简直像个少年。他应该发自内心地喜欢视频制作吧。说起旅行和美食，他总是话很少，而说到工作，他就突然能言善道起来。

"虽然觉得很厉害，但如果我是演员，会选择去整容。"坐在柚希邻座的山本弥生冷冷地说，"明明是自己辛辛苦苦演的，却要换成别人的脸，我的自尊心不允许这种事情发生。"

坐在她对面的吉野哈哈笑了起来。"山本，你不正是帮人换脸的专家吗？"

"我可没有把他们的脸换成别人的啊,只是强化每个人脸上的优点而已。你能别把化妆和CG混为一谈吗?"弥生噘起嘴。她在商场里的化妆品卖场担任店长。吉野和她同一时间入职,在对外销售部工作。森永则是吉野从高中便认识的朋友。

"不管怎么整容,也扛不住衰老,不是吗?"森永说,"但是用深度伪造技术,就可以把脸换成年轻时候的自己。"

"啊,这倒是不错。"

"这项技术现在在好莱坞已经很常见了。问题是,在日本几乎没有哪个明星的粉丝渴望复活他们年轻时的样子。"森永拿起装着红酒的酒杯,看着柚希笑了一下。

柚希他们正在位于西麻布的餐吧,是弥生邀请她来的,说想给她介绍一个人。弥生是她大学时认识的朋友。

柚希从包里拿出手机,看了眼屏幕后放到了右手边。

"现在几点了?"弥生问。

"差十分钟十一点。"

"已经这个点了吗?——那么,今晚就到这里吧。"弥生对男士们说。

"真的不用送你们吗?"吉野问道。

"没事,我们两个人一起走。谢了。"听到弥生的话,吉野沉默着点了点头,一副了然的表情。森永虽然意犹未尽,但也没有说话。

"能陪我再去一家店吗?"柚希问弥生。

"可以呀,这还用问。"

她们叫了辆出租车,向惠比寿出发。

"什么店?"

"一家小酒吧。我想带你去一次。"

"哎呀，我很期待。"说完，弥生叹了口气，"果然不行吗，只会做视频的宅男。虽然我觉得你们可能会意外地很相配。"

"抱歉，没放在左边。"

如果把手机放在左边，便是暗示可以和他们再去一家店。

"你没必要道歉。只要你不觉得无聊就好。"

"嗯，宅男也有宅男的有趣之处。"

柚希撒谎了。和不感兴趣的人吃饭，只有痛苦。然而，这种话她对弥生说不出口。她很感谢弥生的友情。智也去世两年了，一想到如果没有这位朋友在身边，她就感到惊慌。

和智也交往的事情，她只告诉了弥生。要不是弥生说"去参加葬礼吧"，柚希大概连去仪式现场的勇气都没有。

"你并没有破坏别人的婚姻，对吧？所以应该堂堂正正的。"去葬礼的途中，弥生鼓励她。"尽情哭出来吧，没事的。"这也是弥生说的。

"'别这么消沉'这种话现在跟你说了也没用，我明白，人不是这么简单就能重新出发的。但是，只有一件事情你别忘了，就是有我在。当你觉得撑不下去的时候，就跟我联系，我会想办法，我一定会帮你的。记住了吗？"

朋友的这番话深深沁入柚希的心中。弥生大概是担心柚希会自我了断。实际上，她曾几度想要结束自己的生命。每天早上，就连从床上起来都令她感到痛苦。作为店员，绝对不能成天哭丧着脸，店长时不时就来提醒她。

当店铺因为疫情相关政策不得不歇业的时候，说实话她松了一口气，可是，关在房间里不和人见面的生活，并没有让柚希的心从绝望的悬崖边后撤一丝一毫。

那时，弥生就是她的心灵支柱。弥生不仅频繁和她联系，只要有时间就来和她见面，甚至帮她整理好一直没打扫、任其脏乱的房间。

最近，弥生开始给她介绍男人。她知道朋友的目的是什么——希望她能开始一段新的恋情。然而柚希已经放弃了，她觉得自己没法再谈恋爱，也不可能出现比智也更能让她用心去爱的人。那就是她最后的恋爱。但看着为自己尽全力制造机会的弥生，她心里又十分歉疚，因此像今晚这样的饭局，她总是无法拒绝。

她想带弥生去"TRAP HAND"。自从智也死后，她再也没有去过那里。她怕一旦去了，就会被汹涌而来的回忆击垮。

下了出租车走向店里时，弥生说："看来是一家典型的隐世小店呢。"

柚希带着一丝紧张拉开店门，店内的氛围和她上次来时没有任何不同。客人只有一对坐在吧台边的情侣。在他们面前擦拭着玻璃杯的神尾转过脸来，睁大了眼睛。

柚希慢慢走到吧台边，坐到高脚椅上。弥生在她旁边坐下。

"好久不见。"柚希微微颔首，"嗯……这是我朋友，山本弥生。"

"欢迎光临小店。我姓神尾，请多多关照。"神尾从吧台下取出名片递过来。

弥生边接边说："请多多关照。"

"二位喝点什么？"神尾问道。

"嗯……那就来一杯新加坡司令。"

听到柚希的话，神尾的右眉微微抽动了一下。"想好了？"他应该是怕那杯酒会勾起她不好的回忆。

"是。我想缅怀他。"

"你们在说什么?"弥生问。

柚希将智也遭遇事故那天晚上的事情告诉了弥生,并解释说她当时喝的就是这款鸡尾酒。

"原来是这样……那我也喝这个,麻烦您。"

"好的。"神尾应道。

"你和智也经常来这家店吗?"

听到弥生的问题,柚希点了点头,说:"嗯。吃完饭,我们总会来这里喝一杯红酒。"

"他看起来酒量挺好的。"

弥生只见过智也一次。当时两人在一起喝酒,智也过来接柚希。当然,柚希的本意就是将恋人介绍给弥生认识。

"久等了。"神尾说着,将细长的平底酒杯放到柚希她们面前。

柚希拿起酒杯,调整呼吸后才喝下一口。随着酸味和香气在口中扩散,那天晚上的记忆也在一瞬间复苏了。有什么东西涌上心头,她拼命忍住泪水。

"好喝。"邻座的弥生小声说了一句,"智也经常来这家店?"

"好像是。和我交往之前,他就时不时自己过来喝一杯。"

"我们曾同台演出过。"神尾说。

"同台?"

"有个熟人托我去爵士乐演奏会表演魔术。我上台一看吓了一大跳,乐队竟然就在我背后等着。后来问了才知道,这是因为流程上有紧急调整,不过说实话,那场子真有些叫人扛不住。被人在后边看着表演魔术,我有生以来就那一回。"

"他在那个乐队里吗?"

"是的。"神尾颔首说道。

"他用低音提琴演奏出了各种动人的声音，回到休息室还专门来打招呼，跟我道歉说'让您很难办吧'。我说'责任不在你们'。"

"还有这样一段往事啊。我第一次听说。"

"大概是五年前的事了吧，在横须贺的 live house。那里一向只有常规的爵士演奏，但当时不知道为什么，想到在中场休息时加入魔术秀，又找不到合适的魔术师，经理就跑到我这里来哭诉。因为是老相识了，我才答应下来，没想到会遭遇那种情况。听高藤说，自那次之后，魔术秀就取消了。"

"那个，"弥生插话道，"老板，你是专业魔术师吗？"

"很久很久以前是。发生这件事的时候，我已经退出舞台好几年了，所以即便被人从后面看去了魔术的秘诀，也没什么大不了的。"

"你在这家店里表演过吗？"

面对弥生的问题，神尾笑着摇头。"这里可不是魔术酒吧。"

"这样吗？真是遗憾。"

"他经常在那儿演出吗？"柚希拉回话题，"在横须贺的 live house。"

"我不太清楚频率，但他应该常去。毕竟横须贺才是爵士之乡。"

"爵士之乡……"

"多谢款待。"旁边传来男人的声音。

神尾走到应该是情侣的那对男女面前。"今天多谢惠顾。"他说着，将白色的小本子放到吧台上，上面应该写着消费金额。

男人从钱包里取出银行卡。神尾接过卡片，在 POS 机上操作后，将机器放到男人面前。男人输入密码时，神尾将头转开。

结算完成，神尾将银行卡和小票一起递给男人。"您打算什么时候买新游艇？"

"怎么说呢，我是想今年夏天之前换的，不过现在据说缺货了。"男人做作地答道。

"希望能找到令您满意的好船。刚才也跟您提过，我在逗子的游艇码头有认识的人。如果您要找船，他应该能帮上忙。"

"那正好，我记着了。后面也许还得麻烦他。"

"嗯，您随时联系。"

男客人穿上外套，经过柚希她们身后走向门口。女客人跟在他身后，是位高挑的美人，穿的长款衬衫裙应该是 Prada 的。真是一场全力以赴的约会啊，柚希心想。

"老板，你在逗子的游艇码头有认识的人啊？"待两人走出店门后，弥生问道。

"嗯，不过是在餐厅后厨工作的。"

"后厨？那和找船有什么关系？"

"找船的空当总得吃饭吧？要是去那家店里，我那位做厨师的朋友可以给他们露一手——我是这个意思。"

"哎？什么啊！"

"我认识的人是做游艇销售的——这种话我可一句都没说。"神尾故作正经地说。

弥生扑哧笑出声。"太有趣了。老板，你真是一个妙人啊。"

"我姑且算是个艺人。"

门再次打开，刚才离开的那位女客人走了进来。"我忘拿东西了……"

"我发现了，是这个吧？"神尾拿起放在吧台尽头的手帕，递给女人。他好像早就注意到了。

女人一边接过手帕，一边说："老板，你怎么看？"听她的口吻，两人应该很熟。

"换新游艇的事应该是在撒谎。他本来就没有游艇。"

女人咂嘴说道："果然是这样。我就觉得奇怪。"

"他说自己有游艇驾驶证应该是真的。不过是二级的，只要想考，两天就能拿到。"

"见鬼了，怎么又是个徒有其表的男人。"女人失望地叹了口气，"你还注意到什么了吗？"

神尾微微歪头。"虽然这样说不好，他看起来脑子不大好使。"

"哎，这样吗？"

"他的手机密码和信用卡密码是一样的。这说明他不仅对记忆力没自信，还缺乏戒备心。"

柚希在一旁听着，心下一惊：他什么时候窥见这些的？

"真是服了。"女人小声说。

"接下来要和他去下一家店？"神尾问。

"我本来是这样打算的，所以让他在外面等着，不过现在我想找个借口，说想起来还有事，就回去。还好带他到你店里来了。下次见。"

"期待你下次光临。"

确认女人已经离开，弥生问道："这是怎么回事？"

"也没什么特别的，她拜托我帮忙审查。"

"审查？"

"在决定结婚对象时，最重要的就是审查对方的经济实力，这是那位女士的信条。我之前帮过她一次，她似乎对我的审查手法很满意，所以每次遇到新的男人，都会带到我店里来。"

"也就是说她信赖老板你，觉得你看人的眼光很准。"

"也没到那个程度,我只不过对看破别人的谎言略有自信。毕竟魔术师是骗人这一行的专家。"说着,神尾的嘴角露出意味深长的笑容。

3

从手机上抬起头,弥生点头说道:"嗯,别担心,这条路是对的。在下一个路口右拐,应该就能看到那栋楼了。"

"太好了。"柚希呼出一口气。

这是她们第一次来横须贺。街道十分适合步行,车道多是单行道,两侧的人行道很宽阔。路面五彩斑斓,道路各处微妙的弯曲也显得分外讲究。临街开着许多餐饮店。

"啊,就是这里。"弥生停下脚步,抬头看着奶油色的建筑。柚希也注意到其中一个招牌上写着她们要找的店铺的名字,在四层。

两人走进大楼,乘上电梯。现在不到下午五点,离开门营业还有一段时间。

上到四层,立刻就能看到入口。门边放着一块牌子,上面介绍的是今日登场的艺术家,店门却关着。

柚希伸手搭上门把,试探着往外拉,门没有上锁,很轻松就拉开了。小小的吧台近在眼前,一名穿衬衫的中年男人正面对笔记本电脑站着,袖子挽到了手肘处。

男人抬起头看向柚希她们。"嗯……两位是?"

"我姓火野。从神尾先生那里听说了这家店……"

男人的表情缓和下来,点了点头。"我从电话里得知了事情的经过。这么远，麻烦你们跑一趟了。"他递来名片。此人姓鹿岛。

"里边坐吧。"他带领柚希她们进到店中。宽敞的空间里，面对舞台摆着略小的桌椅。

在鹿岛的招呼下，柚希她们坐到了近旁的座位上。

"神尾跟我说，你是高藤的忠实粉丝。"

面对鹿岛的话，柚希答道："是的。我在有乐町的爵士俱乐部第一次听到他的演奏，觉得很棒，自那以后便一直关注他的演出，但最近都没看到他的名字，后来才得知他去世了……"

"是啊……"鹿岛的眉尾耷拉了下去，"据说是遭遇了交通事故。他明明还那么年轻，真令人感到遗憾。他是个很好的男人，也有很多女客人是为了他来店里的呢。"

"他……高藤先生，经常来这里工作吗？"

"工作的话，一年差不多一到两次吧。"

"您说'工作的话'……"

"他也会作为客人过来。他说自己喜欢横须贺这座城市。"

"咦……"柚希感觉脸颊有些发僵。

这是她第一次听说。说到底，智也会去横须贺演奏，也是神尾说了她才知道的。智也为什么没有向她说起过呢？随着时间的流逝，她对这件事越来越在意，所以才决定约弥生一起拜访这间 live house。她向神尾说明事情经过，并询问店铺地址时，神尾便说："既然你们要去，我先给经理打电话说一声。"

"那些时候，他是一个人来的吗？"弥生问。

"不是，他和他家姑娘一起来。我印象里他没有自己来过。"

"他家姑娘？"柚希感觉心猛地跳了一下，"是他的女儿？"

"是啊。"鹿岛露出一副理所当然的表情。

这不可能，智也只有一个儿子。

"对了，请等一下。"鹿岛站起身，不知去了哪里。

柚希按住胸口。她还没有从震惊中缓过劲来。

"你觉得是怎么回事？女儿……"

"不知道……"弥生歪着头，"智也应该不是再婚吧。"

"再婚？"

"就是他之前还有一段婚姻，那时候有一个孩子之类的。"

柚希用力摇摇头。"不可能，我没听他说过。"

鹿岛拿着文件夹回来了。"找到了。应该是高藤去世前不久拍的。"他说着，在桌上打开文件夹，里面贴着照片，他指着其中一张说，"是这张。"

柚希凝视着照片。那是一张三人合照，年轻女孩站在中间，智也和鹿岛站在两侧。女孩的个子很高，身上优雅的连衣裙很衬她，脸型有几分像外国人，可以归于美女的类型。

"他女儿叫什么名字？"柚希问。

鹿岛皱起脸。"抱歉，我应该是听到过但不记得了。——哦，不好意思。"有人来电，他一边从口袋里掏出手机贴到耳边，一边起身离席。

柚希也从包里取出手机，打开相机，确认鹿岛背对着这里后，她把那张照片拍了下来。

"你觉得她大概几岁？"柚希小声问。

弥生认真看着照片，摇了摇头。"难说。二十多岁吧。"

"是谁呢……"柚希小声嘀咕。弥生没再应声，可能是不知道说些什么好吧。

鹿岛回来了。"嗯……两位还有什么想问的吗？我差不多得开始做开店前的准备了。"

"据您所知，高藤先生来横须贺的时候，除了这家店，还会去别的地方吗？"弥生问道。

"我知道一家他喜欢的餐厅。是意大利菜，就在这附近。"鹿岛打开手机地图，将地址告诉她们。"还有，他说过喜欢去沟板街散步。我记得他说在那儿买了刺绣夹克。"

沟板街、刺绣夹克——这些名词她从来没从智也口中听到过。

她们出了大楼，走向餐厅。机会难得，她们打算去那家店吃晚餐。弥生一边走一边给店里打电话预约。

餐厅就在街边，有大大的玻璃墙。在门口报过名字后，女店员将她们领到座位上。

翻开菜单，能看到这里的招牌是用蔬菜和海鲜做的意大利面。柚希没什么食欲，所以点菜都交给了弥生，她便单点了几样。

柚希打开刚才用手机拍下的照片，将女孩的面部放大。"这女孩会是谁呢……"

"智也几岁了？"

"去世的时候是四十四岁。"

"这样的话，如果是他二十岁时生下的孩子，现在就是二十四岁……"

柚希瞪大了眼睛。"你的意思是，这是他年轻时有的私生子？"

"不太可能，是吧？抱歉，忘掉我刚才说的。"弥生慌忙否定。

菜品端上来了。虽然拿起了白葡萄酒杯，柚希却没有干杯的心情。

她本来没有食欲，料理却十分美味，不仅口感好，还散发着高级的香气。她能理解智也为什么会喜欢这家店，然而他从没带她来过这里。和他一起享用美食的，是另一位年轻女孩。

"这样想来，也许我完全不了解智也。"柚希拿叉子的手顿住，"我几乎从没考虑过，在我们没有见面的时间里，他过着什么样的生活。我以为他展现在我面前的，就是他的全部了。"

"一般都这样啦。这样也好，不是吗？谁都有隐藏起来的一面，那些最好还是别去看了。"弥生的话里带着安慰的意味。

"你是说，我现在看到了最好不要去看的东西？"

弥生皱起眉头。"你别太在意，我的意思是应该没什么事。我觉得那很有可能是他认识的人的孩子，或者亲戚家的小孩。"

"如果是这样，他为什么不跟鹿岛先生说清楚呢？又怎么会说是自己的女儿呢？他一次也没有带我去过那家店，又是因为什么呢？他甚至连在横须贺演奏的事都隐瞒了，这到底是为什么？"

弥生垂下目光，似乎想不出做何回应。见状，柚希道歉道："对不起，这些事又怎么能问你呢。你别不开心。"

"嗯。"好友点了点头。

晚餐在沉重的氛围中结束了。看起来可以在座位上结账，柚希招手示意女店员。

将信用卡递给女店员后，柚希将手机屏幕转向她。"请问您对这几个人有印象吗？据说他们经常来这里。"

女店员看了一会儿，点了点头。"嗯，左边那两位之前常来，有一次还寄存了低音提琴，因为座位那儿放不下，所以我有印象。"

"那两人说他们是什么关系？"

面对这奇怪的问题，女店员一脸困惑。"这我没听他们说起过。不过，他们看起来关系很好，我在想是不是忘年恋的情侣……这两位客人怎么了吗？"

"没有，没什么。谢谢。"柚希觉得手中的手机变得无比沉重。

走到店外，她们接下来要去的是沟板街。总之，柚希想把智也曾经待过的地方都走个遍。

来到沟板街一看，这里并没有高层建筑，小小的商店鳞次栉比。不仅有酒吧和餐厅，还有与军用品相关的商店。大概因为附近有美军基地，整条街都洋溢着异国情调。

柚希在刺绣夹克专卖店前停下脚步。智也的衣服就是在这里买的吧。她无法想象他穿刺绣夹克的样子。

"我被他骗了吗？"盯着挂在店里的刺绣夹克，柚希说，"他还有我完全陌生的一面，那是他绝对不会给我看的样子。难道说，那副面孔才是真实的他？如果是这样，他要是跟我结婚了，打算怎么处理自己的那一面呢？还是说，他根本就没想过要跟我结婚？"

"柚希。"弥生唤她，"我们回去吧。下雨了。"

听到弥生的话，柚希才意识到，有冰凉的东西啪嗒啪嗒落在脸上。

太好了，她想。这样一来，就算小小哭一场，也不会被路过的行人发现。

4

园村口腔医院位于高层写字楼的三层。这家医院是由高藤凉子的祖父创立的，原先的地址应该在别处。

入口是一扇玻璃门，接待的女性面对门坐着。幸运的是，前面似乎没有患者在等待。柚希闭上眼做了个深呼吸后，重新向入口迈出了脚步。

玻璃门自动打开，接待员向她投来礼貌的微笑。"您好，请问有预约吗？"

"没有，不好意思。我不是患者。"柚希说，"我来是想拜访院长。我姓火野。能麻烦您帮忙传达吗？"她递出事先拿在手里的名片。

"您想见院长……"女人接过名片，露出困惑的表情，大概是在想服装公司的员工来这里会有什么事。

"是为了院长过世丈夫的事……"这句补充似乎起了效果，女人的表情突然严峻起来。她说完"请稍等"，身影便消失在了后方。

柚希又深呼吸了一下，调整好气息。高藤凉子会如何回应呢？她已经做好了对方拒绝见面的准备。

刚才那名接待员回来了。"请您在这里稍等片刻。"

柚希安下心来，看来对方会和她见一面。她走到沙发处坐下。

没过多久，有人从里面走出来。她猛地抬头看去，却是一张没见过的女性面孔，似乎是来接受治疗的患者。

那名女性结好账回去后，立刻有一名年轻男性从外面进来。他和接待的女性略做交谈后，马上走了进去。虽然智也曾跟她说这里有好几名牙科医生，但如果这名患者也是来找高藤凉子治疗的，她或许还得稍微等一会儿。

距离她和弥生一起去横须贺那天，已经过去了一周。她至今还不知道照片上的女孩到底是谁。她努力回想和智也交往中的种种细节，仍然找不出任何线索。从他的遗物中也许能发现什么，但柚希手头没有。智也的房间是高藤凉子去收拾的。

智也还有一副面孔。如今，柚希或许只能接受这一事实。对于那个陌生的智也来说，照片里的女孩是很重要的人吧。她住在横须贺，智也会为了见她而去那里。这样想来，智也之所以没有对柚希提起横须贺的一切，也就能够理解了。

柚希想要相信智也，她不想承认自己被欺骗了。因为一旦承认，和智也一起度过的那些时光也会被悉数毁去。

她曾想干脆放弃思考。只要把在横须贺听到见到的一切全部忘记，就能回到一直以来都很安稳的生活当中。然而，柚希自己比谁都清楚，这是不可能的。

百般烦恼后，她下定决心，哪怕会受伤，也要找出事情的真相，不然她大概一辈子都会被困在其中。那么，该怎么做呢？

只有一个方法。

柚希察觉到有什么快速地划破空气，抬起头来，只见高藤凉子站在眼前。她没穿白大褂，一身V领针织衫搭配牛仔裤的装束。

"久等。我们去外面说吧。"说完，她没等柚希应答便向着门口走去。

楼层尽头装饰着观叶植物，高藤凉子走到一旁，回过头来。"上次见面还是在葬礼上。你过得好吗？"见柚希一时找不到回答的话语，她的语气缓和下来，"看来不尽如人意。——你找我有什么事？"

柚希咽了口唾沫后开口道："我有事相求。能让我看看他……智也的遗物吗？"

高藤凉子的表情变得冷峻。"为什么？"

"我想确认一件事，是关于智也的人际关系。"

"你说得太模糊了。能再具体些吗？什么人际关系？"

柚希看向对方的眼睛。"和女人的。"

"哎呀。"高藤凉子挑起眉毛，"这是我没想到的。容我再问一下，这个女人，既不是你，也不是我，对吧？"

"嗯。"柚希回答,"在智也的生命中,还有一个和他关系很特别的女人。那人究竟是谁,我实在很想弄清楚……"

"所以你才想看他的遗物?"

"是的。"

"嗯——"高藤凉子发出一声鼻音,用手抵住下巴。保持这个姿势一段时间后,她转向柚希说:"抱歉,我不能把遗物给你。因为在他的个人资料中,还有跟我们家族有关的东西。"

"那些我绝对不会看的,我保证。"

高藤凉子苦笑着摆了摆手。"不可能的,无论怎样你都会看到。"

"求求您……"柚希深深地低下头。

"别这样。让患者看到了,还以为发生了什么事。哎,你把头抬起来。"

柚希直起身,抬眼看向高藤凉子。

眼前这位牙医的表情略显惊讶,随即叹了口气。"你还是忘不了他啊。"

柚希心想,这种时候隐藏起自己的心情也没什么意义,便沉默着点了点头。

"是吗……"高藤凉子小声说,"他真是做了件坏事,到现在还让你这么困扰。但我觉得这当中应该有什么误会。你应该也知道,他不是那么精明的男人,倒不如说他有些笨拙,不是那种能处处兼顾的人。所以他没办法平衡好爵士和牙医的工作,也不擅长撒谎,有了恋人之后,一下子就向我坦白了。像他这样的人,除了你之外还有别的女人?我觉得不太可能。"

"我也希望能这么想……"

"你怀疑他的理由是什么呢?找到了证据?"

"也许称不上证据，但他确实经常和一个女人在横须贺见面。"

"横须贺？"高藤凉子皱起眉头。

柚希在手机上打开之前那张照片。"就是她。据说他跟熟人介绍说这是他的女儿。他只有一个儿子吧？"

高藤凉子瞥了一眼画面后，浮现出了然的笑容，看得出她的肩膀也放松了下来。"原来如此，你是指这个呀。"

"嗯……这是怎么回事？您认识她？"

"我跟她很熟。他……高藤没撒谎，这就是我们的女儿。"

"哎？但是……"

高藤凉子从牛仔裤的后口袋取出手机。"那张照片拍得有些显成熟了，那时候她才十七岁，上高三。还有这张，是还要早大概两年的样子。"她说着将手机屏幕转向柚希。

看到画面里映出的照片，柚希呼吸一滞。穿着高中制服的男生正对着镜头笑，脖子很纤细，还是一副少年模样。

"你在葬礼上没见到她吗？虽然那时她是一副男生的打扮。"

柚希沉默着摇头。上完香从智也的家人面前经过时，她一直低着头，没有余力去看他儿子的长相。

"她那时上的是初高中一体的学校，住的宿舍就在横须贺附近。她虽然在教室穿男装，回到宿舍就变装成女生了。我们和学校沟通过，校方也表示认可。也就是所谓的'跨性别者'。"

柚希说不出话来，再次看向女孩的照片。这么说来，确实能看出男扮女装的痕迹，但这完全超出了她的想象。

智也并未跟她提起过，但这也不能怪他。他不提及家庭，大概是顾及柚希的心情吧。

"看来，"高藤凉子说，"他经常去见孩子，这我倒是不知道。

那孩子也没跟我说过，可能不知道怎么说吧，因为那孩子知道我们两个已经打算离婚了。夫妇的缘分早就断了，但父母和孩子的缘分却是斩不断的。"

"和孩子的缘分……"

"总之，这下你弄清楚了吧。问题全部解决了。你没有被欺骗，这不是很好吗？"高藤凉子将手机放回口袋。

"请问您儿子现在在哪里？"

"不是儿子，是女儿。高藤应该也明白，那孩子选择了做一个女人。"

"啊，不好意思。那您女儿——"

"你知道了我家孩子在哪里，又准备做什么呢？你想问她在横须贺和父亲度过了什么样的时光吗？不好意思，请你不要接近我的孩子。应该没有哪个孩子想和父亲的外遇对象见面吧？高藤在那个世界应该也是这么想的。"

柚希无法做出回应，她的头脑仍处于混乱状态。

"先告辞了。"高藤凉子说着，转身离开。

柚希想着至少要向对方道一声谢，却发不出任何声音。她已经无法再思考，脑子里一片空白，等她回过神来，已经走出大楼到了街上。她漫无目的，任凭双腿机械地运动着，纷繁的思绪在脑海里交错。

智也没有背叛她。他说要结婚的心情是认真的，如果没有那场悲剧，现在两人也许正在为结婚做着各种准备。然而换个思路想，他心中还有犹豫，不是吗？他很可能认为，就算能跟妻子分开，也舍不得和孩子切断缘分。

这也是没有办法的吧，柚希想。这世间有虐待孩子的父母，可那只是例外。大部分父母一直爱着孩子,甚至可以为孩子牺牲自己。

智也属于后者吧。孩子的生理性别和心理性别不一致,他想必非常担心。他去横须贺,虽然不知道两人之间进行了怎样的对话,但不难想象,父亲会和孩子约定,"只要我还活着,就一定会支持你"。在进行这些交谈时,智也的脑海里应该完全没有柚希吧。

我有一个永远无法战胜的情敌啊,柚希心想。

5

在男装卖场工作的富樫,是一个精通穿搭的男人,能毫不费力地穿出高级感。

"我那天跟朋友聊天,其中一个人提到这样一件事:为何镜像是左右颠倒,而不是上下颠倒的呢?我笑了,心想这是什么无聊的问题,但事实上,没人能给出答案。你们怎么想?"富樫对柚希和弥生发问。坐在他旁边的吉野一副笑嘻嘻的样子,应该是知道答案。

"这还用说吗?"弥生开口道,"镜子要是照出上下颠倒的样子,那多不方便呀。"

"他想问的不是这个吧。"吉野吐槽道,"他问的是为什么照不出上下颠倒的。"

"因为镜子就是这样的东西啊。"

"这回答不成立。"

"哎,我不知道。柚希,你知道吗?"

"我完全不懂,"柚希摇头,"也没想过。"

"答案很简单。"富樫微笑着说,"我们现在是面对面的,对吧。

在这种状态下，如果跟你说请转向左边，你会怎么做？"

"会怎么做？那只能照做不是吗？"弥生把头转向左边。

"会这样做，对吧。在对侧的我和吉野如果转向左边，则会往和你相反的方向转。那么接下来，如果让我们向上抬头，又会怎么样呢？这下所有人应该都会朝同一个方向抬起头。也就是说，'左右'会根据当事人所处的位置发生变化，上下却不会。对所有人来说，上下都是同一个方向，对于镜中人来说也是。所以，上下是永远不变的。这就是答案。"

"啊？什么啊，完全听不懂。"弥生转向柚希说，"你听懂了吗？"

"我……好像懂了。"

"哈哈。"富樫发出爽朗的笑声，"这就够了，只要你依稀觉得自己知道了就好。总之，人有时以自我为基准思考，有时则必须从外部，以俯瞰的视角思考，这二者是不能混为一谈的。"富樫拿起装着嗨棒[①]的玻璃杯。

这人真有趣，柚希心想。他的话并不多，但每次发言都能带给人刺激，应该是个头脑聪明又细心周到的人。

今天，他们在麻布十番的日式烤串店见面。这次不是弥生相邀，而是柚希先问"有没有什么好男人能介绍给我"。据说弥生和吉野商量后，联系了富樫。

晚餐说得上令人愉悦，不仅有美酒佳肴，更为重要的是，她发自内心地笑了。她已经不记得上一次这样随性是什么时候了。

她看了眼手机确认时间，将近十一点，差不多得向弥生发出信号了。这次她打算把手机放到左边。如果是和富樫他们，可以再多

[①] 英文写作"highball"，泛指在烈酒中加入软饮的鸡尾酒调法，在日本尤其受欢迎。

待一会儿。

"现在几点？"弥生问道。

闻言，在柚希开口之前，富樫先答道："十点五十六分。"

柚希看到了他的手表，表盘是透明的，设计成了能看见内部机械的样式。其实从刚才开始她就有些在意。

"你的手表真不错。"柚希说。

"谢谢。汉米尔顿的爵士大师，我很喜欢它的透视设计。"

"它叫……爵士大师？"

"根据汉米尔顿官方介绍，他们取这个名字，是希望这个系列能够像爵士乐一样，兼具革新与现代性。可能这就是美国精神吧。"

"噢……"她不知道还有这样的手表，不知道智也有没有听说过呢？

"说起来，我外甥加入了大学的轻音部，听说他在玩爵士乐，而不是摇滚。"吉野说，"他们在学校庆典上演奏后，反响很热烈，可能是因为比较新鲜吧。"

"很少见呢，年轻人会去玩爵士乐。"

"我外甥好像是受朋友影响，他那位朋友已故的父亲是爵士乐手，他继承了父亲留下的低音提琴。"

柚希心下一惊。"你知道他叫什么名字吗？"

"我外甥？"

"不是，是演奏低音提琴的那位朋友。"

"我倒是没问得么细，但他们轻音部应该发过介绍视频。"吉野马上拿出手机查看，"啊，找到了。就是这个。"

柚希看向他递来的手机。画面中，轻音部成员们演奏时的截图一张接一张播放着。她"啊"地轻呼出声，因为演奏低音提琴的年轻人出现了。吉野按下暂停。

柚希凝视着那张年轻的面庞。那面庞酷似高藤凉子给柚希看的、她儿子还是男孩时的模样。而且他没有穿女装，甚至留起了胡子。

这应该不是柚希要找的人，但实在是太像了，像得没办法将其视作他人。

"能想办法问到这个人的名字吗？"她试探着对吉野说。

"嗯，我问问我外甥。稍等。"吉野拿着手机起身离席。

柚希看向身旁的弥生。"你觉得这是怎么回事？"

然而，弥生一脸疑惑地歪了歪头。

"这个演奏低音提琴的青年怎么了吗？"

面对富樫抛来的问题，柚希不知该如何向他解释，索性先以"嗯，有些事"蒙混过去。

吉野回来了。"我知道了。他姓高藤，是牙科专业大二的学生。"

她感到一阵轻微的眩晕。没错了，这是智也的儿子。可为什么是男人的姿态呢？他不再以女装示人了吗？

"柚希，"弥生的声音传来，"今晚就到这里吧？"

"啊……好。"虽然对两位男士感到抱歉，但她全然没了喝酒的兴致。她已经没办法思考别的了。

和吉野他们致歉后，柚希和弥生先行离开了。

"去'TRAP HAND'吧。"走到店外，弥生说，"我有话想跟你说。"

"哎？什么？"

"你去了就知道了。"弥生向没载客的出租车招手。

坐到车内，弥生说完目的地后就陷入了沉默。她的侧脸表情十分严肃，叫人难以开口搭话。

她想跟自己说什么呢？应该和智也还有他的儿子有关，难道弥生得知了什么?

出租车开到目的地后,弥生用手机付好钱后便快速走向"TRAP HAND"。看她的背影,仿佛下定了什么决心。

走进门,店里一个人也没有。"欢迎光临。"神尾站在吧台里侧招呼道。

"神尾先生,今晚能包场吗?"弥生说。

"包场?那就是说……"神尾看向柚希。

"是的。现在必须告诉她事情的真相了。您当时说,到了那一刻,就来包场……"

"我知道了。"神尾从吧台出来,走向门口。

"怎么回事?告诉我什么真相?"

"我会说明的,咱们先坐下吧。"

见弥生坐到高脚椅上,柚希便也坐下了。

神尾回到吧台后面。"那么,二位喝点什么?"

"我要'血腥玛丽'。"弥生立刻答道,应该是事先就决定好了。

"火野小姐,你呢?"

"啊……那我来一杯新加坡司令吧。"

"好的。"神尾立刻开始准备材料,却又突然停下手中的动作,看向弥生,"发生什么了?"

"柚希看见了,智也的儿子演奏的画面,以男人的样子。"

"啊,"神尾颔首道,"了解了。"

柚希哑然看着这一切,两人这番貌似了然的对话究竟是怎么回事?

弥生转身面对柚希。"我必须和你道歉。我骗了你。"

"哎,什么?"

"之前那张照片还在吗?在横须贺的 live house 找到的,智也和神秘女子一起拍的那张照片。"

"在是在……"

"给我看看。"

柚希从包里取出手机,打开之前的照片。"怎么了?"

"这是假的。"弥生瞥过画面后,冷冷地说。

"哎?"

"站在中间的,其实是另一位女性。我把智也儿子的脸合成上去了。也就是说,这画面是假的。"

"假的?这不可能。这张照片是鹿岛先生拿给我们看的啊。他说这是高藤先生他们家姑娘。弥生,你也记得吧?"

"所以,"弥生说,"鹿岛先生也是共犯,是神尾先生拜托他帮忙的。"

"啊?什么共犯?神尾先生跟这些又有什么关系?"

柚希朝吧台看去,但神尾只是沉默着摇起调酒壶。

"你还记得你第一次带我来这家店时发生的事吗?神尾先生不是帮了那位想嫁入豪门的女性吗?那时我的脑海中突然闪过一个想法:只有借助这个人的力量,才能把你从诅咒中救出来。"

"把我救出诅咒?什么意思?"

"还用说嘛,当然是智也的诅咒啊。那阵子你就像被他的亡灵束缚住了,生活一团乱,脸色也不好。我想不能让你再这么下去了,于是给你介绍别的男人,却没有任何效果。我这才找神尾先生商量。"

"久等了。"神尾说着,将鸡尾酒放到二人面前。弥生马上将手伸向平底酒杯。血腥玛丽果然是血的颜色。

柚希一口气喝完新加坡司令后,抬眼看向神尾。"那神尾先生如何回应的呢？"

"他说，如果有派得上用场的地方，会尽他所能。所以我就同他商量，'能不能让柚希觉得，智也在她之外还有别的情人'。因为我觉得这样一来，即便是柚希你，心中的爱意也会冷却了吧。"

柚希震惊地盯着好友。"什么啊，这也太过分了吧？"

"我也觉得这个计划不怎么样。"神尾语气沉稳地说，"我能理解山本小姐的心情，但这样做就意味着让你们曾经相爱的回忆全部化为泡影，说来还是过于残忍了。最差的结果可能是火野小姐因为无法接受而自杀。而且，这种有损故去之人名誉的做法，我心中也过意不去。所以，我提出了别的方案。"

"别的方案……"

"伪造出高藤经常和神秘女子私下见面的蛛丝马迹——到此为止是相同的。但我提议将结局改成：最后发现这名女子是他的女儿。"

"我听到这个，觉得是个好主意。"弥生说，"知道没有被智也背叛，你应该会松一口气，但与此同时，你也会再次意识到，亲子之间的羁绊是斩不断的。我想，这样一来，你就会觉得自己不能再硬挤进其中。然而，还有一个大问题，智也的孩子是儿子而不是女儿。所以我说，要不就做出'智也去横须贺跟儿子见面'的样子……"

"是我提出这样不行的。"神尾紧接其后说道，"他私下见面的对象必须是女儿才有冲击力。听闻他们像忘年恋的情侣一样举止亲密，你肯定会心生忌妒。"

"忘年恋的情侣……"这个词好像在哪里听过，柚希很快想起来，"那家意式餐厅的女服务员，也是共犯吗？"

"我拜托鹿岛介绍一位能帮忙演戏的人，听山本小姐说，大家都演得很好，我便放心了。"

柚希扶着额，回想起那天发生的事情。这样说来逻辑是通顺的。她们之所以会去那家意式餐厅，也是弥生从鹿岛那里问出来的。原来这一切都在按剧本进行。

"所以沟板街和刺绣夹克的故事，也是假的吗？"

"嗯。"弥生点了点头，"我觉得还是得加入一些浪漫情节……"

"那些故事，明明全都是谎言，我竟然还是听哭了。你一定在心里笑话我吧。"

"怎么可能，我也是拼尽全力啊。一想到要欺骗你，我心里就很痛苦，但又觉得为了你，不得不——"

"够了，我不想再听了。"柚希拿起包，"我回去了。"

"等等，"弥生伸出右手，"我走。"她站起身，打开了包。

"不用付了，今晚我请客。"神尾说。

"那我就不跟您客气了……"

"路上注意安全。"

"好。多谢款待。"

"晚安。"神尾说。

弥生抱起包，转身背对柚希，就这样头也不回地离开了。她留在吧台上的平底酒杯里，还剩下半杯红色液体。柚希心想，为什么弥生今晚偏偏点了这款鸡尾酒呢？

"你觉得自己的心被好友玩弄了吗？"神尾问道。

"我可没这么说……"

"到了要说出真相的时刻，山本小姐也慌了神呢。她还没把最重要的事情告诉你，就回去了，明明那才是你最应该知道的。"

"你说的最重要的事，是什么？"

"你没意识到吗？欺骗你的共犯，还有一个人。"

柚希皱起眉，种种思绪在脑中划过，不一会儿，她悚然一惊。

"高藤凉子……"

"没错。如果没有那位女士帮忙，这次的计谋也无法成立。但请你想想，一般来说她会帮忙吗？已故丈夫的外遇对象伤不伤心，跟她又有什么关系呢？要我说，她完全没必要参与到这场麻烦的演出当中来，甚至还要谎称自己的儿子是跨性别者——演出难度别说有多高了。"

"那她为什么还……"

"是谁动摇了高藤凉子的心呢？一心只想着要让你重新振作起来，为此去求别人、说服别人。不用再多说了吧，这个人不会是我。"

"弥生去找她……"弥生是如何恳求她的呢？柚希简直无法想象。

神尾伸过手，取走了弥生用过的平底酒杯。

"血腥玛丽，山本小姐为什么会点这款鸡尾酒，我多少能够猜到。因为她已经做好了流血的心理准备。对她来说，只要是为了朋友，即便受伤也无所谓。我说错了吗？"

柚希感觉胸口涌上一股暖意。

"究竟什么才叫幸福，每个人都有自己的答案。"神尾用平静的语气继续说道，"然而，唯有一件事可以断言：帮助一个人活下去的，不是失去的东西，而是手中握有的东西。你爱的人不会回来了。但是，你还有为你流血也在所不惜的朋友，这是一件多么美好的事情。你不觉得吗？"

柚希用右手捂住胸口，重重地闭上了眼睛。回望过去那些日子，与智也一起留下的回忆仍历历在目。她之所以能够毫不犹豫地说出对他的思念，是因为身边总有一个人认真地倾听她的话语，与她分享那些悲欢。或许她已经忘记了,这是一份多么令人感激的情谊。

她睁开眼,抬头看向神尾。"能帮我调杯酒吗?"

"想喝什么?"

柚希凝望着他手中的平底酒杯。"血腥玛丽。"

她想,这是一个自己也要流血的夜晚,就让一切在这里结束吧。从明天开始,她将获得新生。

"乐意之至。"神尾说。

孕育者
继承者

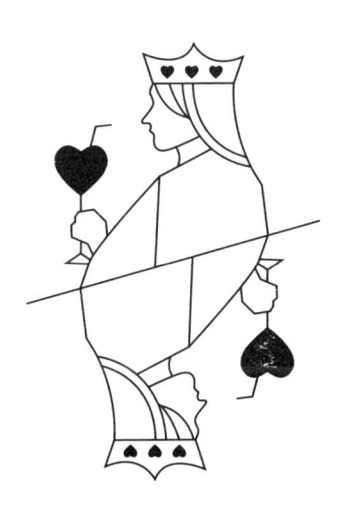

继承者
孕育者

1

在对讲机的操作面板上输入门牌号后，她没有立刻按出"呼叫"。她用力动起表情肌，牵起嘴角，感受到脸颊绷紧后，才终于按了下去。最近，对讲机几乎都附带了摄像功能，自己在外面看不到任何影像，屋里的人却能看得一清二楚。她很可能仅仅因为表情冷淡，就给客户留下不好的印象。

"哪位？"对讲机里传出沉着的女声。

"您好。承蒙关照，我是文光房地产的神尾。"

"请进。"装有自动锁的门随着话音打开。

走进门内，真世的表情才放松下来。她一边走向电梯厅，一边张望典雅高级的入户大厅。虽然已经建成二十年，但这处位于市中心、距离车站步行仅需五分钟的住宅还是极具魅力。资产价值无须多言，应该还比购入时升值了。

就在这样一栋公寓八层的一户人家里，富永良和与妻子朝子正等待着真世。良和年约七十岁，朝子应该比他小几岁。

"真不好意思，让你特意跑一趟。"朝子道歉，将茶杯放到真世面前，染成栗色的短发与她娇小的身材十分相衬。

"您太客气了。"真世说着,从身旁的包里取出文件夹,"我正想跟二位联系呢。在上次的讨论中,浴室和洗衣机位置的布局还没有确定,我又做了两套方案。"真世将装着红茶的杯子挪到一侧,以便铺开图纸。

"啊,那个,可以先等会儿吗?"朝子的神色有些慌张。

真世正打开文件夹的手顿住了。"是浴室有什么问题吗?"

"不是。其实,我们另有一件事想跟你商量。"

"啊……这样呀,"真世合上文件夹,"那么,是哪部分呢?根据上次的讨论,我认为除了浴室,其他部分都已经按照既有方案达成共识了。"

"我明白,所以我想说的,不是方案的问题。"

"啊……"

"朝子,"一直沉默的良和开口道,"还是说得明白些吧。给这位小姐添麻烦了。"

"哎……是啊。"朝子转向真世,直起了腰,"真的非常抱歉,我们可以先搁置目前的装修方案吗?"

真世不禁"哎"了一声。"'搁置'?您的意思是,想将装修计划延期?"

"嗯,是的。或者说暂且延期……"

"也可能会终止。"良和说得直截了当,"也就是说,方案作废。"

真世感到错愕,这完全出乎她的意料。"这……富永先生,请问这到底是怎么一回事?是您的计划有什么改变吗?"

"算是吧。"良和回答,"让你费了这么多心思,真是不好意思,但我们也无可奈何。当然,目前为止的各项费用,该怎么算就怎么算。"

"嗯……是发生什么事了吗？如果您不介意的话，可以让我听听看吗？"

"是——"朝子刚开口，良和的声音就压过了她："住嘴！不该说的就别说了，家里这些丑事，何必让外人知道。"

"但我们迄今为止受了神尾小姐诸多照顾……"

"所以，我们给别人造成的困扰，只能用金钱来解决了。"良和板着脸转向真世，"还请你多多包涵。"

真世困惑地看向朝子。朝子随即一脸惭愧地轻轻颔首，那表情仿佛在拜托真世暂时先按良和说的做。

"我明白了。我先把订单取消，等您后续消息，这样可以吗？"

"嗯，就这么办。"良和的语气有些漫不经心。

"到底是延期还是终止，目前还无法确定吗？告诉我一个大致期限也可以。"

良和的表情变得更加苦涩，他将问题抛向朝子："什么时候呢？下个月底生，对吧？所以最快也要下下个月？"

听到这意外的话，真世眨了眨眼睛。"生"，指的又是什么呢？

"能那么快得出结论吗？要是闹起来，估计还得拖一段时间吧？"

"确实有可能。——神尾小姐，关于这件事，我之后再和您联络，可以吗？"

"我知道了。"真世应道，她将刚才取出的文件夹放回包里。一想到这一摞沉甸甸的文件可能会直接化作垃圾，她的心头便笼罩上阴霾。

她离开公寓，向车站走去，头脑仍一片混乱。

这是许久没有接到过的大工程，上司也很期待，如果告诉他项目延期,甚至可能终止,他会露出什么样的表情呢?

总之得先想好说辞,真世正思索着,有人打来电话。看了眼来电显示,她停下脚步。是富永朝子打来的。

"您好,我是神尾。"

"我是富永。刚才不好意思,吓着你了吧。"

"嗯……我完全没想过事情会变成这样。"

"是,我真的觉得非常对不起你。"

"哎,您别这么说。客户们也都有各自的难处,这一点我是很理解的。"

"你的话倒是让我心里好受些了……对了,神尾小姐,你现在在哪里?已经坐上出租车了吗?"

"没有,我正往车站走。"

"那你接下来能给我些时间吗?我想先向你说明一些事情。"

"当然可以,但您先生不会介意吗?"

"那家伙刚才回家了。我稍微收拾一下就走。"

"您先生是不愿意透露真相的。"

"可也不能什么都不跟你说。你愿意听吗?"

"嗯,请务必告诉我。"

约好在车站前的咖啡店见面后,真世挂断了电话。

幸运的是店里很空。买好饮品,真世走到里侧座位,然后打开文件夹,端详起这次的装修方案。看着不时出现的"伴随年龄增长而下降的身体机能""无障碍""关注生活动线及生活方式"等字句,她回想起自己当初边斟酌用词边奋力敲击键盘的模样,感到一阵恍惚。

大约两个月前,富永夫妇找到真世任职的文光房地产,咨询装修事宜。他们的诉求是将儿子独居的公寓改造，用于夫妇二人养老。他们有一栋房子，但那里已经老旧，两个人住起来也显得太大，所以他们打算卖掉。

真世曾想，如果是儿子独居的房子，对他们夫妇俩来说，难道不是应该显小吗？然而，得知房产的具体信息后，她只剩下震惊。房屋面积超过一百二十平方米，户型竟然是四室一厅。她不禁感到疑惑，为什么会一个人住在这样的房子里呢？富永夫妇告诉真世，他们的儿子并不是一直独居，房子本是儿子和儿媳一起住的，直到八个月前，两人离婚了。

对于富永夫妇来说，还有更沉重的打击。五个月前，儿子突然离世。是交通事故。他在高速公路上驾驶时，遇到了卡车侧翻。

他们度过了一段沉浸在悲伤中的日子，才开始处理儿子的遗产和遗物，这套公寓就成了问题。他们也想过把公寓出租或者卖掉，但最终的结论是自己住进去。

实地考察之后，真世也觉得的确该把装修提上日程。四室一厅的户型，对于年迈的夫妇来说，房间太多了。即便把客人的住宿需求考虑在内，两室一厅也足够了。富永夫妇的诉求也是如此，他们希望以宽敞的客厅为中心，将空间重新分隔得更加宽裕。

确认需求后，真世马上投入设计。因为有两千万日元的预算，只要将钱花在该花的地方，这是一份能够让设计师大展拳脚的工作委托。

一周后，真世向夫妇二人说明了基本思路，第二周又提供了具体方案。又过了一周，她交出改良方案，还带朝子参观了各种样板间，请她选好装修材料。在真世的努力推进下，一切看起来就要确定了，可事到如今，却很可能化为白纸——

她叹着气合上文件夹，就在这时，富永朝子走进店中。真世起身相迎。

"这次真的很对不起。"朝子一坐下便再次道歉，"虽然我老公叫我闭嘴，但我心里很难受。这些事他都交给我处理，完全撒手不管，所以丝毫无法体会你在其中倾注了多少心血。"

"倾注心血……这是我的工作，倾注心血是理所当然的。只不过好不容易把很多事情都决定好了，可惜了。"

"是啊。"朝子用手抵住下巴，"我们也是，完全没想到会发生这种事。离婚之后，我们以为不会跟那边的人再有任何牵扯。"

"那边的人……您指的是？"

"我儿子的前妻。都已经离婚八个月了，她突然过来说了些荒唐的事。"

"是什么事呢？"

"也不是别的，是关于我儿子的遗产。她说她有继承权。"

"继承？这也太奇怪了，您儿子已经和她正式离婚了吧？"

"当然。"

"那么财产如何分配，应该已经尘埃落定了。作为前妻，按理说她对您儿子的遗产没有任何权利。"

"这方面确实如此。但对方主张的不是她的权利，而是孩子的权利。她说她肚子里的孩子有继承权。"

"肚子里的孩子？"

"她怀孕了。预产期是下个月，而且她声称孩子的父亲是她的前夫，也就是我死去的儿子。"

2

"这情况可真麻烦。"武史将擦亮的雪莉酒杯对准灯光,表情冷峻地说,"要说哪里麻烦,就是对方的说辞完全符合逻辑,在法律方面没有丝毫破绽。"

"果真是这样吗?"

"根据日本的法律,女方离婚后三百天以内生下的孩子,都会被视为前夫的孩子,而且就像亲子关系不会因为离婚而消除,肚子里的孩子也从出生前就拥有继承权。那套公寓在他们儿子名下,对吧?如果没别的孩子,他的全部遗产都将归那个即将出生的孩子所有。即便是他的父母,也不能擅自装修或者搬进去住。"

"但是富永女士说,那绝对不会是遥人的孩子,这种事情不可能发生。仅根据我所知道的来判断,我也同意这一点。"

遥人是富永夫妇的儿子。

"哦?你知道了什么?"

"据富永女士说,那两人本就不该结婚,他们之间并没有多深的感情。"

富永遥人是一名作曲家。真世虽然没有听过他的名字,搜索出他的代表作时却吓了一跳。他给知名偶像组合和歌手创作过很多乐曲,其中不少歌真世都知道。

与他结婚的女性名叫诸月沙智,是一名平面设计师,擅长运用CG,经常接一些宣传视频和广告的制作工作。

两人经由遥人的妹妹文香介绍认识,诸月沙智是文香上专科学校时认识的朋友。文香的儿子生来体弱多病，据说诸月沙智去看望那孩子时，遥人刚好也在。

"就这样，两人在艺术和工作等话题上很聊得来，自然而然地开始交往，仅仅一个月后就结了婚。所以，他母亲说两人之间并没有多深的感情，也是能够理解的。"

现在想来，是文香多管闲事了——真世回想起富永朝子说这话时懊恼的样子。

"他们结婚时便商量好不干涉对方的生活。两个人都很奇怪，对吧？特意买了四室一厅的公寓，也是因为他们各自需要一间卧室和一间工作用的房间。既然做到这个份上，干吗还要结婚呢。"

"确实，依我看也有些奇怪。不过，他们两个人能接受的话就没问题，这种事也由不得旁人来评判。"

"可他们不还是离婚了吗？在离婚前分居的大约四个月时间里，两人都有了新恋人。"

"这样吗？故事还真精彩啊。这种活法倒也不错，比只有一方受到伤害强多了。"

"这一点我同意。他们两人半斤八两。问题在于，两个人以这种方式分开，又怎么会有孩子呢？很奇怪吧？"

"对于不按常理出牌的人，套用我们惯常的思维毫无意义。愉快地离完婚，两人一时兴起，作为纪念共度最后一夜……这种情况也不是没有可能。说不定比没离婚时还有激情呢。"

真世呆愣地抬起头，看着叔叔撇着嘴说出这番话。"这么下流的事，亏你想得出来。"

"下流吗？我觉得这很符合对艺术家的刻板印象。"

"就算是这样，怎么说也得做避孕措施吧？万一怀孕就麻烦了。"

"可能他们只是没顾上考虑那么多。有可能喝醉了，或者吃了些药之类的。不管是哪种情况，可以确定的是，现阶段还没有任何证据能够证明，富永遥人不是孩子的父亲。"

"也就是说，只有他的前妻诸月沙智一个人知道真相。只要诸月不否认富永遥人是孩子的父亲，事情就只能按照目前的方向发展下去，对吗？"

"准确来说，即便产妇本人声称前夫不是孩子的父亲，出生证明还是会按照前夫的孩子来登记，因为旁人无法判断她的话是否属实。为了保护孩子的权利，必须有人来承担父亲的责任，所以她的前夫一定会成为孩子的父亲，这叫作'嫡出推定'。提起诉讼，通过 DNA 鉴定等手段证明二者没有亲子关系，法律才会承认前夫不是这孩子的父亲。"

"这么麻烦啊……"

"以前，只有男方可以提起'否认嫡出'的诉讼，所以有很多因为家暴等离婚的女性生下别的男人的孩子，不想让这个孩子被认作是前夫的，就拒绝递交出生证明，导致孩子没有户籍。为了防止出现这种情况，现在母亲和孩子都能提起诉讼了。"

明明不是法律专家，武史不知为何知道得如此详细。

"不过目前看来，诸月沙智不可能提起这样的诉讼吧。"

"是啊。"

"这样一来，能做出反驳的就只有富永遥人了。但他已经去世，就没有任何办法了。"真世双手抱头，"无计可施了吗？遥人先生的遗产会全部落入诸月生下的孩子手中吗？虽然这件事跟我没关系，但我就是很不甘心啊。"

"你换个思路想想。成为单亲妈妈的诸月会住进那套公寓吧？

对她来说，四室一厅住起来也很不方便。你可以趁现在做好装修方案，到时候推销给她。"

真世皱起眉。"这种毫无节操的事，我才不会做呢。"

"为什么？公寓的所有者变了，客户也随之改变——你这样想不就好了。"

"我做不到。我不能背叛富永夫妇。"

"真是无聊的道德感作祟。只要干脆地把这想成是一单生意，又有什么大不了的。"

"不是这么一回事啦。啊——真的没办法了吗？"

"他们没去找那位妹妹商量吗？不是说她跟诸月是朋友？"

"富永女士说不想让文香卷入其中，也没把诸月怀孕的消息告诉她。文香已经为介绍那两人认识而自责了，要是再得知这件事，估计会更难受。自从遥人离婚，文香好像就没再和诸月联系。"

"这样吗？"武史环抱起双臂，"解决方案有两个。一是由父母代替过世的遥人提起诉讼。在日本，三代以内血亲或法律承认的亲子应该能够申请'否认嫡出调停'①。这样一来，法院就有可能要求进行 DNA 亲子鉴定。不过这样也还有问题，比如必须证明用于鉴定的 DNA 来自遥人本人。各种各样的程序下来，到得出结果，应该需要花很长时间。在这期间，如果包括公寓在内的所有财产被出售了，想再拿回来比登天还难。"

"那这个方法就行不通了呀。另一个呢？"

"很简单，就是让诸月一方放弃继承。这不必管孩子的父亲是谁。"

---

① 用来否定前夫与孩子的亲子关系。

"怎么让？她不可能放弃。"

"凡事都没有绝对。你安排我和富永夫人见个面。我想再问些具体情况。"

"叔叔你？为什么？"

"因为我可爱的侄女在烦恼。我想为她出一份力，有什么错呢？"

真世对着武史翻了个白眼。"真可疑。你绝对不可能是为了我。你是看在谢礼的分上吧。"

武史做出驱赶苍蝇的动作。"这个不劳你操心，除合理的报酬以外，我不会收取任何东西，这是我的宗旨。你别用那种眼神看着我了，赶紧去联系富永夫人。"

真世一边对这意料之外的进展感到困惑，一边拿起手机。目前为止的经验已经充分证明，自己这位叔叔并不是只会吹牛的人。

3

"已经知道她对象的身份了？消息可靠吗？"

"我觉得不会错，除非征信所的人撒谎。"

"他们应该不会弄一份假报告吧。那份报告，您带过来了吗？"

"嗯。我觉得或许能派上用场，就带来了。"

富永朝子说着"就是这个"，将文件递给武史。

三人正在银座的咖啡店里。现在是白天上班时间，但为了让武史和朝子见面，真世以和客户开会为由，偷偷溜了出来。

认真看完报告，武史点了点头。"原来如此，两人一起去了夏威夷旅行。频繁出入对方的住处，看起来也无意向周围的人隐瞒关系。不过,最近有传言说他们已经分手了,尚不能判断真假……"

"就算他们已经分手了,根据预产期推算怀上孩子的日期,也还是在他们交往的时候。"

"拿到这份报告后,您采取什么行动了吗?"

富永朝子无力地摇摇头。"什么也没做。怎么做才好,我还没想到……"

"我知道了。这份报告能交由我保管吗?"

"请拿走吧。"

武史喝了口咖啡,握起双手放到桌上。"让我们来梳理一下。富永遥人先生的存款已经转移到新开设的账户。他所创作的乐曲的著作权已经转让给音乐出版社,版权收入今后也会汇入这个新账户。除此之外,他所持有的财产只有青山那套四室一厅的公寓。尚未申报继承税。以上这些没错吧?"

"嗯,没错。"

"就算诸月小姐那边要正式索要遗产,也必须等到孩子顺利出生之后。不过,她现在还是能够做一些事情的。比如,她可能会要求将公寓变更到肚子里的孩子名下。"

"即使孩子还没出生?"真世瞪大眼睛。

"胎儿也有继承权,所以能够进行变更。在登记簿上,会显示为'诸月沙智的胎儿'。而富永女士你们对此是没有拒绝的权利的。公寓在这种状态下无法出售,但只要孩子一生下来,就可以了。如果她事先找好买家,到时候就能顺利推进。"

"那不就糟了。"

"非常糟糕。"武史将脸转回富永朝子,"所以,如果对方提出名义变更,麻烦您向法院提出'禁止处置的临时处理'。"

"好。您是说禁止处置的……"

"禁止处置的临时处理。如果您不知道如何操作,就跟我说,我教您。"

"谢谢。还有什么我能做的吗?"

"这取决于今后的调查结果。我会给您指示,在那之前请先按兵不动。不过,如果我这里有什么事情想要交涉,可以直接联系诸月沙智小姐吗?"

"不行,她姐姐是代理人。沙智怀孕的消息,也是她通知我们的。"富永朝子从包里取出名片。"就是这位。"她将名片放到桌上。

"我看一下。"武史拿起名片,真世也从一旁看去。上面写的名字是诸月塔子,经营一家税务师事务所。

"这张名片我能拿走吗?"武史问。

"嗯。这样……能行吗?"

"绝对没问题——"武史深吸一口气后,看向富永朝子,"我无法做这样的保证。但我想一定能在哪里找到突破口,总之请交给我吧。"

"不好意思,劳您费心了。神尾真世小姐告诉我有人能帮忙,当时我想,这就是绝处逢生的感觉吧。真的很感谢您。这个,虽然有些过意不去,但权当是我的一份心意吧。当然,等一切尘埃落定之后,我会给您相应的谢礼。"富永朝子说着,递来一个白色信封。

"我并不是为了这个才提出要帮忙的。"武史皱着脸接过信封,"那么,我就把它当作目前必要的经费收下了。如果您需要明细和发票请跟我说,我会准备好的。"

"那些东西就不必了。拜托您了。"富永朝子深深地低下头。

目送她走到店外,武史打开信封。"十万日元啊,倒也符合常理。毕竟是作为目前必要的经费嘛。"

他这样是想等成功后狮子大开口吗？想要多少钱呢？如果问了，他一定会回答，但真世不想知道，便没有接话。

"叔叔，你真有胜算？"

"四六开吧。"武史喝光了杯中剩下的咖啡。

"哎？这么低。"

"你可别小看四六开，就连铃木一朗的打击率[①]也没超过四成。先去找找跟诸月沙智交往的人吧。"武史打开征信所的文件，"在影视制作公司工作吗？那跟诸月沙智是同行啊。公司应该在赤坂。"只见他取出手机，毫不犹豫地拨出电话。

约一个小时后，真世和武史坐在了赤坂的咖啡店里。这里和刚才那家店是同样的连锁品牌，武史也喝着和刚才一模一样的咖啡。真世因为已经喝过一杯拿铁了，这次便点了一杯果汁。她一边用吸管嘬着饮品，一边思考该怎样向领导解释她延长外出时间的原因。

不一会儿，菅沼出现在店里。他是一名相貌周正的男子，皮肤晒成了漂亮的小麦色，身材十分紧实，应该是经常去健身房的成果。他看起来非常紧张，但真世觉得这也情有可原。武史在电话里说自己是富永夫妇的代理人，有一件关于诸月沙智的要事相谈，以此为由将菅沼叫了出来，他自然有所戒备。

"不绕弯子了，你和诸月沙智交往了一段时间吧，而且是从她离婚之前开始。"

菅沼舔了舔嘴唇。"那时候她已经确定会离婚了，和她丈夫也已经分居。事实也是如此，他们很快就离婚了，而且富永那边应该也有在交往的女性。"

[①] 棒球运动中，衡量击球员实力的重要指标之一。

"哎呀，"武史做出安抚的动作，"我只是在确认事实。现在呢？你和诸月沙智的关系还是老样子吗？"

菅沼略微迟疑后，做出了回答："是的，我们相处得很好。"

"你没有马上回答，为什么？"

"没有为什么，我只是在斟酌用词。"菅沼的声音变得尖锐。

"诸月怀孕了，你知道吗？"

菅沼似乎咽了口唾沫。"知道。"

"什么时候知道的？"

"大约……半年前吧。"

"在诸月沙智家里？"

"是的。"

"你开心吗？"

"这——"菅沼干咳了几声，耸了耸肩，"如果是我的孩子的话。"

"不是你的吗？"

"她说应该不是，大概是前夫……遥人的。"

"听到这个你做何感想？"

"做何感想……"

"你没感到愤怒吗？毕竟，那时你们已经开始交往了吧？她却还跟前夫发生了关系，一般人都无法忍受吧。"

"我当然不好过，但也没办法。虽然他们已经决定要离婚，但那时候还是夫妻。他们两人的事情只有他们自己知道。"

"你们没讨论过不要这孩子吗？"

"没有……沙智想要生下来，我也说不出让她打掉这种话，因为那也有可能是我的孩子。这是一个来之不易的生命，得好好对待……"

"你刚才说，你们相处得很好。等诸月生下孩子后，你们还打算继续现在这样的关系吗？"

"不行吗？"

"你打算跟她结婚吗？"

"具体的还没定，但有可能。"

"要成为即将出生的孩子的父亲，你做好心理准备了吗？"

"嗯。"菅沼点头，"做好了。"

"富永遥人的双亲，对于诸月沙智肚子里孩子的父亲为遥人一事抱持怀疑。等孩子生下来，他们也许会提出否认嫡出的诉讼。到时候，如果请你接受 DNA 鉴定，你愿意配合吗？说不定结果会证明那是你的孩子。这样一来，你就能堂堂正正地成为孩子的父亲。"

"如果结果不符合呢？那就只能证明这是遥人的孩子。比起这样，不如留下一种可能，让我觉得这就是我的孩子。无论如何，我不会做让沙智伤心的事。"菅沼向武史投去挑衅的目光。

"没关系，"武史说着笑了起来，"我已经充分理解你的想法了。很抱歉，百忙之中把你叫出来。"

"我可以走了吗？"

"嗯，十分感谢。"

菅沼离开座位，正准备转身背对真世他们离开，却又开口道："我刚才说过，任何会让沙智伤心的事，我都不会帮忙。这一点，请你们不要忘记。"

"我记下了。"武史点头致意。

菅沼离开后不一会儿，真世和武史也走出咖啡店。

"确定了，肚子里的孩子是菅沼的。"武史一边走一边断言道。

"你怎么能确定呢？"

"诸月沙智是把菅沼叫到自己家里来，告诉他怀孕的消息的。

如果她打算跟菅沼说肚子里的孩子有可能是遥人的,那她应该会去菅沼家里。这样一来,如果两人没谈妥,气氛变得糟糕,她只要回家就好了。"

"哦,这样说来确实是。如果是在自己家里,不管气氛糟糕到什么程度,对方不主动离开,就毫无办法了。"

"诸月沙智会叫菅沼到自己家来,就说明她要说的对菅沼来说是个好消息。我猜测,她实际说的可能是'我有小宝宝了,当然是你的孩子哦'。当我问菅沼是否开心的时候,他那声'这',想说的恐怕是'这还用问'。虽然他话到嘴边又赶紧改变说辞来补救,但这可逃不过我的眼睛。"武史连珠炮般的解释不乏自夸的意味,但不可否认其说服力,"当我问他是否做好成为孩子父亲的心理准备时,他不是回答'做好了'吗?从他说话时的眼神,可以判断他并没有撒谎,能看出他下定了决心。我觉得这是因为他确信那是自己的孩子,所以才能毫不犹疑。"

武史作为"心灵魔术师"也是一流的,真世也好几次见证了他仅凭对方的眼神便能侦破真相和谎言的情景。他的推测应该不会错。

"那菅沼为什么不说出实情呢?"

"问题就在这里。在他得知怀孕的消息时,遥人还在世,因此主张孩子的父亲是遥人,没有任何好处。只要遥人提出否认嫡出的诉讼,一切就结了。我认为关键的转折点还在于遥人的意外身亡。"

"为了获得遗产,诸月想要指认遥人是腹中胎儿的父亲,而菅沼配合了她的计划?"

"这种可能性很大。役所的那张纸上如何登记孩子的父亲,对他来说无关痛痒。只要在孩子生下来后和诸月结婚,就能和自己的亲生孩子一起生活,而且那孩子还能继承遥人的全部遗产。他完全没有理由拒绝这个计划。"

"也就是说，营沼不可能帮我们了吧？这样一来，我们的路都被堵死了？"

"说什么呢。现在才是真正需要我们登场的时刻。"

4

诸月沙智的住宅兼工作室位于京王线幡谷站附近，走路三分钟就能到。那是一栋十五层的建筑，诸月沙智住在六层，户型可以算是一室一厅。之所以说"算是"，是因为用来分隔空间的拉门全部被取下了，使用方式上相当于一个单间。电脑等各种电子产品和办公用品占据了大部分空间，只有组合沙发和立于其间的小玻璃桌表明此处作为客厅使用。真世和武史并排坐在两人座的沙发上，对面的豆袋沙发上坐着诸月沙智。

"抱歉，这里这么小。我在电话里也说了，我现在非必要不能外出。毕竟身体这样，不得不注意。"诸月沙智一身黑色孕妇装，微微张开双手，轻声笑了起来，"这些都是借口，其实是懒得动。很抱歉，也没法给你们弄点喝的，请见谅。"

"没关系，我们也不是来喝茶的，不劳费心了。"武史露出礼貌的微笑。

诸月沙智将视线投向手中的名片，是先前武史递给她的。

"'TRAP HAND'……您在惠比寿经营酒吧呀。我现在不能喝酒，等解禁了，可以去您那儿坐坐吗？"

"欢迎欢迎。只要您愿意，今天或者明天去也没问题。我们的菜单上也有很多不含酒精的饮品。"

"产前我也得尽量避免去人多的地方，害怕传染什么的。"

"原来如此，那等您平安生下孩子后，恭候光临。"

"就这么约好啦，我很期待。"

"胎儿一切都好？"

"嗯，不能更好了。"沙智抚摩着自己的腹部。

"知道性别了吗？"

"女孩。即使是在B超里，也能看出很漂亮呢。您要看看吗？"

"我就不用了。名字也决定好了？"

"算是吧，不过要暂时保密。"沙智抬起下巴，神情有几分得意。

"您和富永女士是什么关系？在电话里，您只说她委托您作为代理人来交涉。"一旁的诸月塔子冷不丁插入对话。不同于妹妹略带异国风情的五官，塔子的脸部轮廓不深。加上她几乎没有表情变化，面对她，就好像面对能剧里的面具。只有她坐在一个方形的箱凳上，所以即便她个子不高，也仿佛在俯视众人。

武史看向她。"家兄在世时受到富永女士诸多照顾，他总叮嘱我，将来一定要报恩。细节我就不方便透露了，请见谅。"见惯了武史这鬼话连篇的样子，事到如今，真世也不再惊讶了。

"您叫……神尾武史？"沙智看着名片侧首，"总感觉在哪儿听过。"

"您可能记错了，这是个老套的名字。我们可以进入正题了吗？"

沙智看了眼塔子，将名片放到桌上。"您请说。"

"我们从富永女士一方接受的委托内容很简单，即希望确认您腹中胎儿的父亲是否真的为已故的富永遥人先生。话虽如此，我们并没有方法能够确认。因此，我们想先来直接问您。恳请您坦诚地回答我们，孩子的父亲，真的是富永遥人先生吗？"

"我妹妹，"塔子开口道，"有义务回答这个问题吗？"

"为什么不回答呢？"

"因为不知道，"沙智说，"不行吗？"

"不知道？"

"我想您也清楚，我和遥人从离婚前就分居了。在那期间，他有了恋人，我也沉浸于冒险般的爱情中，结果就怀孕了，我不知道孩子的父亲是谁。就是这样。"

"您是说不排除遥人先生是孩子父亲的可能？"

"是的。虽然有些不可思议，但我们的关系就是这样。即使决定要离婚，我们的关系依然良好，也不抗拒和对方做爱。"

"沙智，"塔子似是窘迫地皱起眉头，"斟酌一下用词，好吗？"

"我要是不说实话，他们是不会明白的。"

"您向遥人先生说过怀孕的事情吗？"

"当然。"沙智回答。

"'这可能是你的孩子'，这样说的吗？"

"对，他很开心。这世界上也许就要出现一个自己的分身了，他觉得很有趣。"

"但有一点很奇怪。富永夫妇好像从来没听遥人先生提起过这件事。"

"好像是，但我也不知道为什么。他可能觉得麻烦吧。"

"这个疑问跟我妹妹没有关系。"塔子在一旁说，"这是富永家的问题。"

武史沉默着点了点头，将视线转回沙智。

"您跟菅沼弘之先生还在交往吧？您当时和他说肚子里的孩子可能是遥人先生的，不担心这样说了之后，会破坏您和菅沼先生的关系吗？"

"我当时想，即便破坏了也没办法。毕竟撒谎也没意义吧？但据我所见，事态并没有失控，弘之接受了。他跟我说，不管DNA是什么样的，只要是我生下的孩子，他就会好好对待。"

"这难道不是因为，菅沼先生能确信这是他的孩子吗？"

沙智眨了眨眼睛，轻哼了一声。"是这样吗？我不太清楚。"

"您就没想过弄清孩子的父亲是谁吗？"

"也不是没有，但我更倾向于没必要弄清。弘之也接受了。"

武史搓着手注视沙智。"预祝您顺利生下健康的孩子。问题是在那之后，只要提交出生证明，她就会自动成为您前夫富永遥人先生的孩子。这样下去就麻烦了，所以富永夫妇的意愿是提起诉讼。一旦立案审理，就会涉及DNA鉴定。如果事情发展到那一步，您打算如何应对呢？"

"是啊，该如何应对呢。我还没想那么远。"

"您还是提前想想比较好。如果法院判定孩子不是遥人先生的，您就一点好处都没有了。"

"您说的好处是指？"

"我就直说了，依我们所见，您不想弄清孩子的父亲是谁，就是为了遥人先生的遗产。"

沙智的表情没有变化，然而，一旁的塔子眉毛抽动的样子却没有逃过真世的眼睛。

"您看这样如何，比起别扭地争来争去留下祸根，不如摸索一种不需要闹上法庭的方法，对我们双方来说都更加合理。"

"要我妹妹怎么做？"塔子语气冰冷地问。

"很简单，我希望您能让肚子里的孩子放弃继承遗产。当然，不会让您一无所获的。您开个价，我会去试着和富永夫妇商量。我觉得这对于你们来说并非坏事。"

沙智看向姐姐，似乎在寻求意见。

塔子的嘴唇动了。"您觉得我妹妹会接受这个条件吗？"

"我不知道你们有什么理由拒绝。毕竟，一旦法院判定孩子和遥人先生没有亲子关系，你们就一分钱也拿不到了。"

塔子略微放松了脸颊，似乎在笑。"神尾先生是吧，不知您是否有所耳闻，最高法院有过判例，即使通过 DNA 鉴定证明了没有血缘关系，仅凭这一点依然不能解除法律上的父子关系。"

"大约十年前的案子，对吧。确实在北海道有过这么一起诉讼，但我认为那和我们现在谈论的不是一个情况。"

"有什么不同，在我看来是一样的。"

"神尾先生，"沙智开口了，"您似乎认定我和遥人之间发生关系的可能性为零，但是男女之间的事是没有道理可言的。"

"那我们就来说说概率，即使可能性不是零，也不会高到哪里去吧。孩子的父亲，是离婚后渐行渐远的前夫，还是能够一起去旅行的亲密恋人？这就好像在轮盘赌中只押一个数字。"

"有趣的比喻。轮盘上有几个数字来着？"

"美式的有三十八个。"

"三十八分之一啊，嗯，想想我和他们两个做爱的次数，这个概率估计也差不多。"

"斟酌一下用词，我刚才说过吧！"塔子的声音尖锐起来。

沙智缩着脑袋吐了吐舌头。

"我明白了。"塔子说着看向武史，"二位代替富永夫妇专程过来，要是不带回去什么成果，也不好交代吧。我话放这里了，如果他们能接受我们开出的价,也不是不能考虑。"

"终于能往前推进了,那么,你们开价多少?"

"本来打算仔细计算的,但没时间了,我就粗略算了一下。"塔子张开十指,"一口价十亿日元。"

"嚯。"出声的是沙智。

"十亿……是吗?"就连武史也感到震惊。

真世慢了一拍才觉得心跳加速。这个价实在离谱,令人一时之间不知做何反应。

"出不起这个数,其他就免谈了。这样您看如何?"

"您知道遥人先生的遗产总额吗?即使平分给你们一半,也到不了这个数……"

"他所创作的歌曲今后还会有版权收入,如果你们对此有异议,我们的谈判就到此为止。"

武史不知说什么,在他闭上嘴的瞬间,来电铃声响起。声音似乎来自塔子的手机,她说了声"抱歉",便走出了房间。

"不好意思,一谈起钱,姐姐就会变得很苛刻。"沙智一副事不关己的样子。

"不愧是税务师,领教了。她结婚了吗?"

"很遗憾,还是单身。要是她身边也能有一位好对象就好了。神尾先生的太太是?"

"如果在您眼中我是拥有幸福家庭的人,我很荣幸。"

"这样不是正好吗?您别看她那样,她厨艺很好的。"

"这可真是个加分项。"武史一边挤出假笑,一边环视室内,突然,他的视线停住了。他慢慢起身,盯着一个地方走了过去。他凝视的是架子上方。"这是?"

那里放着一个奇妙的东西。长约五十厘米,形状像是蚕豆,呈淡粉色,应该是纸做的。

"这个啊,是枕头。"沙智站起身,伸手拿起它,"天使之枕。"

"天使?"

"就像把头枕在天使的膝上一样,很安心。"沙智将枕头按向脸颊,闭上了眼睛,"这样做,很多迷茫都会消失。"

"真好啊。您从哪里得到的?"

"保密。"沙智恶作剧似的笑了。

塔子回来了。"在做什么?"

"我正在向神尾先生炫耀我的宝贝呢。"沙智将枕头放回架子上。

武史拉伸了一下脊背,来回看着姐妹俩。"我们聊得很愉快,我会把两位的意见准确传达给富永夫妇。我想,等下次见面的时候,就能够达成对双方来说都具有建设性的提案了。"

"很期待——是吧?"沙智用力点了点头,向姐姐寻求认同,塔子却面无表情。

"听说预产期是下个月,是剖腹产吗?"武史向沙智询问。

"是的。"

"约了哪一天?"

"三十号。"

"在哪家医院?"

沙智露出意外的表情,歪了歪头。"您为什么问这些?这是个人隐私。"

"我只是单纯地问问。说起来,您最近都没和文香女士见面吗?"

"文香,是说遥人的妹妹吗?"

"还有别的文香吗?"

沙智耸了耸肩。"我和文香有段时间没见了,她也没跟我联系,应该也觉得尴尬吧。文香怎么了吗?"

"没什么。那么,有进展了我再跟您联系。"

武史使了个眼色,真世也站起身。

"我说,这样行吗?"走出公寓后,真世问武史,"完全没按我们的计划发展。"

"确实和预想的不一样。她们究竟哪里来的自信?一点也不害怕上法庭。"

"那位塔子很难对付,沙智倒是看起来没心没肺的。"

"不,在我看来,还是从塔子入手比较容易。她看似冷静,实则有所动摇。倒是沙智,我看不出她有什么弱点,自信满满,胸有成竹。"

"哎,这样吗?"武史这么说,肯定有他的道理。

"天使之枕吗……"

"什么?那个怎么了?"

武史没有回答。"看起来,这件事也许比我们想象的还要复杂离奇。"他说着,一脸严肃地将视线投向远方。

5

听完武史的话,富永朝子的脸瞬间变得煞白。"竟然要十亿日元,这笔钱我们给不了。即使取出遥人留下的全部存款,再把青山的公寓高价出售,大概也不够。她们怎么会要求这么离谱的金额呢……"

"音乐出版社只要使用遥人先生的乐曲,就会支付一定的费用。因为遥人先生代表作众多,考虑到预期收入,作为放弃继承的条件,也不是完全超乎常理。"武史一边冷静地说，一边将茶杯连同茶托一起放到富永朝子面前。真世第一次知道，这家店里原来还有如此古雅的器具。茶壶和日本茶出现的时候，她就已经足够震惊了。

"即便如此，这个数字我们也负担不起。"

"嗯，我已经做好迎接天价的准备了，但这样的金额也超出了我的想象。"

"我们该如何是好，只能放弃了吗？"

"关于这个问题，您先生是什么意见？"

听到真世询问，富永朝子皱着脸摆了摆手。"那人是指望不上了。他去问了认识的律师，据说对方跟他说没办法，他就一副完全放弃的样子……还跟我说，别再坚持了，这就像去追逃走的鱼一样。"

真世回想起富永良和那张高傲的脸，即使是为了夺回儿子的遗产，他应该也不愿意显露出仓皇无措的样子吧。

"总之等孩子一出生，我们就提起否认嫡出的诉讼。但令人担心的是，我们的诉讼请求会不会被驳回。诸月的姐姐说之前有过判例，即使DNA鉴定证明孩子和前夫没有血缘关系，父子关系的变更仍然不被承认。"

"那个案子为什么会这么判呢？"真世问。

"根据当时的要旨，嫡出推定所依据的是日本民法第七百七十二条，一种解释是，法律上的亲子关系和生物学上的亲子关系不一致的情况是可以被承认的。也有法官对此持反对意见。关键就在于法官如何判断。"

"什么啊，这很奇怪吧。"真世噘起嘴。

入口的门开了，一名女子神情慌张地向内张望。富永朝子看到她后，微微举手示意。

"太好了,没看到招牌,我还以为走错了。"女子走进店中。

"抱歉,这地方不好找。"武史站在吧台内侧致歉,"是文香女士吧?"

"是我,我姓坂上。"女子说着,坐到母亲身边。

真世站起身,一边自我介绍,一边将名片递给坂上文香。

文香接过名片,脸上浮现出困惑的神情。"不好意思,妈妈叫我过来,只跟我说有事,但我完全不清楚具体情况。哥哥的房子好像是在装修吧,是出了什么问题吗?"

"装修的事马上就要泡汤了。"富永朝子说。

"泡汤?怎么回事?"

"这件事……哎,实在太复杂了,我都不知该从哪里说起。"

"您不介意的话,由我来说明如何?"武史开口道。

"那真是帮了我的大忙了。拜托您了。"

武史将身体转向坂上文香。"您认识诸月沙智女士吧。她是您的朋友,已故的遥人先生的前妻。您现在和她还有联系吗?"

文香惊讶地眨了眨眼睛,或许没想到会是这个话题。"最近没怎么……大概半年前和她打了通电话,之后就没再联系了。"

"半年前,也就是遥人先生去世前,对吧?"

"是的。她发了消息过来……"

"是什么消息呢?诸月女士在里面提及自己怀孕的事了吗?"

"嗯,"文香点了点头,"提到了。准确来说,她发那条消息就是为了告诉我这件事,她说'我好像怀孕了'……"

"你这孩子,为什么不告诉我们?"富永朝子向女儿投去责怪的目光。

"我觉得说了肯定会惹你们不愉快。想想时间点,也不清楚怀上孩子的时候她跟哥哥是不是已经正式离婚。不过沙智跟新恋人看起来感情发展稳定,我就觉得这件事跟我们应该没关系了。虽然很遗憾她和哥哥的婚姻并不顺利,但她如果能以另一种形式抓住幸福,我觉得也是一件好事。"

"你在说什么天真的话呢,怎么可能没有关系……"说到一半,富永朝子闭上了嘴。

"什么?什么叫'怎么可能没有关系'?"文香大惊失色,"意思是沙智她做了什么?"

富永朝子求助似的看向武史。

"关于孩子的父亲,诸月女士是怎么说的?"

"什么怎么说……"

"她说孩子的父亲是谁?"

"这……"文香陷入了短暂的思考,"她说,'说实话我也不知道'。可能是她现任恋人的,也可能是哥哥的……"

"真是随便的女人。"富永朝子表情扭曲地说。

"一旦提交出生证明,法律上就会认定这是遥人先生的孩子。"武史说,"这件事你觉得她知道吗?"

"这个我倒是问过。"文香似乎了解了,点头说道,"她说她和哥哥商量好,等孩子出生后做 DNA 鉴定,到时再看父亲是谁。而且她的现任恋人也接受了这个安排,所以我想应该没问题吧。"

"怎么可能没问题,出大问题了!"富永朝子声音起伏很大,"照现在这样下去,遥人的遗产全都要被那孩子拿走了,包括青山的公寓。"

"哎,这样吗?"

"诸月女士那边联系了富永女士,说孩子的父亲是遥人先生。这样的话,那孩子就是法定继承人。"武史说。

文香伸手捂住嘴。"怎么会这样，我才知道……"

"是我们没告诉你，因为不想让你自责。但神尾先生跟我说，为了解决问题，最好还是让你知道这件事，所以今天才会这么告诉你。"

"这样啊……"文香垂下头。

"也不能说她从一开始就是为了遗产，毕竟她怀孕的时候，遥人还活着。"富永朝子说，"但是遥人的死让她萌生出了别的想法，她肯定想把能拿到的都拿到，一定是这样。"

"先别说得这么绝对，我觉得她有她的理由。"

"除了遗产，她还能有什么理由？"

"我知道了，我先尝试和她本人确认一下。"文香从包里取出手机。她娴熟地拨通电话，对方似乎立刻就接了。"喂，是沙智吗？嗯，好久不见。其实我有件事想问你。"

文香离开高脚椅，把手机贴在耳边，走到店外。她在外面说着话，但真世听不清内容。

武史站在吧台里擦拭起玻璃杯，富永朝子则用手支着额头。

不一会儿，文香回来了。

"诸月沙智女士说了什么？"武史问。

"她说想了很久，最后决定把这当成哥哥的孩子。因为她认为这对即将出生的孩子是最好的选择。"文香深吸一口气后继续说，"她说我们可能会觉得她这么做就是为了遗产，但我们要这么想，她也没办法。"

富永朝子缓缓摇了摇头。"果然，钱这种东西可以改变人性。"

"但也没办法了，不是吗？再说，这孩子也有可能真的是哥哥的。"

富永朝子睁大眼睛。"为了这个可能，我们就要把遥人的所有财产拱手让人吗？"

153

"你对我生气也没用……"文香的视线落到手机上,"已经这个时间了,我得去医院了……"

"我听说您儿子在住院。"想起之前听到的消息,真世说。

"嗯。——妈妈,不好意思,我什么忙也帮不上。把沙智介绍给哥哥,我心里很自责,但我做梦也没想到事情会发展到这种地步。"

"是啊。好了,这不是你的错。你快去吧,不然奏太该感到寂寞了。"

奏太应该是文香的儿子。

"嗯。"文香应了一声后站起身,向武史和真世点头致意,"不好意思,没帮上忙。"

"您没必要跟我们道歉。"武史说道。真世也是这样想的。

文香垂着肩,打开门走了出去。

富永朝子重重地叹了口气。"只能把一切都押在诉讼上了。"

"不,"武史说着伸出食指,"在那之前我们还有一件事要做。富永女士,您能把上次那家征信所的联系方式给我吗?"

"征信所?可以是可以,但您想做什么呢?"

"当然是委托他们调查。根据调查的结果,情况可能会发生一百八十度转变。"武史脸上浮现出意味深长的笑容,他将深远的目光投向前方。

6

这些人难道以为我是什么魔法师吗——

装修就好像搭积木。如果有无数形状各异的积木可供挑选,就再也没有比这更快乐的事了。倾听客户的需求，同时结合自己的审美喜好，创造出理想的房子就可以。然而在现实中，这种情况通常不会发生。不仅积木的数量有限，形状还歪七扭八。设计师用尽浑身解数组合这样的积木，满足客户的心愿，对方却无法体会其中辛苦，甚至可以说，他们完全体会不到事情有多么困难。

眼前这对夫妇想要翻新现在居住的老公寓。这本身没什么问题，但麻烦在于他们误以为装修后，这狭小的空间就能够变大。想让客厅更大一些、带有中岛台的厨房不错、想要弄个书房——喂，你们要不要让我在阳台外面给你们铺一张飞毯？到头来，还想改卫生间的位置？我说，水这种东西，是从上往下流的，要是变动走水的地方，就要重新改造下水管道，那可不是个小工程啊。

当然，这些心声是不可能吐露的，只能将礼貌的微笑挂在脸上，回答：我会在下次见面前研究一下。目送夫妇二人满足离开的背影，真世无力地垂下头，这时，来电铃声响了。看了眼屏幕显示，她的心脏猛地跳了一下。是富永朝子打来的。心头笼上一丝忧郁，她能想到对方打来电话是为了什么事。

"您好，我是神尾。一直以来承蒙关照，富永女士。"

"你好，不好意思，你在忙吧。"

"没有。嗯……您是为了那件事打来的吧？"

"是的。就是下周了，我想来问问进展得如何了……"

"真的很抱歉，一直没和您联系。我叔叔还没有和我说任何消息。"

"他之前说要委托征信所帮忙调查，不知道有没有结果。你听他说过什么吗？"

"没有，我什么都……这样吧，我先跟叔叔联系一下。一有消息，我马上向您汇报。真不好意思，让您担心了。"

"你没有理由要道歉。我知道了，那我再等等。"

"谢谢您的理解，我一定会再和您联系。"

"拜托你了。"

确认电话已经挂断，真世放下手机。她出了一身冷汗。想来也奇怪，她怎么就一头扎进去了呢？虽然是重要客户，但这件事她本就没必要插手。

话说回来，武史到底在做什么？她打了好几次电话，也发了消息，全都毫无回音。昨晚去了他的店，门口却挂着临时停业的牌子。

她拿起手机，抱着反正也没用的心情，打算再给武史发一条消息。这时，手机显示有来电，而且是武史打来的。

"我说叔叔，你到底在搞什么？"电话一接通，真世就开口问道。

"你哪根筋搭错了？"

"什么哪根筋，你是跑去哪里躲起来了吗？你这样玩失联，我很困扰啊。"

"你又不是博美犬，不要这样哇哇叫个不停。我有很多必须要做的事，也有很多不得不去的地方。"

"你必须要做的事是什么？不得不去的地方又是哪里啊？"

"我这不是打电话来跟你说明了嘛。真世，下周三十号那天你把时间空出来了吧？"

"三十号？"

"星期二。"

"那不是工作日吗？有什么事？没人跟我说啊。"

"怎么可能，在诸月沙智家里，你应该也听到了。她的预产日。"

真世"啊"了一声。"这个啊。"

"你去把假请好。那天,我们也要去医院附近待机。你先做好准备,我们要追踪那个新生命的诞生以及她未来的去向。"

"哎,先等一下。这是什么意思?"真世慌忙问道,但就在这一瞬间,电话已经切断了。

7

站在东京站八重洲中央出口,真世看着武史递来的新干线车票,说:"真是不可置信。你说要去医院,我想怎么也应该是在东京吧,结果竟然是名古屋?"

"你和我抱怨也没用,又不是我选的医院。"

"那家医院叫什么?"

"南星医科大学医院。那所大学的医学部在全国的排名也是数一数二的。"

"我才不管什么排名呢。为什么诸月沙智要去那里生孩子呢?明明有那么多医院可以选。"

"她肯定有非那家医院不可的理由。我们会知道的。你安静地跟着我就是了。"

穿着军装夹克的武史迈开大步,真世慌忙跟上。

到达站台时,"希望号"列车刚好停下。真世为了确认座位号看了眼车票,瞪大了眼睛。"等一下,为什么是自由席啊?"

"我们在始发站上车,买自由席就够了,还能选车厢。"

两人走进了二号车。车厢内和预想中一样拥挤,已经没有并排的空座了。真世在三人座靠过道的位置坐下,她旁边坐了两名女性。她回过头，只见武史已经在一名看着像上班族的男性旁边闭上了眼睛。

约一个半小时后，希望号驶进了名古屋站。时间刚过上午十一点。

他们在车站外坐上出租车，武史却没有和司机说要去南星医科大学医院，而是说了个真世没听过的站名。他究竟打算去哪里？然而在出租车上，武史一直保持着沉默。

开了大概十五分钟，武史让司机停车。下车后，武史走进附近一栋像是商务酒店的建筑。他甚至走向了前台，一副要办理入住的样子。

"我们不去医院吗？"看着武史接过房卡，真世问道。

"当然要去。"

"那这里是——"

武史指着真世的鼻子说："虽然是剖腹产，但也不知道具体什么时候会生。有些人甚至需要花上大半天时间。你这么积极地跑去医院，打算在哪里等？"

"医院就在这附近吗？"

"近在眼前，别瞎操心了。"

房间是双床房，武史夹克也没脱就在其中一张床上躺下。他闭着眼睛，似乎打算再睡上一觉。

"不过，我们连她什么时候生都不知道，又怎么知道什么时候该过去呢？"

"这个你不必担心。"

"哎，怎么能不担心。会有人通知我们吗？"

"嗯，大概吧。"

"哎，谁啊？你在医院有认识的人？"

"你可真不消停。有精力担心这些无聊的事，不如先去填饱肚子或者闭目养神。毕竟谁也不知道孩子什么时候出来。"

确实如此。真世看向桌子，上面放着附近能点外卖的餐厅的小册子，便拿起册子放到腿上展开来看。

"你这样一说，我倒真饿了。嗯——点个比萨吧。叔叔，你吃什么？"

"我在新干线上吃了铁路便当。"

"哎，你什么时候吃的？"

"某人流着口水睡觉的时候。"

"真过分，谁流口水了——"

手机铃声打断了真世的话。武史起身从外套的内口袋取出手机。"我是神尾。……好的……好的……啊，这样吗？"武史的表情严峻起来，很快又变得消沉。最后，他用十分低沉的声音说："我知道了。有劳您专程来电。"结束通话后，他并没有看向真世，而是就那样握着手机，陷入了沉思。

"叔叔。"真世开口道，"发生什么事了？不是孩子出生的通知吗？"

武史长呼一口气。"是孩子出生的通知。"

"这样啊，果然。比想象中的要快一些呢。接下来就看法院怎么判了，对吧？"

武史却没有回答。他从床上爬起来说："走吧。"

"好。"真世说着，将外卖册子放回桌上。

他们出了酒店，向南星医科大学医院走去。一路上武史都沉默着。真世心想，孩子出生了，和诸月姐妹之间真正的战斗终于开始了，为此武史需要认真细化作战方案吧。

医院很大，奶油色的大楼是崭新的。问询处也很漂亮，就连接待员也眉清目秀。

武史毫不迟疑，径直走进电梯。看起来，他不仅知道医院的楼层分布，连探视的流程都了如指掌。真世能做的只有跟在他身后。

他们在四层出了电梯，眼前就是护士站。武史和那里的护士交谈后，走回真世身边。

"她们得询问病人后，才知道能不能让我们进去。虽然我觉得不至于赶我们走，但也说不好。"

"平安诞下婴儿，在这最最幸福的时刻，也许她并不想看见我们。"

"神尾先生。"护士站在台子后边唤道。武史走上前，简单交谈后又走了回来。

"说是能见我们。"

"太好了。"

想着说不定能见到小宝宝，真世心里有些期待。

护士领他们去的地方并不是病房，而是会客室。里面摆着几套桌椅。真世疑惑地想，刚生完孩子的诸月沙智来得了这种地方吗？

察觉到有人进来，真世看向门口。看到出现的女性，她吃了一惊。不是诸月沙智。

"文香女士……"真世眨了好几下眼睛，"您为什么会在这里？"

文香神情困惑地走到二人对面。"你们不是因为知道了原因，才来见我的吗？"

"不好意思，我侄女什么都不知道。"武史说，"这次真的很遗憾。"

"看来您什么都知道了。"

"'什么都知道'，这句话有些语病。不过，您和诸月沙智女士打算做什么，我大致是猜到了。沙智女士现在也感到很遗憾吧。"

"嗯，应该吧。她很期待能抱一抱小宝宝。她说想抱着宝宝，体会一下那种温暖的感觉，还说，想听宝宝的第一声啼哭。"

"我听说孩子在临近出生时停止了心跳。"

"好像是这样。"

"啊，怎么回事？宝宝不是平安降生了吗？"

"沙智女士的孩子，"武史下定决心般点了一下头，才继续道，"是无脑儿。即使生下来，也活不长。命运使然啊。"

8

怀里的婴儿还有一丝余温。然而，这种感觉仅仅持续了短暂的一瞬，她的身体很快就变得冰凉。弘之仍抱着她，温柔地笑着说"很轻呢"。

"对不起。"沙智满怀歉意地对孩子的父亲说，"我明明想在她的心脏还跳动的时候把她生下来。"

"没关系。"弘之眯起眼睛，"这也是她的命运。"

将孩子递给护士后，弘之握住沙智的手。"辛苦了，很不容易吧。"

"得给她办葬礼呢。"

"嗯，等出院了，我们就准备。"

不知何时，护士们的身影都消失了，也许是顾念两人的心情。

握着恋人的手，沙智回想起这几个月来发生的事。在回忆的起点，沙智还是富永遥人的妻子。

沙智从来不曾后悔和遥人结婚。虽然没能一起走下去，但从他身上，沙智收获了很多，也得到了许多馈赠。她希望离婚后仍能和他保持良好的关系，实际上，他们也打过好几次电话，甚至还互相开过玩笑。

她发现自己怀孕，是在正式办理离婚后不久。她自然清楚地知道这不是遥人的孩子。弘之得知后高兴万分，举着双手，情不自禁地跳了起来。他们说好要在孩子出生前结婚。

沙智也把怀孕的消息告诉了遥人，因为她知道嫡出推定的法律，不想给他造成麻烦。遥人同样为她高兴，说一度觉得是他让沙智的人生绕了弯路，这下终于松了口气。沙智至今仍觉得遥人说的话是发自内心的。

文香也为沙智感到高兴。她们之间的友情一直没有改变，沙智也很感谢文香让她遇见了遥人。和好朋友成为一家人，这样的事就像做梦一般美好。这段婚姻没能持续下去，她心中感受最强烈的反而是对文香的愧疚之情。

沙智向文香介绍了弘之。当她听见文香对弘之说"我的好朋友就拜托你了，一定要让她幸福"时，她高兴得几乎要流下眼泪。

直到那时，发生的都是快乐的事情。沙智一直相信身边人的人生都会朝着积极的方向迈进，然而悲剧这种东西，总是从人们看不见的地方突然到来。

遥人的死给沙智带来了巨大的冲击，她陷入了无法言喻的悲伤。她强忍住不去葬礼，因为遥人的家人看到她怀孕，一定会感到不快。

噩梦接连降临到沙智珍惜的人身上。在她做超声检查时，肚子里的孩子被查出是无脑儿。

医生说："孩子恐怕活不到预产日，即便生下来也会在短时间内死亡。作为医生，我只能劝你终止妊娠。"

她不知该如何向弘之说，却也无法保持沉默。在哭了整整一天后，她把弘之叫到自己家里，告诉他这个悲伤的消息。

"这也没办法啊。"弘之安慰她，"我们就当做了一场很美好的梦，带着到今天为止的快乐，放她离开吧。"说完，他紧紧地拥抱了沙智。在他的怀抱里，沙智心想，大概只能这么做了。

但她还是无法死心。她查了很多关于无脑儿的资料，想要找到一丝希望的光。这时，器官移植进入了她的视野。一般情况下，无脑儿只有脑部组织缺损，其他器官都没有任何问题，海外也有好几个成功移植的病例。她还看到有夫妇在采访中满足地说，让自己的孩子成为捐赠者太好了。

即使生下来的孩子无法存活，也要让孩子身体的一部分在这个世界的某个角落继续活下去，她想，这样也算是一种圆满。

一旦有了这个想法，她的脑海中便无法再思考其他事，夜里也睡不着。她想，绝对不能终止妊娠，不能让孩子的生命就停在这里。

还有一件事坚定了沙智的想法，那就是文香的儿子奏太的病情。他生来心脏便不好，医生说他这样活不了多久，能救他的唯一办法就是心脏移植。但儿童捐赠者非常少，如果想提高成功概率，只能去海外。然而，这个办法近来受到许多国家的批判。花费重金去别的国家购买珍贵的儿童器官，被批判也是理所当然的。而且就算去了，也不是马上就能找到捐赠者，因为要进行心脏移植，意味着必须有一个脑死亡的孩子。

沙智一直希望能够为文香做些什么。奏太出生时，沙智就知道了他的情况。虽然只是短暂的一段时间，但他也曾是沙智的小外甥。如果沙智肚子里的那个生命能够帮到他们，她无论如何都想把孩子生下来。

问题是文香怎么想。一天,沙智约文香出来,说了自己的想法。文香非常震惊。仅是沙智的孩子是无脑儿这件事,就带给她不小的冲击,心脏移植的想法更是完全超乎她的想象。

"我得跟他商量一下。"文香说。这里的"他",指的自然是文香的丈夫。

"当然,你去吧。"沙智答道。

几天后,文香和丈夫一起来与沙智见面。两人商量的结论是:如果可以做这样的手术,他们想让儿子接受。

这样一来,沙智就没有任何犹豫了。她去找主治医生商量,医生虽然很震惊,但这也并非完全超出他的认知。他说,在胎儿被诊断为无脑儿的夫妇当中,也有不少人会考虑让孩子捐献器官,如果沙智决心要做,就给她介绍一个人——南星医科大学的三宅昭典教授。据说,三宅教授在海外积累了丰富的心脏移植手术经验,也非常了解无脑儿作为器官供体怎样做移植手术。三宅教授主张,在器官捐赠者极度稀少的日本,这项事业应当被更加广泛地讨论,并为此写了几篇论文。

带着推荐信,沙智和弘之一起去名古屋的南星医科大学拜访了三宅教授。

听了沙智的话,三宅教授表示可以帮忙,但有一个条件,那就是沙智本人必须有坚定的意志。"这种手术在国内并没有完全被认可,所以有很多必须克服的阻力。一旦付诸实践,可能会招致世人的批判,你能忍受这一切吗?"教授问道。

"我会忍受的。"沙智回答。即便是终止妊娠,说到底不也等同于杀死孩子吗?如果是这样,她宁愿用这条生命来拯救她珍视的人。沙智没有丝毫动摇。

确认沙智心意已决后，三宅教授开始为手术做各项准备。他将分娩和移植的手术都安排在他任职的医院进行。然而，这些消息全都要对外界保密。他郑重地交代沙智他们，绝对不可以将这件事告诉外人。

有一个关键的问题。原则上，器官移植的对象是不可以选择的。不仅如此，移植对象的信息也需要保密，这是器官移植的规定。接受移植的一方，也不会知道捐赠者是谁。万一手术的事被外界知道了，关于医学部分的判断最后只要医生出来承担责任就可以，而要指定移植对象，还需要相应的法律依据。

只有一个简单的解决办法。有一种特殊情况，当器官提供者指定亲属作为移植对象时，亲属拥有移植优先权。也就是说，只要奏太是肚子里的孩子的亲属就可以了。

实际情况是，胎儿是沙智和弘之的孩子，和奏太毫无关系。但他出生的时候，会被视为遥人的孩子，和奏太也就有了亲属关系，可以将奏太指定为器官移植对象。虽然厚生劳动省将亲属的范围限定为"配偶、子女及父母"，但这说到底也只是指导方针。话说回来，这份指导方针里还有"目前，暂缓来自智力障碍者的器官捐献"这样的内容，而根据他们的定义，无脑儿属于智力障碍者。也就是说，沙智他们计划的手术，从一开始便无视了这份指导方针。

不过，一旦这么做了，就不能进行嫡出否定。生下来的孩子将会永远成为遥人的孩子。

沙智烦恼不已，她与弘之商量，对方很快便做出决定："是好事呢，就这么办吧。役所的材料上怎么写都无所谓，我们的孩子能够拯救另一个孩子的生命，只要这么想就好了。"

听到弘之说这番话，沙智非常感激，搂住了他的脖子。

在沙智相商的对象里，只有一个人表示反对，那就是姐姐塔子。塔子不希望妹妹仅仅是为了提供器官而经历一次分娩。她毫不客气地说："退一万步，已经离婚的男人家里的事，你又何必要管？"见沙智仍然很坚持，塔子提出，如果非要这么做，有一个条件：要让孩子认遥人做父亲，就必须要求相应的财产。"既然我们给了他们一条命，有这样的要求也是理所应当。"她甚至说，如果沙智不愿意，她就将反对坚持到底，还要把他们进行这种游走在法律边缘的手术一事，在社交媒体上散布。

事情绝不能被曝光，沙智只得接受了这个条件。实际上，文香和塔子持相同意见。她说，无论是沙智还是这个孩子，都有资格得到哥哥的遗产。

还有一个问题。遥人的父母对计划毫不知情。据说，他们接到塔子的电话，得知沙智怀了遥人的孩子，非常惊慌失措。沙智犹豫着是否应该对他们说出真相，文香却说，还是不告诉他们为好，毕竟现在还不知道手术是否能成功，万一进展得不顺利，他们将受到双倍打击。

就这样，几人暂时将这件事保密，接下来就等预产期到来了。沙智只盼孩子能够顺利降生。她为肚子里的孩子能够多活一天，不，多活一个小时，不断祈求着上天。

9

眼前的玻璃杯里装着红色的液体。"这是什么？"真世对正在吧台内擦拭调酒壶的武史发问。

"先入为主的印象会影响你舌头的判断。先喝喝看。"

"好——"说着，真世拿起鸡尾酒杯。她喝了一口，享受着香气，让液体缓缓流进喉咙。

"如何？"

"好喝。"真世说，"虽然有果味，但意外地也能尝到酒精的感觉。基底是琴酒？那恰到好处地占据主调的，是黑醋栗甜酒吧。"

"嚯，意外地很敏锐嘛。我还以为你是个味觉白痴呢。"

"别把我当傻瓜了。我也曾经想成为侍酒师的，我没跟你说过吗？"

"做梦这种事谁都做得到啊。"

"你以为我在骗人吧？我还上过田崎真也监修的远程课呢。不说了，这款鸡尾酒叫什么？"

"Le Cadeau de l'Ange。"

"鲁可嘟……"

"Le Cadeau de l'Ange。"

"你再说一次。"

"反正你也记不住，没必要再听一次了。比起这个，你跑我这儿来，是有什么事吧？"

"是的。你还没跟我解释。"

"解释什么？"

"当然是你怎么发现真相的啊。虽然肯定是有什么蛛丝马迹，但我怎么想也想不出来。明明我们一直都在一起。"

"你那三心二意的本事，也不是正常人能达到的水平。"

"啊，是有什么很明显的线索吗？"

"哎，也不是那么容易发现的。或多或少，得用到这里。"武史用指尖点了点自己的太阳穴。

"你不要一直说这种气人的话了，干脆一点亮出谜底吧。你已经不当魔术师了。"

"真没办法，告诉你吧。"武史两手撑到吧台上，"我之所以意识到沙智肚子里的孩子可能有什么问题，是因为上次在她家里看见的那个奇妙的摆件。虽然沙智说那是天使的枕头，但我还是觉得有些奇怪。因为它的质地并不柔软，侧面还有缝隙。"

"缝隙？"

"所以比起枕头，我觉得它更像是某种容器。这样想着，我又看到沙智把它抵在脸颊上闭上眼睛，那一瞬间，我脑海中闪过了一个念头——该不会是摇篮吧。天使的摇篮，就是让小婴儿睡觉的东西，大小看起来也差不多。但如果是这样，并不需要盖子。我一边告诉自己想多了，一边又意识到，有一种摇篮是需要盖子的。不过那种情况下，不应该叫它摇篮了，一般我们会叫它，棺材。"

真世不禁"啊"了一声。"婴儿用的棺材……"

"后来我上网查了查，找到了一样的。听说样式和尺寸等各种细节都可以定制。所以我确信了，沙智虽然想把孩子生下来，但她似乎已经知道孩子命不久矣。恐怕是被医生告知了胎儿患有某种无法治愈的先天性疾病。"

"你明明已经知道了这么多，为什么不告诉我呢？"

"因为我不是知道了这么多，而是只知道这么多。为什么会决意生下活不长的孩子呢？我有必要弄清楚沙智的目的。如果把这种因果不明的消息告诉你，再传到富永夫人耳朵里，只会让事情变得很麻烦。"

"你只要跟我说这是秘密，我肯定不会随便说出去的。"真世噘起嘴。

"比起相信你的话，还是不说比较靠谱。虽然这样说有些不好，但我即便告诉你了，也不会对事情有任何帮助。"

"这种话怎么能说得这么绝对呢……"真世虽然在抗议，声音却越来越小。

"沙智的目的是什么？她为什么要主张孩子的父亲是遥人？无论孩子的寿命多么短暂，只要生下来的时候心脏是跳动的，就会被视为出生，拥有继承权。所以她果然还是为了遗产吗？出于这个目的，她说服了可能是孩子真正父亲的菅沼，而菅沼也接受了这一切吗？为了找到这些问题的答案，需要思考沙智在知道胎儿有异常时，是如何应对的。我首先想到的是，她是不是不得不做出某种选择呢？"

"选择？"

"我虽然不知道胎儿被查出了什么疾病，但如果确认不可治愈，一般来说能做的选择只有两种，要么等到孩子出生，要么终止妊娠。我想，这应该也是沙智面临的情况。这种时候，她应该会找人商量。谁会成为那个对象？如果母亲还在，应该会是首选，但她的母亲已经去世了。那会是姐姐吗？当然，她应该会找塔子的，但塔子还是单身，也没有生孩子的经验。她如果想要更加切实的建议，会去找谁呢？"

真世伸出食指。"好朋友文香。"

"是的。和遥人离婚后，沙智和文香可能不会再像往日那般亲密。但涉及怀孕和胎儿患病这些更严肃的问题，我觉得她不会跟文香绝口不提。这就是为什么我在这里和富永夫人见面时，也把文香叫过来了。"

"她那时撒谎了吧。她说,虽然从沙智那里听说了怀孕的消息,但其他就不清楚了。"真世一边回忆那天的场景一边说,接着抬头看向武史,"难道,那时叔叔你已经看出文香在撒谎了?"

"当然。如果不是那时,还有别的机会吗?"

"你怎么发现的?我完全没有意识到。"

"我刚才说过,你自己注意力不集中,不要以为别人都跟你一样。我最开始觉得不对劲,是她说最后一次跟沙智联系是在大概半年前。在这半年间,不是发生了遥人遭遇事故去世这样重大的悲剧吗?即使因为离婚,关系变得尴尬,沙智也不可能不和富永家联系。这时候,最不需要顾虑的联系对象,应该就是文香了。"

"啊……这么说来确实是。"真世毫无反驳余地,即使被说注意力不集中,也没有办法。

"话虽如此,我还没有因此确定。让我确信文香在撒谎的,是她给沙智打电话的时候。"

"我还记得那时候,"真世挥起拳头,"她一边打电话,一边走到店外去了,对吧?然后她一直在外面说话。这一举动确实可疑,但也不能说有什么不自然。"

武史皱着脸摇头。"我说的不是这里,是'打电话的时候'。她是从手机的通话记录里找到沙智的名字,给她打电话的。"

"从通话记录里……这有什么奇怪的?很正常啊。"

"你这家伙真是迟钝。如果她最后跟对方联系是半年前,那最近的通话记录里怎么可能会有呢。"

"啊……"

"哪里是半年前,直到最近,她都跟沙智通过电话。"

"原来是这样。哎,不过你怎么知道她是从通话记录里找到名字的?"

"这种事,用心留意眼睛和手的动作就能知道了。不要侮辱魔术师的观察力。"

"啊——我不相信——也可能是叔叔你看错了啊。"

"不可能。"

"你怎么能够断言呢?有什么证据吗?"

武史闻言咂了一下嘴,皱起眉,不情不愿地从吧台下取出平板电脑。

画面中映出了正在操作手机的女人的背影。真世一眼就看出了那人的身份。是文香,看起来是那天拍的。从角度判断,摄像头应该挂在吧台座位的斜后方。真世回头看去,现在那里已经了无痕迹。

"这下你能认可了吧?"

"这是什么,你又偷拍?"

"别说得这么难听,这叫监控。"

"这家店里还真是没有死角啊。"真世又环视了一圈店内,她现在的所作所为,恐怕也已经被某个隐蔽的摄像头拍下来了。

"总之,文香毫无疑问在说谎。而且我认为她还和沙智在共同谋划着什么。接下来就轮到征信所登场了。我拜托他们调查了两人的行动轨迹。"

"两人的?所以不仅是沙智,你让他们连文香也一起调查了?"

"当然。我推测她们肯定会在某处有交集,就这样一步步找到了南星医科大学医院。沙智怀孕后一直去的都是另一家医院,一个多月前转院了。为什么要千里迢迢换到名古屋的医院呢?另一方面,文香和她丈夫也屡次出现在这家医院。这家医院里到底有什么?于是我从外围开始收集南星医科大学的相关资料,找到这样一篇论文。"武史再次操作平板电脑，把它放到真世面前。

画面上是一份 PDF 文件，标题是《关于将无脑儿作为器官移植捐献者的争议》，作者是南星医科大学的三宅昭典。

"三宅教授并不是儿科医生，而是研究器官移植，尤其是心脏移植的专家。在这篇论文里，三宅教授指出，在日本，无脑儿作为捐赠者的移植被视作禁忌，仅仅是出于'没有人承担责任'这样幼稚的理由。他认为这件事需要被更积极地讨论，也就是说他是赞成派。我从征信所的报告里得知，文香的儿子患有先天性心脏病，生存的希望只有靠移植。所以一看到这篇文章，我就察觉到了沙智和文香的计划。"

"拿沙智孩子的心脏来移植……"

武史点头，叹了口气。"为什么沙智会突然开始主张肚子里的孩子是遥人的，理由也就清楚了。因为如果不是亲属，就不能指定器官移植的对象。"

"所以她根本不是为了什么遗产。"

据说，那天文香的儿子也住进了南星医科大学医院。一旦沙智的孩子出生，确认孩子的大脑不具备功能后，就会进行心脏移植。这件事真世也已经听说。

文香拜托武史和真世一定要保守这个秘密。"我们禁不住社会舆论，我也没把这件事告诉父母。"

"我们保证。"武史和真世一起坚定地做出了承诺。

真世拿起玻璃杯，正沉浸在酸甜的鸡尾酒所散发的香气中，察觉到门开了。她向外看去，诸月塔子正向这边走来。

"晚上好。"塔子打完招呼便在高脚椅上坐下，她似乎早就知道真世会在这里。

"是我叫她来的。"武史说,"我想你可能有很多事情想问她。"

"我知无不言。"塔子微微张开双手,露出开玩笑似的表情,那模样和在沙智家里见到的她判若两人。

"遥人的遗产,后来是如何处理的呢……"真世问出了她最在意的事。

"哦,那个呀,已经尘埃落定了。"塔子说得十分轻巧。

"尘埃落定是指……"

"毕竟继承人都没生下来呀,也就没有我登场的机会了。不用多说了吧。"

"虽然胎儿拥有继承权,但如果胎死腹中,就会被视为不存在。"武史补充道,"所以,我们有权利最先知道胎儿是否平安降生。于是我就和塔子小姐交涉,请她当天和我们联系。"

"啊!"真世扬声道,"原来你在商务酒店接到的那通电话,是塔子小姐打来的……"

"哈哈。"塔子意味深长地笑了起来,"我心想,既然全都被神尾先生看穿了,要了断的话越快越好。说实话,做这种夺人遗产的事,我心里并不好受,也反对器官移植。虽然很敬佩沙智想要救朋友孩子的心情,但我并不清楚这件事在道德上是否正确。比起其他,最让我担心的是沙智的身体。但她已经下定决心,没有任何人可以动摇她的决定。那我还能做什么呢?我想来想去,只能守护沙智生下来的那个孩子的权利。如果她作为遥人的孩子出生,那么我能做的就是为她拿到她应得的权利。"

"原来是这样……"

"虽然对沙智他们很抱歉,但孩子没有生下来,说实话我松了口气。"塔子说完,歪了歪头,抬眼看向吧台,"神尾先生觉得呢?"

"没和您走到针锋相对那一步,我也松了一口气。对于无脑儿和器官移植,我不做评论,只要当事人相信自己所做的是正确的就好。这就是我的想法。"

"很好的回答。"塔子的嘴角变得柔和。

"您想喝点什么?"

"喝什么好呢,嗯……这是什么?"塔子看向真世面前的玻璃杯。

"鲁康……什么来着。"她果然还是没有记住。

"Le Cadeau de l'Ange。"武史说道。

"Le Cadeau de l'Ange。"塔子小声重复,而且用的是近似法语的发音。接着,她说:"意思是……天使的礼物?"

"是的。"

"是吗?"真世眨了眨眼睛,抬头看向武史。

"那个摇篮,是用来装天使的礼物的。我说得没错吧?"

塔子目光真挚地点了点头。"我也要一杯这个。"

"好的。"武史回答。

革新者 · 续

1

正在停车场洗面包车时,手机铃声突然响起,是院长坂田香代子的来电。石崎直孝关上水枪,接起电话。

"您好,我是石崎。"

"我是坂田。石崎,请问你现在能腾出些时间吗?"坂田香代子客气地询问。

"嗯,可以。有什么事吗?"

"是这样,一〇〇九号房已经超过八小时没有感应了,能麻烦你过去看一下吗?"

"好的,我知道了。我现在就去。"

"给你添麻烦了。"

"没事。"

结束通话后,石崎边卷起手上的软管,边走近出水口,关上水龙头。车得过一会儿再继续洗了,在这家机构里,确保入住者的安全最为重要。

他由停车场穿过通道,从工作人员专用入口走进馆内,电梯厅就在近旁。此时有男女共五名入住者正在等待。左右各有一部电梯,但只有载客数更多的那部被按下了按钮。为了节约用电，按照规定不能同时按两部电梯。

一眼望去，正在等电梯的入住者们都已经年过七十。其中一人拄着拐杖，还有一人甚至要用助步器。看样子，他们几人就能填满电梯的全部空间。

电梯很快来了，门打开后，入住者们排队进入。等扶着助步器的老人最后一个走进电梯后，石崎说："各位先上吧。"电梯门缓缓关上，确认指示楼层的数字变化后，石崎按下另一部电梯的按钮。

不一会儿电梯门就开了，石崎走进去，按下数字"10"。

这家机构的电梯运行缓慢，石崎盯着门上方显示的数字，有些心焦。

在每间供老人居住的房间里，都安装了几处探测器。其中一处设在厕所门口，以便工作人员在管理室里监测老人进出厕所的时间。如果老人明明在房间里，却长时间没去厕所，或者进了厕所但长时间没有出来，工作人员就会往房间打电话，有时也会直接去房内查看。坂田香代子所说的"超过八小时没有感应"，指的就是这个探测器。不过她应该没有往房间打电话，想必是觉得一〇〇九号房还是直接让石崎去看看为好。有事的时候自不必说，平时哪怕没什么事，那间房间的入住者也一定会说"你们先把石崎先生叫来"。

电梯终于到达十层。石崎快步向一〇〇九号房走去。

他站在门前按响门铃，等了一会儿仍毫无动静。从房门的缝隙看去，确认没有上锁后，石崎转动门把手往外一拉，房门毫无阻碍地打开了。

放鞋的地方一片昏暗，感应到有人进入，灯很快亮了起来。

"末永女士。"石崎朝房间内唤道。没有动静。虽然屋里亮着灯，却不见主人的身影。

"末永女士,您在屋里吗?不好意思,我进来了。"

石崎脱下鞋,经过料理台和冰箱,向房内走去。房间的面积约六叠,放着小桌子和床。

见末永久子蜷缩在床边,石崎吓了一大跳,不过她看起来似乎有呼吸,他悬着的心也放了下来。她的脸色也不算差。

石崎在一旁坐下,摇了摇她的肩膀。"末永女士,末永女士——"

末永久子满是皱纹的眼皮一下下颤动着,很快微微睁开了眼睛。她抬起头,看见了石崎。"啊,石崎先生……"

"睡在这里可不行呀。请您到床上躺好。会感冒的。"

只要躺到床上,探测器就会感应到,我也就不必这样跑过来查看了——这句牢骚石崎没有说出口。

末永久子揉了揉脸,眼睛骨碌碌地环视四周。"我什么时候睡着的?"

石崎看了眼手表。"现在是下午三点半。"

"是吗……"末永久子一脸茫然,似乎想不起自己睡着前在做什么。

"末永女士,您要不要去上个厕所?"

末永久子看起来一时无法理解石崎的问题,不过她说着"我得去厕所",挣扎着想要起身。石崎扶着她的手臂帮忙。

待她走进厕所后,石崎给坂田香代子打去电话。听他说完情况,对方安心地松了口气。"太好了。我估摸也是这个情况,但不怕一万只怕万一。石崎,抱歉每次都麻烦你,后续也拜托你处理了,可以吗?"

"没问题,交给我吧。"

179

结束通话后，石崎看向室内。比起上次来，这里明显乱了许多。应该不是懒得收拾，而是力不从心吧。桌上放着一瓶喝到一半的乌龙茶，盖子却没有盖上。石崎拧紧瓶盖，把它放进冰箱。

窗边的帘子半掩着，能看见小小的阳台。洗干净的袜子在风中摇摆。

厕所的门开了，末永久子走了出来。

"晾着的衣服，我帮您收进来？"

"啊，对，那拜托你了。"她说话比刚才清楚了，也许是在上厕所时，头脑变得清醒了些。

见石崎将衣服收进筐里，末永久子说道："收完后帮我给盆栽浇点水吧。我的牵牛花，一个芽也没冒出来呀。"

"好的。"

阳台的角落的确放着一个小小的花盆，好像是末永久子入住时带来的，但他不曾听说末永播下过种子，所以无论浇多少水，也不可能发芽。不过，这种事情向对方解释了也没有意义。如果她对发芽心怀期盼，那就让这份期盼一直持续下去吧。

回到屋内，他将袜子叠好收进衣橱的隔层。

末永久子坐在桌前。"我渴了，能给我倒杯茶吗？"

"乌龙茶可以吗？"

"我想喝热的，给我泡一杯日本茶吧。"

"好的。"

石崎站在料理台前，用电热水壶烧开水。他知道茶壶、茶杯和茶叶都放在哪里，毕竟是他亲自收拾的。他从没见过末永久子自己泡茶。

他把茶杯端给末永久子，只见她转向了一旁的佛坛，上面摆着两张小小的照片。其中一张拍的是她半年前去世的丈夫，另一张则是比丈夫早两个月左右离开人世的女儿的照片。后者正被她拿在手中。

"请用。"石崎说着，将茶杯放到末永久子面前。

"谢谢。"她将茶杯举到嘴边，只尝了一小口便皱起脸，"太烫了。日本茶要用稍微放凉些的水泡，又不是红茶。我之前跟你说过吧。"

"我已经注意了……对不起。"石崎缩起肩膀。

"这么贵的茶叶都被你浪费了。"末永久子一脸嫌弃地喝着茶，叹了口气，将视线落回女儿的照片。

"您还在挂念您女儿吧。"

闻言，末永久子十分不满地噘起嘴。"这还用说，因为那根本不是我的孩子。奈奈惠没有死，那不是她。"

"但您当时去认领了吧，说那就是您女儿。"

"那是因为我当时太慌了，而且我还听说人死了之后相貌会发生改变。"

"不过警察应该也认真做了调查，指纹什么的都……"

"这我不清楚，大概没好好查吧。就因为死在奈奈惠家里，他们就觉得是她。嗯，一定是这样，警察什么都没调查。听见我说这是奈奈惠，他们就相信了，后面的手续也全都这样办下来了。明明就是另一个人，她不是奈奈惠，一切却这样成了定局。"末永久子激动地说。

"是吗，"石崎应道，他差不多该离开了，"照您这样说，也不是没有可能吧。"

"就是。所以她没有死。她肯定还在某个地方活着。"

"如果是这样，不是很好吗？她也许在某个您不知道的地方，过着幸福的生活。"

"不过，要是这样，她为什么不来见我呢？她为什么不来告诉我：'我还活着，并没有死。'"

"这肯定是因为，您女儿觉得现在这样就是最好的方式。她希望您别再管她了。所以这件事情，您也别再多想了，就听从她的心愿吧，这也是为她好。"

"为她……为了奈奈惠？"末永久子歪了歪头。

"是的。只要她还在某个地方健康快乐地生活就好，不是吗？"

"在某个地方，健康快乐地……是啊……"

末永久子的目光渐渐失焦，在半空游移。事态的发展一如往常，石崎松了口气。

末永久子将照片放回佛坛，拿起了茶杯。她小口喝完茶后，伸了个懒腰，看向石崎。"真好喝。看来，你总算知道日本茶该怎么泡了。"似乎是那杯茶放凉了一些后，合了她的口味，她已经不记得刚才的怒火。

"您过奖了。"石崎颔首说道。

末永久子是在大约四个月前住进这家养老院的。长年需要照护的丈夫骤然离世后，她卖掉一直居住的独栋房子，搬进了这里。

石崎在设备科任职，主要业务是维修各种设备和机器，也会协助腿脚不方便的老人，接送他们去医院或娱乐场所。

他是因为一次购物与末永久子产生交集的。

末永只从之前住的家里带来几件衣服，此外并没什么其他行李。因此，哪怕只是一间小小的单间，为了开始新生活，还是得最低限度地添置一些生活必需品。然而，想要一次性买齐，她自己恐怕拿不过来，于是找到负责接送的石崎，问他能否陪自己一起去，也就是拜托他帮忙搬东西。

石崎欣然接受,他经常被老人们这样拜托,甚至有人只是去买一双室内穿的拖鞋,也要他陪同。大部分老人都不擅长网上购物。

开车十五分钟左右就有一家商场,差不多所有物品都可以在那里买到。他带末永久子去了那里。

然而,这次购物迟迟未能结束。仅是挑选家居服就花了超过三十分钟,在小商品杂货店里,时间更是一分一秒地流逝。

等买齐所有东西,即便是末永久子也有些累了,她提出想要休息一下。于是他们来到商场内的美食街小憩。

"你真了不起,陪了我这么久,一句抱怨也没有。"石崎喝咖啡时,末永久子目不转睛地盯着他说。

"因为这是我的工作。"

"即使是这样,也不容易吧。你做这份工作很久了?"

"大概有五年了。"

"之前在做什么?"

"在一家卖二手车的公司,那里破产了,我就换到了现在这儿。"

"这样啊。你多大了?"

"刚满五十。"

"家里几口人?"

石崎摇了摇头。"我没有家人。"

"一直单身?"

"年轻的时候结过一次婚,没把握住。"

"哎,这样啊。有再婚的打算吗?"

"没有,一个人比较轻松。"

"是吗?一个人……也是。我有一天也会这么觉得吗?"

"这……"石崎支吾道,凝视着眼前年迈的女人,"您先生去世后,您心中很寂寞吗?"

"嗯……"末永久子沉吟着,"你可能会说我薄情,其实我觉得我丈夫怎样都没关系。照顾了他这么多年,我已经做好准备了。但是啊,我没想到自己的晚年会是这样的,我以为会过得更快乐些。"

"为什么这么说?"

"我有一个女儿,是独生女。我本来打算晚年跟那孩子两个人一起过的,她却突然自杀了。"

这轻轻飘出的话语实在太令人意外,石崎无法立刻做出反应。"自杀吗……"仅是复述这几个字,他就用尽了全力。

末永久子告诉石崎,独生女奈奈惠就是她人生的意义。女儿出生后,她每天想的都是如何才能让奈奈惠拥有丰富而幸福的人生。她严格挑选学校,为应该让女儿学习什么才艺而烦恼。她也时刻关注着女儿的人际关系,绝对不让她认为不好的人靠近女儿。虽然女儿似乎对于她干涉自己交友表示出不满,但这都是为了防止女儿误入歧途。

女儿的结婚对象也是末永久子找来的。对方是熟人的儿子,也是在外资企业的东京总部工作的精英。此后她暂时放下心来,想着接下来只需要静待孙儿出生,然而一切就是从这里开始逐渐脱轨的。奈奈惠一直没有怀孕,结果奈奈惠的丈夫竟然有了别的女人。当女儿提出想离婚的时候,她无法反对。

"恢复单身了就回老家来。"末永久子这样说,奈奈惠却留在了东京,理由是在老家不好找工作。

"回想起那时候,我至今仍在后悔。为什么我没有更强硬地要求她回来呢?"末永久子神情悲伤地对石崎说,"如果我那样做了,事情就不会发展到那一步。"

"那一步",指的是奈奈惠自杀。她在东京的公寓内服毒自尽。

接到警方通知,末永久子将患病的丈夫留在家里,只身赶了过去。在太平间里等待她的,是女儿面目全非的遗体。负责的警察问她"您确定这是奈奈惠女士吗",她做出了肯定的回答。虽然和记忆中奈奈惠的面容有些不同,但她以为这只是因为女儿瘦了。她还听说人如果中毒身亡,面容也会发生改变。

警察还给她看了据说是留在房间里的遗书,上面只写着"我累了。对不起。末永奈奈惠"。因为那确实是奈奈惠的笔迹,她也没做他想。

排除了他杀的可能之后,遗体没过多久就归还给了家属。末永久子在老家办完葬礼,将女儿的骨灰放进了家族世代的墓地。

此后没过多久,丈夫的病情突然恶化,很显然女儿的死给他的精神造成了过大的打击。奈奈惠葬礼的两个月后,她又给丈夫办了葬礼。

失去两位至亲后,孑然一身的末永久子选择了到养老院度过余生。

"我必须快点适应这样的生活。"末永久子对石崎说,"习惯它,我就也能说出'一个人比较轻松'了。"

"不过,末永女士,您不是孤零零一个人哦。"石崎说,"许多工作人员都和您在一起,其中也包括我。您有什么困难的话,请随时来找我。"

"呵呵。"末永久子露出微笑,"谢谢。你可真温柔,你妻子怎么会舍得离开呢。"

"挣不到钱,人也迟钝,还被朋友骗得背上债务,她对我死心了。"

"这样吗？真可怜。"

"都是自作自受。"石崎说着缩了缩脖子。

自那天之后，末永久子一有事就会找石崎。有时是拜托他帮忙做些杂活，有时只是想找他聊聊天。

然而最近，末永久子开始出现异常。她不仅变得健忘，还会不断重复相同的话。这显然是阿尔茨海默病的早期症状。与此同时，她开始说一些奇怪的话，比如："我的女儿没有死，被埋葬的遗体是另一个人，她本人还活着。"

阿尔茨海默病患者一般会忘记亲朋好友的死，但末永久子的情况却是，她记得自己曾经确认过遗体，而她声称那是别人的。

也许是因为在记忆渐渐变得模糊的过程中，她下意识想要改变对自己来说负面的过去。"暂且观察一段时间吧。"这是坂田香代子和护理师们共同得出的结论。

2

末永久子的房间没有感应的事过去约两周后，一个星期一，她发来一条消息，说有要事和石崎说，希望对方能到她的房间来一趟。她没有打电话，应该是不想打扰石崎工作。实际上，石崎当时正在维护锅炉，也没空接电话。

工作告一段落后，石崎前往一〇〇九号房。末永久子口中的要事是什么呢？他默默祈祷着，希望不要是什么棘手的内容。

来到房间见到末永久子的脸色，他心下一惊。末永久子双目赤红，脸上还有泪痕。

"发生什么事了？"石崎问。

"找到了，终于……"

"什么？"

"我女儿啊，奈奈惠找到了。"

"哎？"

末永久子拿出一个白色信封。"你看这个。"

石崎接过信封，翻看了正反两面。收信人是末永久子，寄信人一栏写着"山村洋子"。

"我方便看吗？"

"看吧，快点。"末永久子焦躁地说。

石崎取出信笺展开，印有半透明花草图案的信笺上，排列着用蓝色墨水写出的漂亮字迹。首先是固定的问候语，接着便是询问近况的内容。看起来，末永久子和这位山村洋子已经很久没有联系了。信上写着"已经超过七年没有回老家"，也许这期间两人不曾见过面。

紧接其后，出现了以下内容：

然而前几天，我偶然在街上见到一个熟悉的面孔，是奈奈惠。我当时坐在出租车上，所以没能跟她搭话，但肯定不会错。奈奈惠看起来很精神，走进了一家装修得很漂亮的店。看到她也在东京打拼，我感到很安心。就这样，我回忆起过去发生的很多事，就想跟你联系，于是提笔写下了这封信。

读到这里，石崎抬起头。

"如何？"末永久子询问。

"这位山村女士，是谁？"

"我的一位老朋友,她和奈奈惠也很熟。奈奈惠小时候去她那儿学过钢琴,结婚的时候她也来了。"

"您没有告诉她奈奈惠女士自杀的事吗?"

"嗯,因为我不太想让人知道。不过太好了,果然和我想的一样,那不是奈奈惠。这样一来,你也明白我在说什么了吧?"

石崎不知该如何回应。只是碰巧长得像——这样顶回去也不太好。他将信笺放回信封里,说着"也许吧",把信封放到桌上。"是个好消息呢,信上也说她看起来很精神。"

"我也觉得。所以啊,我有一件事想拜托你。"

"什么事?"

"我希望你能去洋子那儿,问问她详细情况,比如是在哪里见到那孩子的。"

"啊?"这意料之外的要求让石崎感到困惑,"我去……吗?"

"毕竟我也没有其他人可以拜托了呀。我会跟洋子联系,先说好的。"

"那您直接在电话里问她不就好了吗?"

末永久子皱起眉。"我对东京的地形一窍不通,在电话里也问不明白。而且,如果可以,我希望你也去一趟那孩子进的那家店。"

"到店里去……吗?"

"当然,我会给你报酬的。"末永久子打开佛坛的抽屉,拿出储蓄卡,"你去帮我取点钱出来,大概十万日元吧。这些够付交通费什么的吧?"

"不是,这……"石崎摆了摆手,"不需要这些。"

"我怎么能叫你白干呢。总之你先去取钱,我手头也没有现金了,一共取十五万吧。"

"啊，这倒是可以……"石崎接过卡片。他们怀疑末永久子患有认知障碍，不过她有时又显得精神矍铄，目前的情况就属于后者。

石崎到附近的便利店取出十五万日元现金，回末永的房间之前，先去了养老院的办公室。工作人员受入住者的委托使用储蓄卡时，必须留下记录。这是为了避免日后产生不必要的纠纷。

办完手续走出办公室，有人从身后叫住他，是坂田香代子。"末永女士的账户里还有多少余额？"

石崎给她看取款凭条，确认了数字后，院长皱起了眉。"这很糟糕啊，这样下去，坚持不了多少年了吧？"

"生活可能会有点困难。"

"之前那件事怎么样了？"

"我偶尔会跟她说，但她看起来难以接受……"

"真难办，看来她还是无法接受女儿已经去世了。"

"嗯，哎……何止……"石崎话到嘴边又停了下来，他要是说末永久子甚至开始调查女儿的行踪，院长肯定会很吃惊。

"对了，秋日祭的事，各项准备来得及吗？"坂田香代子换了个话题。

"搭建方面没有问题。"

"嗯，那就好。"院长的表情却与这话相反，只见她面露愁容。

"发生什么事了吗？"

"约定好来演出的落语家跟我们联系了，说他需要接受紧急手术，希望取消演出。我们拜托他帮忙找人替代，可是行程不凑巧，似乎找不到人。"

"这可真叫人头疼啊。"

大概不是因为行程，而是酬劳吧，石崎心想。为了一份和初中生的压岁钱差不多的报酬，有人愿意跑到这穷乡僻壤来，那才叫不可思议呢。

"石崎，你有什么认识的人吗？不是落语家也没关系，比如民谣歌手之类的。"

"我吗？您就别为难我了。"

"也是啊。"坂田香代子歪了歪头，叹了口气。

3

石崎将纸杯放到桌上，心想，连锁店的拿铁到了东京，味道也没有改变呢。

他有三年没来过东京了，上次也并非专程过来办事，只是在去千叶见朋友的途中，顺道过来了一趟。不过，他年轻时曾在东京的家电卖场工作过一段时间，所以对这里的地理方位还有一些概念。

山村洋子和他约在家附近的咖啡店见面。她是一位六十岁出头的优雅女性，可能因为末永久子事先和她联系过，她对石崎并没有防备，甚至表现出十足的兴趣。

"久子想让我和你详细讲讲见到奈奈惠的事。不过，这是为什么呢？"双方客套地打完招呼后，山村洋子询问道。

石崎挺直了背。"发生了一些事。其实，奈奈惠女士几年前留下一封信，信上写着'我去旅行一段时间，别来找我'，之后便音信全无，也不知道在哪里做什么，末永女士一直很担心。"

"哎，还有这么一回事？她去旅行了？"山村洋子眨了好几下眼睛。

"是的。"石崎重重地点着头，"如果是二十多岁的年轻人，出于想冒险的心而说出这种话也不足为奇，但奈奈惠女士都四十多岁了，所以末永女士似乎也很吃惊。不过她也不能提交寻人申请，正在烦恼该如何是好，就收到了山村女士您寄来的信。"

"原来是这样，的确叫人担心。竟然发生了这种事，我一点也不知道。"

"末永女士说这是家丑，没办法跟别人说。所以山村女士，您能跟我说说，您见到的那名女性，确实是奈奈惠女士没错吗？"

面对石崎的问题，山村洋子略显心虚地耷拉着眉尾。"你这样问，我也没法说我绝对没看错，都说这世界上有三个长着同样面孔的人。但那毕竟是我看着长大的奈奈惠啊，我觉得应该不会是另一个长相相似的人。哎，我那时要是喊她一声就好了。"

看着对方懊悔的模样，石崎心想，她似乎很有把握。"您在信中说，是在东京的街头见到她的？"

"嗯，在涩谷区的惠比寿街区。我去找朋友吃饭，坐在出租车上看到的。"

"您知道确切位置吗？"

"知道，这次接到联系后，我又查了一下。"山村洋子拿出手机，操作几下后将屏幕转向石崎，上面显示的是地图，"在这个十字路口等红绿灯的时候，奈奈惠就从我旁边走过，接着她走进了这家店。"

"那家店叫什么？"

"不好意思，我没看得那么仔细。不过我觉得应该是一家酒吧。"

石崎拿出自己的手机，在地图APP上记录下地点。"谢谢您。我去这家店问问。"

"希望能有收获。哎，不过，奈奈惠这么做，应该也有她的理由。"

山村洋子一边拿起杯子,一边说。

石崎被她的说法吸引了。"怎么说?"

山村洋子喝了口饮料,微微向前倾身。"这个,能请你对久子保密吗?"她一副要说出秘密的口吻。

"如果不告诉她比较好,我当然会保密。是什么呢?"

"我想,奈奈惠应该是想获得自由。"

"自由?"

"依我看,久子太宝贝奈奈惠了,管得太多。对于任何事,久子都希望能按照自己的意志来,从奈奈惠的角度来说,难道不会觉得处处受到束缚吗?所以她才会音信全无,也许是想以后不再和久子有过于紧密的联系。"

这意外的话让石崎感到困惑,一时难以做出回应。不知山村洋子怎么看他这副样子,只听她嘱咐道:"你可能觉得烦,不过我还是说,一定要对久子保密啊。"

"当然。"石崎回答。

这家店并没有像样的招牌,硬要说的话,只有放在路边的一块混凝土方砖,上面写着店名"TRAP HAND",石崎并不知该如何翻译。

往深处走有一扇门,门上挂着写有"OPEN"的牌子,应该就是入口了。他小心翼翼地打开门。

店里有些昏暗,右侧是吧台,一个高个子男人正坐在高脚椅上操作手机。他抬起脸,说着"欢迎光临",从高脚椅上起身。他似乎不是客人,而是这家店的老板。

"现在是营业时间吧?"石崎确认道。

"当然。请进,这些位置都可以坐。"说着,老板走进吧台内侧。

这家店除了吧台，便只有里侧的一张卡座。石崎坐到从外往里数的第二把高脚椅上。

"您想喝点什么？"

"嗯……给我啤酒吧。"

"哪种啤酒呢？"

"啊，哪种……"

"飞驒高山的啤酒，您看可以吗？特点是口感温润，香味醇厚。"

"那就给我来这个吧。"

"感谢点单。"老板微笑着说。

石崎环视一圈店内后，再次将目光转向老板。他的年龄大概在四十五到五十岁之间，个子很高，手脚也很修长。他用漂亮的手指打开石崎没见过的矮粗酒瓶，将啤酒倒进玻璃杯中。石崎心想，仅仅是简单的动作，看起来却那样讲究，是因为自己是个乡下来的，才会这么觉得吗？

"请用。"老板说着，将酒杯放到石崎面前，白色泡沫完美地攀上杯口。

他喝了一口，不自觉地点起了头。

"味道如何？"老板询问道。

"很美味，我第一次喝到这种味道。"

"太好了。"老板笑起来，露出一口白牙，将菜单递了过来，"您需要点些小菜吗？我店里有很下酒的坚果什么的。"

"啊，那就这个……"

"好的。"

石崎喝了口啤酒，调整好气息后，战战兢兢地开口道："话说……"

老板抬起头，应了声"嗯"。

"来您这儿的一般都是什么样的客人?"

老板怔了一瞬,苦笑着说:"小店有福气,许多客人都曾来光顾。"

也是啊,石崎心想,这种问法只会让对方感到困惑。他打开双肩包,从中取出一张照片。"这位女性来过吗?"

老板将装着坚果的盘子放到石崎面前,随后说了声"请让我看看",接过照片。那是末永久子交给石崎保管的奈奈惠的脸部照片,似乎是从留在手机相册里的照片中选出来的。

"我应该见过。"老板说着,递回照片,"但我也说不好。这里有很多女客人,其中也有年龄相仿的。"

"她叫末永奈奈惠。"

"末永女士……"老板小声重复,轻轻摇了摇头,"不好意思,客人们一般不会告诉我姓名。"

"这样吗?哎,也是。"

"这位女士出什么事了吗?"

"嗯,有些情况……"石崎模棱两可地应着,伸手去拿坚果。他不知道应该如何向对方说明。

入口的门开了。老板朝那儿看了一眼,招呼道"欢迎光临"。

进来的女人与石崎隔了几个座位坐下。她应该在二十五到三十岁之间,穿着看起来很贵的连衣裙。

"真不多见,今天怎么这么早过来。"老板说。

"我接下来约了人,在法式餐厅会合。"女人语气欢快地回答。

"审查吗?"

"是的。还有些时间,我就过来看看。"

"那我给你调一杯无酒精的鸡尾酒吧?"

"嗯。我还有一件事想拜托你。"

"吃完饭,你打算把相亲对象带过来?所以要让我帮你审查。"

"回答正确。可以吧?"

老板耸了耸肩。"真拿你没办法。"

"太好了。"女人开始操作手机,侧脸看起来十分认真。

"审查"指的是什么?

石崎将上半身转向女人。"请问,能占用您一点时间吗?"

也许是没想到会有人和她搭话,女人惊讶地睁大了眼睛,神情变得警惕起来。"什么事?"

"您经常来这家店吗?"

她又看了一眼手机,才再次将视线转向石崎。"有时候会过来。"

石崎将手中的照片递给对方。"您见过这位女士吗?"

女人一副不感兴趣的样子,但或许是想着也不能视而不见,她不情不愿地伸出手。

我没印象——石崎已经做好对方冷淡地说出这几个字的准备,但女人接下来的反应却出乎他的意料。只见她不禁"啊"了一声,眨了好几下眼睛。

"如何?"石崎问。

"有是有……"

"有?您见过她对吧?"石崎振奋起来。

"算是见过吗……我们没说过话,只是偶尔会见到……"女人抬眼看向吧台内的老板,"她来过好几次吧?"

"确实很像,但也不好说是不是本人。"老板回答得很含糊。

石崎站起身,撑着吧台向前探身。"她是怎样的人?什么时候会来?"

"等一下,这个——"老板想要蒙混过去。

"拜托了,请告诉我。我在找她,受她母亲所托。求您了。"石崎深深地低下头,额头几乎要碰到吧台。

4

"出大事了,火速到店里来。"真世收到武史的消息时,刚过晚上八点,她正在享用拿冰箱里各种剩余食材做的炒饭,闻讯便给叔叔打去电话。

"出什么大事了?"

"在电话里说不清楚,你要是能动,就马上过来。"武史对真世的用词一如既往地潦草。

"我现在在吃饭。"

"不是在饭局上吧,在吃什么?"

"……中华料理。"

"哼,在家吃速冻炒饭啊。"

"真冒犯,这可是我认真做的。"

"你吃完马上过来。店里我先临时休息了。"

"啊……"看来真出了什么不好解决的大事,"究竟怎么回事?"

"我刚才说了在电话里说不清楚吧。所以你也先做好准备,是关于上松和美的事——准确来说,是关于末永奈奈惠的。"

真世吓了一大跳,差点握不住勺子。"……什么事?"

"有人到店里来了,想要找出她的幽灵。"

真世瞬间心跳加速,一时语塞。

武史说着"快过来",结束了通话。

真世放下勺子，顿时食欲全无。她拿起盛了水的杯子。

上松和美曾是真世的客户，委托真世装修房子。不过，她有一个巨大的秘密。上松和美其实是别人的名字，她的本名叫末永奈奈惠。出于一些深层原因，上松和美和末永奈奈惠互换了身份和姓名。

真正的上松和美已经去世，她以末永奈奈惠的身份自杀，而真正的末永奈奈惠，如今作为上松和美活着。

这件事只有真世和武史知道，他们自然约定好，绝对不会把这件事告诉别人。

大约三十分钟后，真世坐在了"TRAP HAND"的吧台前。

"那个人怎么回事？是什么人？"从武史那里听完事情的大致经过，真世皱起眉。

"据他所说，他是养老院的工作人员。末永奈奈惠的母亲住在那里，拜托他来帮忙找女儿。"武史将一张名片放到真世面前，上面写着"Villa Concede 设备科 代理科长 石崎直孝"。

"为什么会找来？末永奈奈惠已经死了，这件事不是应该画上句号了吗？"

"这我也不太清楚。石崎只说他接受了委托来找奈奈惠，完全没有提及她的生死。"

"这么说，他不知道？"

"有可能，也有可能他知道了，但故意不说。"

"为什么你不确认一下呢？"

"我怎么确认？难道要我说，末永奈奈惠应该已经自杀了？如果他问我为什么会知道，我没法回答。"

"也是……"真世皱起鼻子，"真麻烦。怎么会出这种事呢？"

"据说是末永母亲的熟人，偶然看见奈奈惠走进了这里，然后给她母亲写了信。读了信后,她母亲心急如焚,说那位熟人在奈奈惠小时候教过她钢琴,应该不会认错人。"

听完武史的话,真世摇摇头。"这世界上没事找事的人真不少啊。"

"石崎给我看照片的时候,我说虽然像但不能确定,蒙混了过去。但好巧不巧美菜来了,明确地和石崎说她记得上松的脸,并在这里见到过几次。这样一来,我就很难再装作什么都不知道了。"

阵内美菜是"TRAP HAND"的常客。据说她的梦想是嫁个有钱人,只要找到出色的对象,她就会带到"TRAP HAND"来,让武史判定对方是否是真正的资产家。上松和美,也就是末永奈奈惠,如今也常来光顾,所以阵内美菜记得奈奈惠的脸并不奇怪。

"你坚持说她虽然偶尔会来店里,但你并不知道她的名字和联系方式,不就好了?你总是张口就来,找些唬人的幌子怎么难得倒你。"

"什么叫张口就来,那是话术。话术,知道吗?"

"那你为什么不把你那话术拿出来?"

"考虑到眼下的情况,我判断在此时欺骗他并不是上策。比起这个,我认为更优先的应该是确认石崎手上究竟握着什么牌。"

"牌?"

"假设我把石崎糊弄过去,让他不再到店里来,他大概也会找别的办法弄清奈奈惠身在何处。我不能保证他手中掌握的线索只有'TRAP HAND'这一条。如果他还握有其他威胁性十足的牌,并依靠那张牌接近奈奈惠,我们就没有出手的机会了。不如我们先把他引过来,假装帮忙,摸清他的底牌,你不觉得这样更好吗?"

真世扭过头,在胸前抱起双臂。"确实,你这么说也有几分道理……"

"所以，我现在必须把你介绍给石崎。"

"为什么我的名字会在这里出现？"

"这不是没办法了吗，必须有个人去和石崎周旋，把信息套出来。还有其他人能来做吗？本来奈奈惠这件事，你就负有重大责任，你可别忘了。"

"只有我吗？这跟叔叔你就毫无干系吗？"

"我感觉到自己作为观察员的责任。"

"观察员？你做了那么多事，现在还说自己只是观察员？"

"真聒噪。我也不会置身事外的，别再发牢骚了。"

真世瞪着武史。"到了关键时刻，你会来救我的吧？"

"我尽量，但也不知道对方会出什么牌，我不能保证。"

"这么没有责任感……"

"遇到什么不好办的，坚持说自己不知道就好。即使弄错了，也不要撒谎敷衍，之后要圆谎会很麻烦。"

"知道了。不过，这件事还是和上松女士说一声比较好吧。"

"你先别说。现在告诉她没有任何好处，只会让她不安。咱们两个先去会会石崎，再看接下来如何应对。"

5

次日，真世在营业时间前来到"TRAP HAND"，因为她和石崎约好下午五点见面。

"我查了一下 Villa Concede。"武史看着手机说，"从类型来说，它是一家带照护服务的付费养老院。总共有一百六十四间房，入住条件是六十岁以上且有自理能力。平均每2.5名入住者就会配有一名工作人员，所以服务方面可以说是相当周到。因此也不便宜，入住时需要先缴纳超过两千万日元的初期费用，入住后每个月还要交超过十万日元。"

"住进这种高级养老院的人，一般都是用卖房子的钱来付这笔费用，末永女士的母亲也是如此吧。"

"她今后应该没有需要用到大笔资金的地方，所以剩余的钱，就用来找女儿。她可能和石崎约定好会给他一笔钱作为谢礼。如果是这样，石崎也不会那么轻易放弃。"

武史有一个毛病，就是任何事都以自己为标准去思考。因此他不认为有人仅凭善意和关心就会做出行动。

"不过，末永女士的母亲，为什么事到如今突然做出这样的委托呢？她明明已经给女儿奈奈惠办过葬礼了。"

"关于这部分信息，你也必须好好问出来。总之，最重要的是，绝对不能让事情发展到末永的母亲要见上松这一步。即使是亲人，也有可能认错遗体，但如果女儿活生生地站在她面前，你最好明白，没有母亲会把女儿认作他人。"

"如果发展到那一步，迄今为止的所有努力都会化为泡影。"

"为了不让这种事发生，你给我好好打起精神。"武史将一个瓶子放到真世面前。是功能饮料。

真世用力打开瓶盖，说了声"我喝了"，将里面的液体一股脑倒进喉咙。那绝不是什么好滋味，不过拜其所赐，她振作了士气。

手机上显示的时间刚到五点，入口的门就开了。慢吞吞走进来的是一名微胖的中年男子。见到真世，他轻轻点头致意。

"我们在等您。"武史招呼道，"请进。"

见男子有些局促，真世从高脚椅上起身。

"我来介绍，这是昨天和您提到的我的侄女，神尾真世。"武史说。

石崎在双肩包里翻找，随后拿出一张名片。"今天麻烦您了，让您特意跑一趟。"

真世也赶忙拿出名片递给对方。

"坐下说吧。"武史的声音从吧台里侧传来，"既然来了，喝点什么吗？当然，我请客。"

"我就不用了。您已经为我空出店铺了，我怎么还能让您请客呢。"

"我来杯健力士黑啤吧。"

"知道了。"

武史建议真世还是在手边放一杯喝的为好，这样在不知道如何回答的时候，能拖延些时间。

石崎在高脚椅上坐下，带着僵硬的表情转向真世。"您不介意的话，我们这就进入正题吧？"

"您请说。"真世回答。

石崎从放在腿上的双肩包里取出一张照片。"我听说您认识这位女性。"

这应该是末永奈奈惠和上松和美相遇前拍的照片。背景是书架，应该是在她工作的书店拍的。

"是这样吗？"石崎窥探着真世。

这是必须谨慎作答的局面。如果说自己完全没见过她，那就和阵内美菜的说辞有出入，话虽如此，也不能明确地表示自己和她认识。

"她的名字是？"真世将照片拿到手中，问道。

"她姓末永，名字叫奈奈惠。"

"末永……"真世歪了歪头，做出第一次听到这个名字的样子，"不好意思，似乎和我认识的不是一个人。气质和相貌确实有几分相似，但是名字完全不同。"说着，真世将照片还了回去，"这就是人们常说的，长得很像的两个人。"

"您那位朋友，叫什么名字呢？"石崎询问道。

"我不太方便说……毕竟是个人隐私。"

"她用的是本名吗？不是假名之类的吗？"

"应该没有，我们签过各种文件，所以我可以断言，她就是另一个人。"

"您说的文件是指？"

"您刚才看过名片应该知道，我从事装修工作，我和她也是因此认识的。所以，她的居住证、身份证还有印章什么的，我都确认过是没问题的，若非本人，没办法持有这些。"

"啊……装修房子……"石崎一脸意外地看向真世。

"您明白我说的意思了吗？"

石崎叹了口气，不甘心地盯着照片看了一会儿，抬起头。"您有那位朋友的照片或者别的什么吗？"

"照片吗……"

"我想拿给末永久子女士看看，也就是奈奈惠女士的母亲。她看过照片，明白那只是长相相似的人，我想她就会接受了。"

"这样啊……不过很抱歉，我没照片。没有机会拍。"

"您能想办法弄到吗？"

"照片吗？"

"对，即便只有一张，也帮了我的大忙。"

"您这样说，我也……"

真世不知该如何应对，她抬头看向武史。

"那位末永久子女士，为什么会找女儿呢？"武史从吧台内侧对石崎发问，"难道她离家出走，从此音讯全无吗？"

"嗯，哎，就是这么回事。"石崎说得模棱两可。

"女儿的东西现在放在哪里呢？"

"东西？"

"她不可能带着全部家具和物品一起消失吧？去查看一下她留下来的东西，也许能知道她去了什么地方。所以我才问她的东西现在放在哪里。"

"啊，在末永女士那里……"

"末永女士和她女儿一起住吗？"

"不是，她女儿一个人在东京生活。所以，说离家出走可能有些奇怪。"

"那她的家现在是什么情况？"

"我听说已经退租了。"

"退租？"武史夸张地后仰，"为什么呢？"

"为什么？这当然……"说到这里，石崎沉默了。

"租房合同是她本人签的吧？即使她行踪不明，也不应该这么快退租。毕竟，她有可能突然就回来了，不是吗？说起来，就算她是一个人住，留下来的东西也不可能全部搬进养老院的一间房间里吧？"

面对武史连珠炮似的提问，石崎的脸色眼看着越来越苍白，放在吧台上的手指指尖一下下抽动着。

不一会儿，他说着"对不起"，低下了头。"我撒谎了。一开始就把真实情况告诉你们就好了，但我没有自信你们会相信我，所以才撒了谎……真的很抱歉。我全部坦白，其实，末永奈奈惠女士在大约八个月前自杀了。"石崎垂着头，无措地说。

听了他的话，真世不知做何反应。如果是对这件事一无所知的人，此刻应该会感到非常吃惊，或者会不明所以，露出困惑的表情，但真世比谁都清楚事情的经过。

"石崎先生，"武史冷冰冰地唤道，"您这是什么意思？您口中的自杀，是某种比喻吗？还请您解释一下，让我们明白。"

真了不起啊，真世再次对叔叔的演技感到叹服。一般人可能会装出一副震惊的模样，但她知道，那样有失真实感。

"是，我会解释的。我不知道能不能说清楚，也不知道你们会不会相信我，但这一切都是真的。"石崎抬起头，脸变得通红。

"在那之前，不如先润润喉吧。"武史从冰箱里拿出啤酒，又在石崎面前放了一个玻璃杯，将啤酒缓缓注入其中。"这样您也能调整调整心情。"

"嗯，您说得对。真的很抱歉。"

小口小口喝着啤酒，石崎开始讲述。有一半内容是真世知道的，而另一半却是她完全未想过的，其中便包括末永久子已经出现了轻度的认知障碍。

"每一天，应该说每时每刻，她的症状都不一样。你以为她是经过深思熟虑说的事，可她又突然仿佛把所有事忘得一干二净。也许是因为生病，她无法接受奈奈惠女士自杀，可她说起这件事的时候又十分沉着冷静，逻辑也是通顺的。"

据说，在读那位叫作山村洋子的故友的来信时，末永久子的头脑也是清醒的。当她得知对方在东京目击了神似奈奈惠的女人，便拜托石崎去确认那是不是奈奈惠。

"说实话,我并不认为奈奈惠女士还活着。但是考虑到末永女士的心情,我也不能什么都不做……所以,如果山村女士看见的仅仅是长相相似的另一个人,我想,我至少也要带个证据回去。"

"石崎先生,末永女士对您来说很重要呢。"真世直率地说出了自己的感想。

"不,不是的……但我确实对她有些放心不下。"

"放心不下什么?"

"虽然这是她的个人隐私,我不该多嘴,但末永女士在经济方面越来越困难了。她偶尔会拜托我去附近的ATM取现金,所以我知道她目前的状况已经说不上宽裕了。"

"是吗?不过,她有能力住进高级养老院,手头的资金应该不会少吧?"

"是的,但是末永女士因为一些突发状况,需要一大笔钱。"

"突发状况?"

"是赔偿金。"石崎说出了令人意外的话,"据说是奈奈惠女士的房东要求末永女士支付赔偿金。可能是因为房子变成凶宅了吧。之前的租客自杀了,那房子也很难再找到新租客,即便运气好找到了,租金也必然大打折扣。所以房东要求末永女士赔偿损失。虽然她没有跟我说过具体金额,但大家都说林林总总加起来,花了有差不多一千万日元。"

"啊,还有这种事。"

虽然真世自己没有经手过,但她经常听说有人希望对出了事故的房子进行装修。被要求赔偿的一方可能觉得难以接受,但无法再获得预期租金的房东一方也有苦衷。

"如果末永女士无法再支付养老院的费用，会怎么样呢？"真世问。

"虽然我们都不愿意看到这种情况发生，但只能请她搬离养老院。这也是合同的规定。"

"末永女士现在已经患有轻度的认知障碍了，是吗？"武史确认道，"如果她确诊了阿尔茨海默病，也要搬离吗？"

"根据入住时的约定，会请她搬出现在住的房间，转到与我们院相邻的照护楼里去。不过，这也是以她能够支付相应费用作为前提的。"

真世清晰地认识到了事态的严重性。照现在这样下去，末永久子可能会在患有阿尔茨海默病的状态下被赶出养老院。

"末永女士在经济上越来越窘迫，我了解了。这跟奈奈惠女士的死有什么关系呢？"武史质问道。

"我刚才说，奈奈惠女士的东西都在末永女士的房间里，不过事实上，其中不只有行李之类的东西。"

"您的意思是？"

"奈奈惠女士名下的存折、印章、银行卡这些，也在末永女士的房间里，而且都还没有办理解约手续，甚至连奈奈惠女士的死，她都还没有告知银行……"

"所以账户都没有被冻结，现在还保持着原样，对吗？"

"是的。"面对武史的问题，石崎做出了肯定的回答，"据末永女士所说，存款的余额不是小数目。我想，这笔钱用来贴补末永女士今后的生活，也绰绰有余吧。"

"这样的话，你们不就不需要烦恼了吗？既然奈奈惠女士已经过世，末永女士就有继承权。虽然一般来说是孩子继承父母的遗产，但反过来在法律上也没有任何问题。"

"您说得没错，但问题是末永女士不这么想。"

"什么意思？"

"末永女士认为奈奈惠女士还活着。继承，对她来说等同于接受女儿的死，所以她拒绝继承。她对奈奈惠女士的存折一副毫不关心的样子，随意塞在佛坛的抽屉里。"

是这样啊……真世感觉眼前一阵眩晕，问题似乎比她想象中的还要复杂。连武史也露出了困惑的神色。

"也就是说，"武史开口道，"要让末永女士继承奈奈惠女士的遗产，就必须先让她接受女儿的死。"

"是的。"石崎点点头，"所以我才想要证据，证明山村女士看到的那名女子只是长相相似，并不是奈奈惠女士本人。"

"不过，即使有证据，也不能保证末永女士会接受奈奈惠女士的死，不是吗？"

面对真世的疑问，石崎说着"您说得没错"，脸上浮现出无力的笑容。"即使这次让她接受了，接下来肯定还会出现相同的情况，我只能每次都耐心地和她解释了。不过我想对于她来说，这样也好。"

"为什么？"

"这种话我本不该说，但末永女士要是有什么万一，恐怕没有人会送她到最后了。平时也没有人来看她。"

"这样吗？"

"既然如此，让她认为女儿还在某个地方活着，她并不是孑然一身，这对她来说也许也是一种幸福。我是这么想的。"石崎望着远处小声说完后，突然倒吸一口凉气，"不好意思，我说了很多多余的话，这件事跟二位没有关系。"

"在养老院工作也不容易啊。"

"是的，不过也有开心的事。我看到老人们因为一些小事感到快乐，我也会跟着开心。啊，对了，"石崎说着，从双肩包里取出一张宣传单，"下个月我们会办秋日祭，规模很大，去年办的时候就特别热闹。不过，这次节目还没凑齐，有些令人焦虑。"

武史一脸钦佩地接过宣传单。"这次没能帮上忙，很抱歉。"

"哪里，二位能听我说，我心里那块石头也算是没那么沉重了。非常感谢你们抽出时间和我见面。"石崎从高脚椅上起身，礼貌地点头致意。

6

石崎离开了。见店门完全合拢，真世重重地叹了口气。"啊，累死了——"她将装满黑啤的杯子挪到面前，绵密的泡沫几乎消失了。即便如此，喝进一口，喉咙还是能感受到恰到好处的刺激和香气。

"看起来，石崎算是接受了。"

"得救了，看那样子，他应该不会再到这里来了吧。"

"应该是，但问题算是解决了吗？"

"啊，什么意思？"

武史没有回答，而是打开了吧台里侧的门，说了声"请"。

看清从里面走出来的人，真世差点把口中的黑啤喷出来。因为来人是表情僵硬的上松和美——末永奈奈惠。

"上松女士。"真世提高了声调。从初次见面时，她就如此称呼对方，便没有改口，也没有必要改口。"怎么回事？"她说着看向武史，"你不是说石崎的事先不和上松女士说吗？"

"在那之后我改主意了。我想还是应该让她知道。这样一来，比起我们事后说明，她亲耳来听更好。"

"那你告诉我一声不行吗？"

"如果告诉你，我怕你会在意奈奈惠女士在场，言行变得不自然。问题不大，我现在给你揭晓谜底了。"

"话是没错……"真世有些难以释怀，总觉得自己没被当作大人看待。

"您怎么想？"武史向末永奈奈惠询问道，"听了石崎的话，您留意到什么了吗？"

末永奈奈惠歪了歪头。"我很意外，妈妈竟然没有接受我的死。明明已经办过葬礼了……"

"人类的大脑很难理解。常常是一开始不曾在意的事，到了后来却又觉得放不下。尤其是您母亲的情况，她的记忆似乎因为生病变得模糊，所以问题在她那里可能更加复杂。"

"这一点也是我从没想过的。那个人竟然会得阿尔茨海默病……"

"现在说这话还为时过早吧。"武史轻轻摇头，"就目前所知，她的情况还在轻度认知障碍的阶段，我听说大部分人是能够完全像健全者一样思考的。不过你最好也做好心理准备，她的情况可能会逐步发展成阿尔茨海默病。"

"这样的晚年倒是很适合她。她一直认为什么都能够按照她的意愿来，完全不考虑别人的心情，随心所欲地活了快一辈子，到头来却得了阿尔茨海默病，连自己是谁都不知道地死去。该说她自作自受，还是得偿所愿呢。"

"听石崎说,她好像经济上有些困难。房东要求她索赔,您应该也没有想到吧?"

"这件事是让我有些震惊,但想来也是理所当然。租客在房子里自杀,对房东而言就是灾难。我和上松女士都疏忽了,没想到这一层。不过石崎先生说了,我已经在自己的账户里留下了足够的钱,支付这笔赔偿金也绰绰有余……"

"您说的自己的账户,指的是末永奈奈惠名下的账户,对吧?"

听见武史寻求确认,末永奈奈惠应了声"是的。"

"我从上松和美女士的账户里取出现金,存进了末永奈奈惠的账户里。两笔交易都是在银行的窗口办的,都需要提供身份证,不过没有人怀疑。"

真世也觉得这应该没问题,她是上松和美,也是末永奈奈惠,能够堂堂正正地使用带照片的身份证。

"不过,您特意准备的这笔钱,您母亲似乎并没有继承。"武史说,"关于这个,您怎么想?"

"你问我怎么想,我也……"末永奈奈惠耸了耸肩,"什么都无法回答。无论真相如何,末永奈奈惠这个人已经从世界上消失了,至少在役所的文件上是这样的。那个人不想继承是她的自由,但我觉得她不应该给别人造成麻烦。"

"这倒是不得不叫人忧虑。照石崎所说,末永女士自己的存款过不了多久就会见底,她很快就没法支付每个月的费用了。"

"到了那一步,即便是她也会继承遗产了吧。她那么心高气傲,肯定做不到拖欠付款或者找人借钱。"

"不过,如果在那之前她的病情恶化,被诊断为阿尔茨海默病,事情就麻烦了。她就没法去办继承手续了。"

"为什么？到时不应该有人可以代替她去办吗？"

"不行。"武史当即否定道，"即使得了阿尔茨海默病，只要末永女士是合法继承人，谁都不能无视她的意愿去办理手续。唯一的办法是指定代理人，不过这必须要在她被诊断为阿尔茨海默病之前进行，当然，这也需要她本人同意。"

"也就是说，无论怎么样，我们都必须在她确诊阿尔茨海默病之前出手？"

面对真世的问题，武史答道："是的。如果不这样做，奈奈惠女士特意留给她的遗产就化为乌有了。"

末永奈奈惠皱起脸。"早知如此，我在上松女士自杀前，就应该把钱汇到爸爸的账户里去。但我怕他看到钱之后，试图和我联系，事情就麻烦了，所以没那么做……"

"那个账户还没有被冻结，您现在把钱汇到您母亲的账户里如何？"真世问。

"很遗憾，存折和印章都不在我手上。"

"即使在您手上，您本人去办手续也不合适。"武史说，"总有一天，银行会察觉末永奈奈惠已经死亡，他们如果调查过往的记录，发现本人死后，账户还有转账动作，肯定会起疑，然后去确认究竟是在哪家银行、由什么人办理了这笔交易。如果银行的监控拍到了您的行踪，还会引起更大的骚动。"

武史冷静的语调让真世感到焦躁，但确实如他所言，真世没有辩驳的余地。

"如果用网上银行呢？那就看不出是谁操作的了。"

"这也做不到，要进行交易必须有优盾。"末永奈奈惠说。

"那也在您母亲那里吗？"

"应该是。"

真世挠了挠头。"那就是说……无计可施了？"

"不，还有唯一的办法。"武史说着，拿起了一样东西，是石崎留下的宣传单。

7

出现在后台休息室的是一名小个子的中年女性，戴着眼镜。看见真世他们，她深深地鞠了个躬，挂在胸前的名牌上写着"坂田"。

"我是院长坂田。这次多谢几位，专程跑到这么远的地方来。石崎告诉我的时候，我还吓了一跳，心想怎么会有这么难能可贵的人。"

"哪里哪里。"武史落落大方地摆着手，他今天穿了一身黑色的无尾晚礼服。"我近期会在一场活动上演出，但已经很久没登台了，也不知道跟助手的配合是否默契，所以希望能有一次像正式表演那样的彩排。到养老院来做慰问演出，是再好不过的练习。虽然这么说有些失礼，但观众们年事已高，即使我有些失误，也不用担心会被他们看出来。"

"您太谦虚了。我听石崎说，您年轻时可是在美国大展身手呢。——是吧？"她向一旁的石崎确认道。

"是的。"石崎回答。

"神尾先生接下这次的工作后，我在网上查了查，吓了一跳。据说您曾经登上拉斯维加斯的舞台，艺名叫'武士'——"

"就说到这里吧，"武史伸出右手制止了石崎，"都是陈年旧事了。"

"啊……"石崎陷入困惑，似乎还没意识到自己踩到了地雷。

"总之，能够近距离观看您这般人物的舞台表演，我真是太感激了。"院长试图缓和气氛。

"请您别再这么说了，我很有压力。暂且不说我了，我的两名助手今天是初次登台。"

"哎呀，是吗？"院长看向真世她们。

"请多关照。"真世说着低下头。

"也请您多关照。"院长应声后，确认了一下手表上的时间，"时间也不多了，很抱歉打扰几位，我们这就离开，在观众席静候演出。"

"请，希望你们能享受表演。"武史点头致意，目送着坂田院长离开房间。门关上后，他转过身，说着"院长看起来心情不错"，脸上浮现出笑容。

"那还用说。"石崎声音高亢，"她一直因为节目不够而苦恼，您真是雪中送炭。大家已经很久没看过魔术表演了，而且除了交通费，演出费用您并没有要。这对我们来说简直像做梦一样。您当初跟我说的时候，我都不敢立刻相信。"

"您太夸张了。"武史的身体微微晃了一下，"我刚才也说过，这对我们来说刚好能成为彩排，您就别再客气了。"

"听您这么说，我心里轻松些了。那我也不多打扰，接下来就拜托几位了。"

"好的，交给我们吧。"

石崎离开后，武史认真地看向真世她们。"你们两个，身心都做好准备了吗？"

真世和身旁的末永奈奈惠对视了一眼。只见她穿着大红色的旗袍，戴着防护口罩，因为不能让石崎看见她的真面目。她的眼中流露出一丝不安，真世心想，自己的神色大概也是如此。

"怎么样？"武史又问了一遍。

"工作准备是做好了，"真世说，"但还没有做好心理准备。"

武史皱起脸。"给我横下心。都做过充分的练习了，要相信自己。"

"话是这么说……"

"您也没问题吧？"武史对末永奈奈惠问道。

"我很不安，不过都走到这一步了，就不能慌。"

"就是要有这个干劲。"

真世看向一旁的全身镜，见里面映出穿着一身哥特风连衣裙的自己，瞬间心里发苦。她就要这副模样走到人前了吗？

要将末永奈奈惠的存款转移到末永久子的账户上，唯一的办法就是通过网上银行。不过这样一来，就必须用到放在久子房间里的优盾。怎样才能拿到它呢？武史想出的办法是利用养老院的秋日祭，作为魔术团队进入。

"这是唯一能让我们不被人怀疑的办法。如果你实在不愿意，就想个替代方案出来。"

武史虽然这么说，但真世实在想不出能与之抗衡的方案。况且末永奈奈惠也表示支持，她说这听起来很有意思，想做做看。

武史和石崎联系后，事情迅速推进，至此便不再有退路。周末，她们到武史租的工作室里疯狂练习。

敲门声响起，门开了，一名女工作人员探进头来。"神尾团队的各位，时间差不多了，你们准备好了吗？"

"我们随时都可以。"武史说着站起身，"那么，扑克女郎们，该登场了！哦，在那之前，别忘了戴上假面。"

听见武史的话，真世拿起了放在椅子上的假面。

他们走到侧台候场时，音乐声响起，这乐曲无论是谁听见都知道接下来的演出是一场魔术。真世今天才知道这首曲子叫《橄榄绿项链》，由女魔术师松旭斋在一九七五年前后开始使用，而后在日本魔术界流传开来。也就是说，这是魔术表演时的经典配乐，但从美国回来的武史说要用这首曲子，真世有些意外，这难道不会太平凡吗？

"真世完全不了解大众娱乐啊。不仅演出者要情绪高涨，还要让全场观众一起沸腾起来，所以背景音乐一定要选观众们耳熟能详的曲子。再说，这次的观众都是老人家，绝对不能弄晦涩难懂的东西。因此，只要《橄榄绿项链》一播放出来，不用说明，观众也能明白我们是魔术师，接下来要表演魔术。我才不会放着这么便利的道具不用呢。"

武史一副什么都知道的模样，真世也只能说着"哦，这样啊"附和他。

伴着经典的乐曲，真世他们走上舞台。说是舞台，但并没有设置高台。礼堂里摆放着折叠椅，供养老院的入住者们坐。

武史开始表演。首先是不断凭空变出花朵的魔术，待花积攒到一定数量，真世她们就接过制作成花束，送给观众们作为礼物。仔细看去，那些只是便宜的塑料花，但伴随着现场的气氛，观众们都很开心。

等到花都变完了，武史张开双手正对观众。

"Villa Concede 的各位，大家好。很感谢各位今天聚在这里观看我们的魔术表演，我是魔术师神尾武史。担任我的助手的，是扑克女郎'红心'和'钻石'。"

随着武史的介绍，真世和末永奈奈惠穿着华丽的衣服，展露着灿烂的笑容。她们各自戴着对应扑克牌"红桃"和"方块"形状的假面，如果没有这假面，估计会羞耻得难以忍受。"扑克女郎"的昵称也叫人难以置评，但武史充满自信地说"面对老年人，直给的就是最好的"，真世也无法反驳。

在热烈的掌声中，真世环视观众席，确认了末永久子坐在侧方。她是一位十分优雅的老妇人，白发梳成了漂亮的发髻。她的神情很安详，完全看不出如魔鬼般随心所欲操纵女儿人生的母亲模样。她做梦也想不到，现在戴着方块假面站在台上的女人，就是她的女儿。

而末永奈奈惠正笑着挥手，她不可能没有看到母亲的身影，表情却没有丝毫变化。

"各位，虽然时间短暂，但请享受这不可思议的魔术世界！"

伴随着武史的话音，《橄榄绿项链》的音乐声再次变得激昂。

表演完几个魔术后，武史说："接下来，我要邀请在座的观众一起参与。扑克女郎红心和钻石，请帮我挑选几位观众上台协助。"

真世向事先留意好的观众搭话，第三个便是末永久子。

"哎呀，我就算了。你去选别人吧。"

"请别推托，您一定要来。"真世劝说道。

"是啊，末永女士。机会难得，去参加吧。"

幸好周围的老人们也在推波助澜。终于，末永久子说着"那我只能从命了"，站起身来。

舞台上，武史已经准备好五个气球等待着。气球的颜色各不相同，有红、蓝、黄、黑、白。

"其中一个气球里放了今日箴言，"武史说，"哪位抽中了，就能获得精美的礼品。请各位按照排队的顺序，依次选择自己喜欢的颜色。"

排在最前面的老妇人说选红色，武史便拿起红色气球，用另一只手中的针扎破，气球里什么也没有。

"很遗憾，看来大奖不在这里。有请下一位。"

第二位男性选了白色。武史扎破气球，这一个也没有中。

第三位也是男性，他选了黄色的气球。第四位女性选了黑色的。然而，两个气球里都是空的。

到了排在最后的末永久子。这自然不是巧合，而是真世和末永奈奈惠暗示老人们选择的结果，但老人们并不会察觉。

末永久子没有选择气球，因为只剩下蓝色的了。

武史拿起蓝色气球，上下摇动，气球发出咔啦咔啦的清脆声响。"哦，看来这里面有东西哦。"他右手靠近气球，气球发出剧烈的破裂声，有什么东西从里面翩然飘落，似乎是折好的纸片。

"气球里放着这个。"武史拾起纸片，递给末永久子，"请您自己确认一下。"

末永久子展开纸片，随即睁大了眼睛。

"上面写着什么？"武史问，"请给在座的朋友们展示展示。"

末永久子将展开的纸片转向观众席。"剩下的是福分。"

观众席发出一阵欢呼声。

"大奖就在最后剩下的气球里，这果然和上面写的预言一样呢。恭喜您。可以告诉我您的名字吗？"

"嗯，我姓末永。"

"末永女士，祝您平安健康。也谢谢其他几位参与者，感谢你们的帮助。请大家掌声鼓励。"

在观众的掌声中，上台的老人们回到了各自的座位。

"哎呀，我忘了重要的事，必须给末永女士送礼物。扑克女郎钻石，把末永女士送回座位后，麻烦给她我们准备好的礼物。"

钻石，即末永奈奈惠陷入了困惑，她大概不知道礼物指的是什么，真世也没听说。只听武史接着说："礼物就是来自扑克女郎的按摩。钻石，给末永女士捏捏肩膀吧。"

"哈哈！"场内扬起欢笑声。末永久子也笑了。

"钻石，还愣着干吗？快，末永女士等着呢。"

听见武史催促，末永奈奈惠开始给末永久子捏肩。

"末永女士，感觉如何？"武史问。

"嗯，很舒服。"

"那就好。不过各位，'剩下的是福分'的意思是说，剩余的东西或人们留下来的东西里，有意想不到的福气，但它说的也可以是我们的人生。已经度过漫长人生的各位，你们有没有一刻曾觉得，接下来的人生只是残留下来的岁月呢？其实并非如此。在这残留下来的人生当中，也许正蕴含着一生最大的快乐。请各位期待那一天的到来，健康地度过每一天。"

武史的话语让会场掀起雷鸣般的掌声。

8

按下一〇〇九号房间的门铃，里面传来微弱的回应，门开了。末永久子探出小小的脸庞，看见真世她们，她"啊"了一声。"你是，嗯……"

"您好，刚才多谢您的协助。"真世微笑着打招呼，她还穿着扑克女郎的衣服。

末永久子的视线不安地游移着，但她的表情很快缓和下来。"你们是变魔术的人吧，刚才和穿黑衣服的男人一起登台了。"

"是的。演出您还开心吗？"

末永久子没有立刻回答，不好意思地皱起脸。"抱歉，是什么魔术来着？"

"气球……"

"啊，"末永久子拍了下手，"对、对，男人把漂亮的气球扎破，里面掉出来一封信，然后……"末永久子用手抵住脸颊，"然后发生了什么？"她似乎记不清了，也许她今天脑部的状态并不好。

"我们要给您送礼物，这会儿就是过来接您的。"

"接我？"

"是的，我们把礼物放在另一个地方了。钻石会带您过去，您方便吗？我在这里帮您看家。"

"是什么？你说的礼物。"

"您可以期待一下。"

"哎，会是什么呢？"末永久子开心地走出房间。

真世和戴着方块假面的末永奈奈惠对视一眼，她眨了两下眼睛。动作虽小，但看起来就像下定决心的信号。

目送两人离开后，真世走进房间。

房间的面积不大，布局充分考虑了功能性。短短的走廊也预留了足够的宽度，应该是考虑到入住者以后行动不便时的需求。

真世环视室内，没有多余的家具，一个衣柜解决了所有收纳。

电视旁边有一个小小的佛坛，上面摆着两个相框，其中一个里面放着末永奈奈惠的照片。

她对奈奈惠女士的存折一副毫不关心的样子，随意塞在佛坛的抽屉里——想起石崎的话，真世拉开佛坛的抽屉，存折果真放在里面。她又找了找，里面不仅有印章和银行卡，还有网上银行使用的优盾。

真世打开随身携带的笔记本电脑，登上了银行的网页，奈奈惠已经将登录密码告诉她了。完成所有操作后，她看了眼手表，从进入房间仅过了十分钟多一点。她给武史打电话，告诉他已经弄完了。

"辛苦了，干得漂亮。不过，先别联系奈奈惠。"

"为什么？"

"她们两个现在正在院内的花坛，并排看花呢。"听这口吻，武史应该正偷窥着二人的举动。

"所以呢？"

"这样的机会今后恐怕不会再有了。再等五六分钟。"

"知道了。"

挂断电话，真世从窗户向外看去，在花坛边找到了两人的身影。她们似乎正说着什么，声音自然传不到这里。

这样的机会今后恐怕不会再有了——她完全理解武史这句话的意思。那两人虽然是母女，但母亲并没有意识到女儿隐瞒了身份。

她看了眼时间，确认已经过了六分钟后，给末永奈奈惠打去电话。对方马上接起，应了声"是我"。

"我是神尾。这里的工作已经顺利完成。"

"我知道了，我们这就回去。"末永奈奈惠沉声回应。

真世站在房门口等待二人。她们很快回来了。末永久子"呵呵"地笑着，脖子上围着花卉图案的围巾。

"拿到了这个，我很开心。"末永久子用指尖抚着围巾，一脸满足地说。

"真漂亮，很适合您。"

"是吗？太好了。"

"末永女士，那我们就先告辞了。"末永奈奈惠说。

"啊，这样吗？真遗憾呢。下次再来玩呀。"

真世她们挥了挥手，迈开步子。真世用余光瞥了眼末永奈奈惠，虽然她仍戴着假面，但那双眼睛明显已变得通红。

9

奈奈惠回到家时，晚上八点刚过。神尾真世他们虽然邀请她去吃饭，但她以今天累了为由推辞了。她的确觉得身体很沉，也没有食欲。换上家居服后，她感觉全身脱力，倒进了沙发里。

这一天发生了很多事。她做梦也没想到有一天会成为魔术演出的助手。刚听说时她还以为是在开玩笑，神尾说明后，她明白这是解决问题的唯一办法。但说真心话，她也想跟久子见一面看看。当得知可以隐藏身份与久子见面，她心动了。

在养老院见到久子的身影时，她心中涌起了一些情绪。她也不知道这些感慨从何而来。

第一印象是母亲变小了。不知是不是因为腰弯了，有点驼背，她看起来小了一圈。变化最大的，是她的光环消失了。在奈奈惠心中埋下深深恐惧的压迫感，如今完全不见了。

在魔术表演时，她也无法将视线从久子身上移开。年迈的母亲和少女一样兴奋，脸上露出天真的表情。

她对神尾武史突然提出捏肩感到困惑。武史这段即兴发挥，应该是想让她与母亲能有最后的肢体接触。几十年没有触碰过母亲了，母亲的身体很瘦弱，似乎稍用点力气就会折断。

在神尾真世通过网银进行汇款操作时，奈奈惠把礼物送给了久子。那条花卉图案的围巾是奈奈惠挑选的。帮久子围上后，久子眼里闪烁着喜悦的光芒。她看起来并没有察觉到扑克女郎钻石就是她的女儿。

随后，两人在院内散步。久子说想去看花，有一处花坛她每天都能望见，两人便去了那里。

"在我出生的家，院子里也种了很多花哦，因为我妈妈喜欢。我也帮忙浇水和除草呢。"久子说。

"您和母亲关系很好吧。"

"嗯。不过，我不怎么有机会和妈妈玩。家里有祖母，爸爸的弟弟也和我们住在一起，妈妈必须照顾他们。而且我还有两个哥哥。妈妈从早到晚都得干活儿，简直就像所有人的仆人。也是因为这样，她很早就去世了。然后哥哥就跟我说，'久子你要快点长大，代替母亲'。我觉得做女人真惨啊。所以我就想，如果我有了女儿，我绝对不会让她也这么觉得。"

这些话奈奈惠是第一次听。她想，久子该不是看破了她的身份？她偷偷瞧着久子的表情，又觉得这不可能。

她们又聊了很多事。久子和奈奈惠记忆中的母亲简直判若两人。她变得率直又沉稳，也不再高高在上、看不起人。这大概是因为生病，但奈奈惠觉得久子原本的性格可能就是如此。有什么东西扭曲了久子的心，一想到这里，奈奈惠就对那样东西感到强烈的恨意。如果没有那样东西，她们母女的人生应该会成为和现在截然不同的样子。

不一会儿，神尾真世打来电话，告诉奈奈惠事情做好了。"差不多该回去了。"奈奈惠说着,向久子伸出手。

久子正蹲在地上,毫不犹豫地握住奈奈惠的手,然后说道:"哎呀,好软的手,还很温暖,真让人安心。"

"谢谢。"奈奈惠说。她拼尽全力才让声音不那么颤抖。

10

户仓昌夫是个中等身材、脸有些大的男人。他穿着一身合体的成品西装,年龄应该不到五十岁。他打开对方递来的存折,双眼圆睁。"五千万日元吗……"

"我们也是最近才发现的。"坂田香代子说,"您应该也看出来了,似乎是从末永奈奈惠女士的账户上通过网上银行转账的。一天一千万日元,连续五天。"

户仓半张着嘴抬起头。"是姑姑办的手续吗?"

坂田香代子歪了歪头。"我不清楚,但只能认为是这样。毕竟只有末永女士能办理这个手续。"

"她本人怎么说?"

"她说不记得了。"

"哎,怎么会……"户仓一脸无法释怀的样子,再次将目光投向存折。

他感到困惑也是正常的,旁听的石崎心想。说实话,石崎他们也认为末永久子并不会操作网上银行。即便只是登录,也需要进行多次验证。

有人替末永久子完成了手续,这是最妥当的猜想。那么会是谁呢？汇款时间是在秋日祭刚刚结束的时候，想到这里，石崎心中只有一个答案。然而，他无法将这个想象说出口，因为太过愚蠢了。那就相当于，死去的人在秋日祭当天来过这里。

"于是我们想跟您商量一件事。末永久子女士在不久的将来很可能会患上阿尔茨海默病。我们认为她没有能力管理如此巨额的财产，您能考虑使用成年人监护制度吗？"

听见坂田香代子的话，户仓瞪圆了眼睛。"成年人监护制度？"

"由家庭法庭选择支援者，代替逐渐丧失判断能力的人管理财产，并照顾他们生活的制度。这个支援者就叫作监护人。"

"他们会选择什么样的人呢？"

"具体不清楚，但会选择和当事人没有利害关系的人。一旦被选为监护人，存款的收支，以及作为监护人进行的工作等，都必须向家庭法庭汇报。当然不是无偿的，报酬根据工作的质量决定。"

"如果不这样做，会怎么样？"

"末永女士得了阿尔茨海默病之后，就没有人来管理她的财产了。可能有些人会瞄准末永女士没有判断能力，让她写委托书，将财产据为己有。"

户仓眉头紧蹙。"这可就糟了。"

"只要是好好管理财产的人，应该只会从存款中取出用于支付本院服务所需的费用。虽然这样说有些不严谨，但在末永女士的预期寿命中，这些存款是花不完的。剩余的钱就会直接转移到遗产继承人那里。"

户仓的神情突然变了，也许是想起了自己就是继承人。

察觉存折汇入巨款，坂田香代子当即提出成年人监护制度，且必须在末永久子确诊阿尔茨海默病之前做出行动。根据他们的调查，末永久子的两个哥哥都已经去世,二哥有一个儿子,就是户仓昌夫。在日本,四代以内的亲属都能够提出成年人监护制度。

"这样的话,让我考虑一下……"户仓挠了挠眉尾。

"这是最好的办法,拜托您了。"坂田香代子低下头,一旁的石崎也跟着鞠躬。

离开办公室,石崎向停车场走去,因为他想洗一洗许久未清理的面包车。途中,他不经意间看到了末永久子的身影,她正坐在花坛边的长椅上。最近,她经常待在那里。

石崎走近一看,末永久子正在打盹,脖子上围着花卉图案的围巾。

审查者

串讲者

1

真世到达目的地的店铺时，还不到下午两点。这家店位于大型写字楼一层宽阔的开放空间深处。描绘着优雅曲线的墙面上排布着玻璃窗，仿若一个别有韵味的大型装置。

这里是意大利高级家具品牌"Barbaroux"在东京的门店，重新装修后，上个月才刚刚开业，真世今天也是第一次来。之前熟悉的业务员调走了，所以她今天来，有一部分原因是想亲自打个招呼。

她正想着时间差不多了，只见一辆黑色商务车在眼前停了下来。拉门打开，一个男人下了车，他身高约一米八，身形挺拔，年龄在四十岁上下，白色衬衫外面穿着粗花呢西装外套，下身是一条牛仔裤——这副打扮，大腹便便的中年男人绝对模仿不来。

男人下车后，商务车向前缓缓驶离了。这不是出租车也不是网约车，车大概在某处候着，待他一声招呼便会立刻回到刚才的位置。也就是说，这是公司高管用车。

"让你久等了吗？"栗塚正章微笑着，大步向真世走来。

"没有，"真世微微摆手，"我也是刚到。很感谢您专程过来。"

栗塚将视线转向店门口。"就是这家店吧。"

"是的。希望能找到您心仪的商品。"

"不好说啊。我朋友经常说我的喜好很奇特。"栗塚苦笑着耸了耸肩。

穿过自动玻璃门,两人踏入店内。

宽敞的空间里,陈列着色调典雅的沙发和桌子。这个品牌的产品鲜有鲜艳缤纷的颜色,皆是以能够长期使用为前提设计的,透出沉稳的气质,非常重视如何才能让产品经久耐看。

真世的脑海中浮现出栗塚的家。如果摆上这里的家具,该搭配什么样的内部装潢呢?她虽然有了几个想法,但目前的材料还不足以支撑她确认其一。

电话是昨天早上打到真世任职的文光房地产装修部的,对方说正在考虑装修房子,想进一步商谈。上司接应后,指派真世前去,因为打来电话的人说"最好是女设计师"。

"房子在南青山,很值得期待,不是吗?"上司说着,眼中流露出"一定要拿下这单生意"的压迫感。这是由于近来他们没有完成什么大案子,部门的整体绩效岌岌可危。

离开公司前,她调查了房子的户型,确认上司的直觉是正确的。房子的面积超过一百平方米,虽然建筑年限有三十年,并不新,但刚由业内一流的公司完成了大规模修缮,在抗震结构方面也完全没有问题,资产价值十分可观。

房子的主人便是栗塚。他一个人住在这套两室一厅的房子里。

"我三年前买了这套二手房,不过那时没做什么。我经常去国外出差,一待就是很长时间,所以觉得自己家将就能住就好。不过,我接下来会在国内待一阵子,又仔细看了看这房子,结果发现很多不合心意的地方。比如装修,实在老土,对吧。"

真世对栗塚的话表示赞同。墙纸的设计确实很陈旧，照明能耗也很高，厨房的布局也不好。只是粗略一想，就能够提出很多方案。

栗塚说他尤其看重客厅。"因为我觉得在那里待的时间最多。其实我看上了一款沙发，想放在客厅里，我朋友家也是那款。不仅设计得很好看，坐起来也相当舒服。我就想，总得找个办法弄到手。"

栗塚把手机里的照片拿给真世看，画面上是一个在设计上将曲线之美发挥到极致的沙发。

"我查了一下，了解到它是一个叫'Barbaroux'的品牌的产品，可是我在最近的商品目录里没找到。"

"如果是Barbaroux，我还算熟悉，也有很多客人提出用他们家的商品。您要是方便，我们一起去展厅看看如何？就算没找到那款沙发，应该也会有氛围感相似的。"

"展厅？这想法倒是不错。"栗塚看起来颇有干劲，"我们什么时候去？"

对方过于快速的反应让真世有些慌张。"我随时都可以……"

"那明天如何？俗话说，好事不宜迟。"

"明天，我知道了。"真世慌忙打开工作笔记本。

于是，两人今天一同来到了这家门店。

"果然没有那款沙发……"粗略浏览了一圈店内，栗塚小声说。

"问问看吧。"

真世环视四周，想找店员询问，这时，一个女人向他们走来。看到对方的脸，真世吃了一惊，不禁"哎呀"一声，因为那是她的老熟人。

看来对方也认出了她，投来的微笑中带有几分惊讶的神色。"上午好。"

"嗯……你是美菜小姐吧？"

"是的。你是真世小姐……没错吧？老板的亲戚……"

"我是他侄女。哎，你在这里工作呀？"

"之前在横滨，上个月调过来的。"她从口袋中取出名片递来。

真世也慌忙打开包，取出名片。

对方的名片上写着"Barbaroux 东京 家居顾问 阵内美菜"。真世虽然从武史那里听说过她的各种八卦，但并不知道她的职业。

"你们认识？"栗塚问。

"是。"真世回答，"我叔叔在惠比寿经营一家酒吧，她是常客。"

"哦？"栗塚将目光投向阵内美菜，看起来颇有兴趣。

"真世，你是设计师呀？"阵内美菜看过名片，抬头说。

"我现在负责装修业务。今天带客户过来，是想看看沙发。"

"啊，原来如此。"阵内美菜将视线移向栗塚，"您想要找什么样的沙发呢？"

"其实他看中了一款。"真世点了点手机，调出之前那张沙发的照片给美菜看，"就是这个。"

阵内美菜认真凝视了一会儿画面，轻轻"啊"了一声。"请稍等。"她熟练地操作起刚才夹在腋下的平板电脑，随后一脸歉意地看向真世他们，"不好意思，这款商品三年前就停产了，现在应该已经没有了。"

"果然……"真世看向栗塚，"很遗憾，不过事情似乎就是这样。"

栗塚叹了口气。"既然不再产了，那也没办法。放弃吧。"

"这个系列没再出其他商品了吗？"真世向阵内美菜询问。

"如果是同系列，这里有。"在阵内美菜的带领下，真世他们往展厅更深处走去。

摆在那里的沙发乍一看和栗塚寻找的那款在氛围感上完全不同。不仅没有了标志性的曲线设计，观感也变得坚硬。

"这是同一个系列的？"栗塚似乎与真世的想法相同，露出难以置信的表情。

"有顾客反映，之前的设计，两个人并排坐有些挤。虽然也有不少顾客觉得之前的设计好，但总公司还是决定更新款式……"阵内美菜抱歉地说。

"这样啊。我一个人住，倒是没有两个人并排坐的情况。"看来，栗塚果然还是对之前的设计恋恋不舍。

"如果您喜欢曲线的设计，我们还有几款相似的商品，我带您看看吗？"

"嗯，看看吧。"

"您这边请。小心台阶。"

走在宽敞的店内，阵内美菜给真世和栗塚介绍了各种商品。她一边用平板电脑确认设计、材料和是否可以定制等各种信息，一边说明，洋溢着身为行家的自信气息。其中最引人注目的，还是她出众的相貌。出现在"TRAP HAND"时，她大部分时间都与男士相伴，而且每次的对象都不相同。虽然有人可能会说她生活放荡，但每次都能和不同的人约会，这本就是她自身魅力的印证。

走在店里时，一个看起来像欧美人的中年男子叫住阵内美菜，他手里拿着平板电脑，似乎要确认什么。阵内美菜微笑着回应，说出的英语着实流畅。她应该什么工作都能胜任吧，真世心想。可即便如此，她还是一门心思地投入相亲，希望找到一个有钱人结婚。人类真是一种不可思议的生物。

"这样就全部向二位介绍完了。"绕场一周后，阵内美菜说，"您有看中哪一款吗？"

"非常有参考性。"栗塚说，"有很多款式，我都看花眼了，说实话这会儿还有些迷茫。能给我点时间考虑一下吗？"他问真世。

"当然，您可以慢慢考虑。"

栗塚转向阵内美菜。"我第一次知道挑选家具原来这么有趣，多亏了你。太感谢了。"

"哪里，能帮到您就好。"

"我会好好考虑，尽快给您答复。"栗塚回过头，"神尾小姐，我们走吧？"

"好的。"真世应声后看向阵内美菜，"在'TRAP HAND'再见哦。"

"嗯。"阵内美菜放松了神情，点了点头。

走到店外，栗塚说："我度过了非常有意义的时间。"

"听您这么说，我觉得带您来也非常值得。"

"沙发很好，那位女士的接待也非常棒。我很羡慕她的丈夫。"

"丈夫？"真世盯着栗塚，眨了眨眼睛，"那个……您弄错了。"

"弄错？什么？"

"她没有丈夫，还是单身。"

"啊？"栗塚瞪圆了眼睛，"是吗？这么优秀的人竟然还是单身，我有些意外。"

"我听说她很想结婚……"

要不您追追她？——后半句话真世没说出口，毕竟对方是重要的客户，要是冷场就太荒唐了。

回过神时，商务车已经停在了路边。应该是栗塚叫来的。

"神尾小姐，我们再联系。"

"好的，在那之前我会准备好装修方案。"

"麻烦你了。"栗塚说着,向商务车走去。

待他坐进车内,拉门关上了。真世站在路边,目送汽车发动,渐渐开远。各种各样的装修方案在她的脑海中展开。栗塚之前告诉她,预算约三千万日元。这是久违的大单。不知道对方有没有和别的装修公司联系,但她已经下定决心,无论如何都要拿下这一单。

就在商务车转过弯消失不见时,她包里的手机响起来电铃声。看了眼屏幕,是刚刚告别的阵内美菜打来的。

2

打开入口的门,只见吧台最里侧坐着一名戴贝雷帽的男客人。店里似乎没有别的客人了。现在还不到八点,看来这会儿的生意就是如此了吧。

"晚上好。"真世打着招呼走进店内。

站在吧台后面的武史挑起一边眉毛。"你一个人?"

"我约了人。"真世说,"你肯定想不到是谁。"

"哦?男的?"

"错。"

武史"哼"了一声。"也是。"

"什么叫'也是'。"

"我没别的意思。所以,你喝什么?"

"波本威士忌加苏打水。"

"哪个牌子的威士忌?"

"嗯……杰克·丹尼吧。"

武史皱起眉。"你不是说要波本吗？"

"我是说了啊。"

"哈哈。"旁边传来干笑声，是戴贝雷帽的男客人。从鬓边的白发推断，他的年龄应该在六十岁上下。

"小姑娘，'杰克·丹尼'可不是波本威士忌哦，是田纳西威士忌。它的宣传语就是'不是苏格兰，不是波本，杰克·丹尼'。"男人将视线移向武史，"你去过田纳西演出吗？"

"去过纳什维尔几次。"

"嚯，真了不起啊。"

"您过奖了。"武史对男人点头，又转向真世，"'威凤凰'行吗？"

"可以。"

真世感觉一旁的男人大幅度地点着头。"这是真正的肯塔基纯波本威士忌。"

这老头怎么回事？真世在心中暗暗吐槽。之前没见过，但他好像知道武史曾在美国表演魔术。

武史刚把平底酒杯放到真世面前，就听到了开门的声音。

阵内美菜苦着脸走了进来。"不好意思，是我有事拜托你，竟然还迟到了……"

"别在意，只是我早到了一会儿。"

她们在电话里聊着聊着，就变成了朋友的口吻。聊天内容与工作全无关系。不，也不能说一点关系都没有……真世的脑海中浮现出栗塚正章的脸。

"的确是个令人意外的组合。"武史的视线在真世和阵内美菜之间游移。

"是吧？事情的经过，我下次再慢慢告诉你。"

"你倒也不必特意告诉我——喝点什么？"武史询问阵内美菜。

"嗯，来一杯雅柏的嗨棒。"

"好的。"

雅柏是风味独特的苏格兰威士忌。希望贝雷帽老头别再来指点了，真世心想，但他似乎没听见这里的对话，这次并没有插嘴。

"今天让你吓了一跳吧。"阵内美菜又提起了话头。她用的是敬语，想必是觉得自己年纪更轻。虽然没有相互确认过年龄，但真世觉得阵内美菜想得大概没错，心中难免生出几分懊恼。

"我们也托你的福，仔细看了各种款式的沙发。栗塚先生也很开心。"

"你这么说，我也很高兴。"

武史将平底酒杯放到阵内美菜面前。"需要来点小菜吗？"

"现在先不用。"真世说，"我们要说悄悄话，你别过来。"

"就算你不说，我也没有竖起耳朵偷听的癖好。"

武史走回贝雷帽老头面前。看着他的侧脸，真世只想说"骗子"。他要是对什么感兴趣，岂止会竖起耳朵，明明还会不辞辛劳地安装窃听器。

"我们先碰个杯吧？"阵内美菜拿起平底酒杯，"祝我们的生意都能进展顺利。"

"啊，好呀。"真世也端起酒杯。两个杯子相碰，发出一声脆响。

喝了口威士忌后，阵内美菜的眼神变得认真起来。"我想再确认一下，那位，的确是单身吧？"

"他确实说过自己一个人住。"真世答得慎重，"我想他很有可能是单身，感觉不像和妻子分居的样子，也不像有孩子。"

"他也说了，不会有两个人并排坐在沙发上的情况。"

"对。"真世表示同意。阵内美菜果然留意着对方的每一句话,而这句,大概触发了她找对象那根天线的信号吧。

"你听他提起过他从事什么工作吗?"

"这方面还没了解到。"真世摇了摇头,"不过,我认为他应该是在公司上班,因为他说之前经常去国外长期出差,而之后会在国内待一段时间。"

"去国外出差……"阵内美菜一副陷入沉思的表情,"他会不会有女朋友?"

"问题就在这里吧。如果他刚从国外回来,没有的可能性比较大。"真世扭过头,"至少从他家里,我没有察觉到女人的气息。"

阵内美菜的目光一下子亮了起来。"你去过他家?"

"去过啊。毕竟我是做装修的,要是不去他家里,怎么干活儿呢。"

"他家什么样?在哪儿?多大?"阵内美菜连珠炮般问道。

"在南青山,两室一厅,面积超过一百平方米。虽然建筑年限有三十年,但价值绝对不会低于两亿日元。"

阵内美菜无声地重复了一句"两亿日元"。"他装修大概会花多少钱?"

"这就要看他怎么装修了。栗塚先生说,软装另算,他的预算是两千五百万日元。"

"如果沙发和餐桌都用我们家的,最少也要两百万日元。"

"是啊,所以他的总预算应该在三千万日元左右。"

"三千万吗……"阵内美菜喝了口嗨棒,"他是做什么工作的呢……"

她认真思考的模样和在展厅见到的判若两人,那种沉着的感觉不见了,取而代之的是瞄准猎物的雌性猎豹的气质。

"我有一个很不错的情报。"真世说。

"什么？"

"栗塚先生对你，似乎也有意思哦。"

阵内美菜的脸上瞬间有了光彩。"真的吗？"

"因为他夸你了呀。"

真世原封不动地传达了栗塚的评价，阵内美菜却没有露出开心的表情，反而皱起了眉。"什么叫很意外我是单身？难道我看起来一副拖家带口的样子吗？"

"我觉得他不是这个意思，他是说他很羡慕'你的丈夫'。像你这么优秀的女性，竟然到现在还没有找到心仪的对象，这一点让他很意外。"

"是吗……"阵内美菜歪了歪头，但看起来心情不错。

一声"多谢款待"传入真世耳中，只见贝雷帽老头站起身。

"欢迎您再次光临。"武史应道。

贝雷帽老头看向真世，说了句"我先走了"。真世沉默地点头回应。

"你们认识？"阵内美菜小声询问。

"完全不。"真世回答。

待贝雷帽老头走出去，阵内美菜说："那个客人两周前也来过。我感觉他一直在窥视我们的动静，所以留意到了。"

"我们是指？"

"哎呀……"阵内美菜有些难为情，"我和……那时候一起的男人。"

"哦……你那时候在约会呀？"

"不是约会，是审查。"在阵内美菜口中，那次着实出人意料，

239

她略显遗憾地说:"对方自称外科医生。我们是在相亲APP上认识的，他约我，我们就一起去吃了饭，吃完我就把他带到这里来了，当然是为了让老板帮忙确认。就在那男的去上厕所的时候，老板告诉我，他是冒牌医生，让我及时止损。我吓了一跳，毕竟我事先在厚生劳动省的主页上确认过有他的名字，是正经注册过的医生，年龄也相符。"

"他的手段确实巧妙。"武史似乎听到了她们的对话，"应该是查了和他年龄相仿的医生的名字，盗用了对方的身份。"

"你怎么知道他是假冒的？"

"这也没什么大不了的，我只是和他随便聊了几句十五年前在国外流行的传染病。说到当时的厚生劳动大臣是谁，他却不记得了。但这不应该啊，十五年前，正是他取得医生执照那年，那么他的执照上就会大大地写着那位厚生劳动大臣的名字。如果他是医生本人，不可能不记得。"

"这样啊⋯⋯"

骗人是这位前魔术师的拿手好戏，识破他人的谎言也是他的看家本领。真世非常理解阵内美菜为什么会如此信赖他。

"你和那个男人已经分手了吧？"真世问阵内美菜。

"那不叫分手，我和他根本没开始交往。当然，自那以后我们就没再联系过了。"

"那就好。"

大概就是因为发生过那样的事，阵内美菜才会越来越在意栗塚吧。

"目前为止，我能提供的情报就是这些。"真世拿起平底酒杯，"毕竟，我和栗塚先生也是昨天才第一次见面。"

"真的很感谢，非常有参考性。"阵内美菜在胸前双手合十。

"那你打算怎么做？如果想和栗塚先生联系，我可以帮忙。"

阵内美菜略做思考后，摇了摇头。"不，我先不采取行动。也许还有见面的机会。"

"也是。如果栗塚先生决定买 Barbaroux 的沙发，我也会再请他到展厅去。"

"祈祷事情能如预期。"阵内美菜喝光了杯中的嗨棒，"我也先告辞了。"

"哎？你要走了？再喝一会儿呀。"

"我接下来有英语课，要是喝得醉醺醺的，太不合适了。"阵内美菜从钱包里抽出一张万元纸币，"这个我先放这里。"

"太多啦。"

"是我约的你，该付的。再说，你也给了我宝贵的情报。——老板，再见，我会再来叨扰的。"

"多谢惠顾。"武史回应道。

目送阵内美菜离开后，真世听见武史说："看来她近期会带一个新对象过来。"

"说着没有竖起耳朵偷听的癖好，你果然还是听了。"

"你们的声音都传过来了，我想不听也难。难道还要我戴个耳塞吗？"

"算了。你怎么看？"

"这回看起来是个靠谱的人。"

"因为不是从那些交友相亲渠道认识的，而是我的客户。不过正因如此，难度或许也很高。"

武史歪了歪头。"怎么说？"

"他到了这个年纪还是单身，或许对结婚根本没兴趣。要不然就是离过婚,所以有所忌惮。如果是这样,就算美菜出手,也不是那么简单能够成功的。"

"嗯……这样的话就没事了,"武史微微抽动鼻子,"这方面无须担心。"

"你怎么知道?明明连栗塚先生的面都没见过。"

"稍微想想就能明白。那个男人说以为美菜已婚,是在撒谎。如果他那么在意,应该会去看她的左手。那里是否戴了戒指呢,他不可能不去确认。"

这么说来确实如此,真世被说服了。"那他为什么要那么说?"

"这还用问?因为他想表现出对美菜的好感。接着果然按照他的计划,这份心思现在已经传达给美菜了,通过想要扮演丘比特的三十岁设计师。"武史指着真世。

"你是说他在利用我?"

"别一副不情愿的表情,你不也乐在其中吗?"

"那是因为我觉得能撮合他们俩也是一件好事……"

"让我期待一下美菜会带个什么样的男人过来。希望这回是一位良人。陪她审查,我也渐渐有点累了。"武史打开黑啤的瓶塞,直接对嘴喝了起来。

<h1 style="text-align:center">3</h1>

这对迈入老年的夫妇所询问的内容,是约十五年前购买的沙发是否可以更换沙发套。"当然可以。"美菜回答。她用平板电脑成功查到了购买记录,虽然沙发是老款,已经停产了,但沙发套仍然可

以制作新的。

"那我们就拜托他们吧?"丈夫和妻子交换过眼神后,看向美菜,"虽然也考虑过重新买一个沙发,但还有预算方面的问题。还是说,如果全换成新沙发套,费用也和买新沙发差不多?"

"应该不会的。我给您算一下大概费用吧。"

美菜操作起计算器,结果显示,如果是布艺沙发套,一百万日元左右就能搞定。如果是新买一个差不多款式的沙发,费用将超过两百万日元。听完美菜的说明,夫妇二人下定了决心。

请他们选好沙发套的材质和颜色后,美菜生成订单,两人的脸上浮现出满意的笑容。看他们的穿着打扮,这对夫妇一定过着富裕的生活。虽然同样是退休,但他们有别于只靠养老金生活的普通人。做了这份工作以后,美菜重新认识到一件事——真正的名流是不会炫富的。所以即使沙发用旧了,他们也会通过更换沙发套来解决问题。这也是十分合理的办法。

这对夫妇是如何积累财富的呢?如果他们有孩子,那孩子现在几岁了呢?他们会不会跟她说"我家孩子还是单身,您要不要跟他见一面"呢?美菜沉浸在种种妄想中,订单的生成也花了些时间。确认信息无误后,她将订单递给夫妇二人。

"谢谢。"道过谢,他们离开了店铺。美菜站在门口目送他们的背影远去,叹了口气。现实果然不会如妄想中的那样。

就在这时,她看见一辆商务车停在路边,后门打开,一名男子下了车。看到对方的脸,她吃了一惊。是栗塚。他径直向这边走来。

美菜听见自己擂鼓般的心跳声,调整了一下呼吸。昨天,他在神尾真世的带领下来到店里,今天,他又一个人过来,这意味着什么?各种可能性在美菜的脑海中轮番出现,而她已经慌乱得无法厘清思绪。

在这期间,栗塚已经穿过自动门进来了。也许是见到美菜就站在眼前,他略显意外,神情带有几分惊讶,随即露出笑容。"哎呀,昨天多谢了。"

"欢迎光临,栗塚先生。之后您考虑得如何?"

"不好意思,沙发还需要给我些时间。等我整理好想法,会再和神尾小姐一起到店里来的。我可不能不顾及她的意见。"

"这样呀,我了解了。"

"您现在应该在想,'那你究竟干什么来了',对吧?其实,我是来找您的。"栗塚从上衣内袋取出手机,"我能邀请您共进午餐吗?如果您不愿意,直接告诉我就好,我不会再来打扰。不过,如果您觉得有那么一丝可能性,就请用这部手机输入您的电话号码并拨出去,我会非常感激的。"

美菜惊讶地看向栗塚。"……午餐吗?"

"我不是那种自信心十足的家伙,一上来就有勇气约晚餐。"栗塚眯起眼睛,"您意下如何?我有个朋友在麻布十番经营一家西餐厅,那儿的炸肉排堪称一绝。"

被这么一说,美菜突然也想尝尝了,况且她没有什么理由拒绝这份邀请。"我很荣幸。"说着,她接过手机。

当晚,美菜刚回到家,便有电话打了过来。"机会难得,我有些忍不住了。"栗塚说。接着,他便询问美菜下周三是否方便。他大概是查到周三是 Barbaroux 的店休日,才会约在那一天。

美菜正打算说"我有空",话到嘴边又咽了回去,因为她心里有了一个计划。"不好意思,那天白天我有安排了。"

"啊,是吗?真遗憾。那,嗯……"

"那个，"美菜说，"我晚上有空。"

"哎？晚上？"略微停顿后，栗塚问，"我可以约您吗？"

"我说啦，我晚上有空。"

"那我们就这样定吧！"栗塚的声调高昂起来，"一起吃晚餐！"

定好时间和地点后，他们结束了通话。美菜的脸颊微微发烫，她已经好久没有过这样的心情了。每次和在相亲APP或网站上认识的对象联系，她心中总有难以打消的疑虑，也提不起劲头。

她看了眼日历，周三该穿哪件衣服呢？她开始思考起各种事情来。

获得目前这份工作时，她觉得机会来了。只有收入达到相当水平的人，才会萌生购买高级沙发的想法。换言之，她期待遇到理想结婚对象的概率会大幅提升。

然而开始工作后，她很快意识到这份期待落空了。来到店里的客人几乎没有单身男士。基本上都是女客人，即使有男人，也是和妻子一起或者已经有对象了。想想也是，单身男士几乎没有什么购买高级沙发的需求。

她无计可施，只好通过网络寻找姻缘，却一直没有找到"就是他了"的那个人。她知道是她的要求太高了。年收入最低两千万日元，年龄差在十五岁以内——仅这两条，就筛选掉了大部分人。但并非完全没有符合条件的人，她也和其中几人见过面。然而，详细一聊就会发现，他们基本都谎报了自己的年收入。"过去曾经赚到两千万日元""目标是两千万日元"，这样说的都还算好的，甚至还有家伙直言"我也没想到竟然有女人会相信这种自己填的东西"。

不只是年收入，连履历都全盘造假的人也不在少数。两周前见面的那个自称外科医生的男人就是其中之一。再之前，她还遇到过假装青年企业家的男人，企图骗她喝下危险又诡异的药。那时是"TRAP HAND"的老板神尾帮助了她。自那以来，她便一直依赖于神尾的眼力。如果没有遇到他，她不知道自己会被骗多少次。

就在她觉得再这样下去，就要对人性产生怀疑的时候，栗塚出现了。她不禁祈祷，希望这一次幸运女神可以真正地对她微笑。

4

麻布十番的那家西餐厅位于一处狭窄的坡道中间，是一家由民居改建而成的小店。如果不是栗塚事先给她发来地图，她可能根本找不到这里。

走进店内，她看见栗塚坐在靠里侧的桌边。看见美菜，栗塚站起身。他穿着合身的夹克，内搭一件黑色的针织衫。

"今天谢谢您来。"栗塚郑重地说。

"哪里，我很荣幸。"

"阵内小姐，您能喝酒吧？方便的话，我们喝香槟，怎么样？"

"好，喝一杯吧。"

栗塚唤来服务员，点了两杯香槟。

"您经常来这家店吗？"

"说不上经常，一年会来几次。带国外的客户来，他们都很开心。"

"您从事的是什么工作？"美菜问出了今天最想知道的问题。

栗塚从上衣内口袋里取出名片，上面印着一个美菜完全不知道的企业名称。他的职位是专务董事。

"您是不是觉得这是一家不靠谱的公司？"栗塚偷瞄着她的表情。

"没这回事。"她慌忙摇头。

"一般人不知道也很正常，简单来说是和电脑相关的。"

"互联网公司？"

"啊，是的。"栗塚露出一口白牙。

"具体工作内容，跟我说了我应该也听不明白吧，太复杂了。"

"嗯，这样说吧，您听过'元宇宙'这个词吗？"

"元宇宙……这个词我倒是经常看到。"

"说白了就是在网络上搭建的虚拟空间。戴上特制的眼镜，体验虚拟现实世界，您在电视上看到过吗？"

"啊，这么说来，"美菜点点头，拍了拍手，"3D游戏用的就是这个吧。"

"那也是元宇宙的一种。目前我们公司正投入元宇宙的商业化运作当中，比如虚拟商店。顾客可以在假想的空间中访问店铺，自由浏览陈列其中的商品。要是有不明白的地方，也可以问店员。店员则是实际店员的虚拟形象，也就是在假想空间中的分身。这样一来，人们就没有必要专门跑到很远的地方去买东西了。"

"哎，听起来很有趣。"

"还能做旅游观光，就是在假想空间中再现世界各地的城市和风景名胜。不仅能够让人们轻松出行，费用也比实际旅行便宜，病人和残疾人也能环游世界。我们现在正在和航空公司共同推进研发。"

"很棒啊！"美菜率直地说出感想。

"还有无数种灵活的商业用途，我们确信，元宇宙是一项极具未来前景的技术。"

"我们"这一说法，展现着他作为企业引领者的自信。

服务员端来了香槟。

"今天就请多多关照了。"栗塚举起酒杯。

"嗯。"美菜也举起杯子,喝了一口。是一款香气四溢、适口性高的香槟,又或许是雀跃的心情让她产生了错觉?

"您有什么忌口吗?"翻开菜单,栗塚问,"相反,如果您有什么非常想要一试的东西,也请告诉我。"

"我没什么忌口,菜品就听您安排。"

"我知道了。"

栗塚再次唤来服务员,开始点餐。他点了芹汁渍章鱼、蒜香烤节瓜花、卷心菜卷和炸肉排。

"吃完这些如果还能吃点别的,我们就再点一份红烩牛肉饭。"栗塚合上菜单,递给服务员。他的一言一行都给人一种并非临阵磨枪的从容。

知道了他的职业,今天的最终目的便达成了。公司介绍之类的,等回家后再上主页慢慢了解就好。接下来必须确认的是资产、经历,以及家族构成。

"栗塚先生,您有什么兴趣爱好吗?"

只见栗塚的脸微微皱起。"这是我最不擅长的问题。"

"这样吗?为什么呢?"

"因为我没有什么值得一提的兴趣。虽然我尝试过很多,但并没有痴迷到可以称之为兴趣的程度。比如打高尔夫,我是有信心能够打出看得过去的分数,但要是问我喜不喜欢,也说不上。至少我从来没有主动邀约过,这样就不能说是兴趣,对吧?"

"那您休息的时候都是怎么过的?"

栗塚小声"嗯——"了一声。"看是什么日子吧,有时会去看电影,有时也会在房间里读书……但无论是看电影还是读书，都称不上是兴趣啊。"

"休长假的时候呢？夏天会去避暑胜地的别墅之类的？"

美菜的问题让栗塚扑哧一声笑了出来。"我可没有什么别墅。经常有人劝我买一栋，但我觉得毫无意义。"

"为什么？"

"放着也是浪费，不是吗？充其量一年过去住几次，我不了解为此花费几千万甚至几亿的人是怎么想的。用这些钱去住酒店，再高级的酒店，也想住多久就住多久。"说完，栗塚像是突然意识到了什么，"阵内小姐，难道您对别墅有什么憧憬吗？如果是的话，那我失言了。"

"没有。"美菜轻轻摆了摆手，"因为来 Barbaroux 的客人大部分都有别墅，我就想栗塚先生您会不会也是如此。我对别墅没有什么特别的憧憬，也觉得您说得很有道理。"

"那就好。"栗塚露出安心的笑容。

在短暂的交谈中，美菜又达成了一个目标。从栗塚的口吻推测，他具有购买别墅的财力。

开始上菜了，首先是芹汁渍章鱼。这道菜十分爽口，配上香槟美味极了。等到下一道蒜香烤节瓜花端上来的时候，美菜的杯子已经空了。

"接下来喝点什么？"栗塚立刻问道，"一会儿还有卷心菜卷和炸肉排。喝点低度数的红酒？"

"您来定就好。"

栗塚也很擅长拿捏女性的喜好。这样的人物，迄今为止交往过的女人不会只有一两个吧。不过，只要他不花心，这一点倒可以算作优点。

卷心菜卷的味道很柔和，和红酒十分相配。但她可不能沉迷于美食。

"栗塚先生，您是哪里人？"

"札幌。我来东京上大学，之后就在这里工作了。"

"在现在的公司？"

栗塚摇摇头。"一家通信公司。后来和在那里认识的伙伴一起独立出来，成立了现在这家公司。大概是在十年前。"

所以才年纪轻轻就是专务了，美菜心想。

炸肉排上桌了。肉质鲜嫩，酱汁散发着市井美食的香气。不知不觉间，她喝红酒的速度变快了，但这可不是能喝醉的场合。

"您会回札幌吗？"

"一年一到两次吧。我父母还在。"

"您父母做什么工作？"

"我父亲还拖着年迈的身子骨坚持做牙医。我劝过他差不多就退休，但他说只要还有来找他的病人，他就会一直做下去。"

父亲经营诊所，说明栗塚从小经济条件就很优越。

"您有兄弟姐妹吗？"

"我有个姐姐，嫁进在北海道开和果子店的人家。"

"这样啊。"

有一个小姑子也是没办法的事，而且对方已经结婚了，应该不会有什么问题。再说，想到双亲的养老问题，有个能分担责任的人反倒令人感激。

栗塚偷偷笑了起来。

"怎么了？"美菜问。

"抱歉。我只是好奇您的调查结果,您会如何评价我呢。"

"啊……不好意思。"美菜拿着刀叉微微低下头,看来她的目的已经暴露了。

"您没必要道歉。我觉得就应该这么做,甚至您的这份兴趣对我来说是一种荣幸。所以阵内小姐,现在轮到我来问您,可以吗?"

美菜盯着对方的脸,身体僵住了。"嗯,请。什么问题都可以……"

栗塚露出苦笑。"您别这么紧张。先从家乡开始吧,您的家乡是哪里呢?"

"我出生在神户。"

"哦?"栗塚噘起嘴,"您的口音一点也听不出来。"

"因为爸爸的工作,我们在很多地方都住过。虽然出生在神户,但我已经记不得了。"

"您父母现在在哪里?"

"爸爸已经去世了。妈妈和哥哥嫂嫂住在多伦多。"

"在加拿大?"栗塚睁大眼睛。

"哥哥因为工作外派到那里时,交了加拿大女朋友,结婚之后就办了永居。他爱好观鸟,所以住在那里再好不过了。"

"真不错。那能告诉我您的兴趣吗?"

"……兴趣?其实我也没有能称得上是兴趣的事情。硬要说的话,应该是做饭吧,不过并不擅长,只是喜欢而已。"

兴趣是做饭,这称得上是男人听到后最开心的回答了。她去上料理课,就是为了说出这句话。

"那很好啊。不过不好意思,我大概没法陪你一起了。说到料理,我比较擅长吃。"说着,栗塚将最后一小块炸肉排放进嘴里。

"这也很好呀，我也很喜欢吃。"

"真希望能找出一个共同的兴趣。如果有一个能聊得起来的话题，吃饭的时候也会更有滋味。"

"我同意，不过，什么样的兴趣好呢？"

"得是两个人能一起做的，运动或者游戏、陶艺之类的？不，得找个更容易上手的。对音乐我们有各自的品位，要不一起鉴赏电影？……但我刚才已经坦白看电影不是我的兴趣了。"

听着栗塚喃喃自语，美菜的脑海中闪过一个想法。"戏剧怎么样？"

"戏剧？"

"去剧场，看音乐剧什么的。"

栗塚放下刀叉，瞬间挺直了脊背。"这我倒是没想到啊。"

"不好吗？"

"没有。"栗塚摇了摇头，"只是有些出乎意料，我脑子里完全没有概念。不过，也许可以试试。戏剧吗……说起来，之前我们讨论过在元宇宙里加入舞台剧的创想。虽然剧场和影像都是架空的世界，但剧场又和影像不一样，观众能够进入其中，以临时参与的方式成为演员。这与用户以虚拟形象参与的元宇宙很相似。嗯，这个不错。阵内小姐，您喜欢戏剧吗？"

"偶尔会去看。"

"那下次请务必叫上我。我去查一查接下来在哪里有什么演出。"

"拜托您了。如果您也喜欢，就太好了。"

"您真是提了个好主意。"栗塚竖起大拇指。

吃完一份炸肉排，她已经很饱了。虽然很想尝尝红烩牛肉饭，但还是放弃了。甜点也不吃了。

"接下来有什么安排？您看起来有些累了，今晚咱们就到这里也没关系。"结完账，栗塚问道。

"我不累。如果您愿意，能再陪我去一家店吗？惠比寿有一家很不错的酒吧。"

"是您跟神尾小姐聊天时提起的那家店吧？我当然愿意相陪。"栗塚的语气听起来很开心。

虽然美菜之前就觉得对方应该不会拒绝，但还是现在才安下心来。她将午餐改为晚餐，就是因为想把栗塚带到"TRAP HAND"。

来到店里，并不见其他客人，武史正在吧台内擦拭玻璃杯。看见美菜他们，他笑着说"欢迎光临"。

"这位是老板神尾，真世的叔叔。"美菜向栗塚介绍神尾，又向神尾说明了栗塚是真世的客户。两人互道"幸会"，表情都一下子放松下来。

美菜向神尾使了个眼色，这个信号表示请求对方像以往一样帮忙审查。神尾的表情虽然没有变化，但他对此已经心领神会。

"那么，两位决定好喝什么了吗？"神尾问道。

"我要一杯雅柏的嗨棒。"

"那我也要相同的。"

"好的。"神尾点头。

"栗塚先生，您有车吗？"美菜抛出了新的问题。为了让神尾判断栗塚是不是真的上流人士，必须尽可能多地搜集材料。

"我没有。出行不是坐公共交通就是打车，或者用公司的车。因为在某种程度上，是允许我们公车私用的。"

"您自己不开车吗？"

"我有驾照，但很少自己开。要找停车的地方太麻烦了，我觉得很浪费时间。再说，我也害怕发生事故。"

神尾说着"久等了"，将装有嗨棒的平底酒杯放到美菜他们面前。

"而且，"栗塚将手伸向酒杯，"如果开车出来，就没法喝酒了。"

"是啊。"美菜也微笑着拿起酒杯，心想，这真是当下青年企业家的做派，即使跻身上流，对车什么的也没有兴趣。

之后，他们又聊起了学生时代热衷的运动。栗塚说他直到高中都一直在打网球。大学时则将精力投入到了志愿活动中。关于这一点，他还说："坦白讲，这就是为了应对求职，因为我听说只要在面试中说自己参与过志愿活动，就能加分。这大概是某种都市传说吧。"

喝了两杯嗨棒后，美菜去了洗手间。除了上厕所，她还有另一个目的，就是用手机搜索栗塚的公司。

官网做得很新潮，符合她对互联网公司的印象。主营业务里有"元宇宙"几个字，内容有些复杂，美菜看不懂，但觉得这家公司的事业蒸蒸日上。公司据概要所述，和栗塚说的一样，成立于十年前。

美菜回到座位，栗塚说着"我也失陪一下"，站起身，身影消失在洗手间。

"老板，"美菜小声唤神尾，"你怎么看？"

闻言，神尾蹙起眉，沉默着小幅度摇了摇头。

"啊？不行吗？为什么？"

"真世应该会感到困扰。"

"真世吗？为什么？"

"真世为他房子的装修想了各种方案，但现在估计得从零开始重新构思了——从面向单身男士的，改为面向新婚夫妇的。"

"咦？您的意思是……"美菜的脸颊渐渐发热。

神尾脸上浮现出意味深长的笑容。"你做到了。他是真的有钱人。你去厕所的时候，他拿出手机确认了日程。他明天要接受短期住院体检，地点是一家会员制的高级医疗机构，光年费应该就要数十万日元。而晚上，他似乎要和航空公司的董事开会。"

"航空公司……说起来，他也提到了这件事。"

"他是一位大忙人。即便如此，他还是抽出时间来和你约会，可以说是很有希望了。这是一条不可多得的大鱼，可别叫他跑了。"

"我知道了。"美菜盯着神尾的眼睛回答。

5

大幕再次拉开，登上舞台的是扮演女主角的演员。在星空背景下，她跳着舞、唱着歌，歌词内容表达的是内心的迷茫。在英国乡村做教师的她，如今面临着选择。是跟心爱的恋人一起去美国，还是留下来与仰慕她的学生们一起生活？在她的学生当中，有一名患有眼疾的女孩，如果没有女主角的帮助，女孩连日常生活都很困难。而明天，终于到了出发的日子。她将在英国南安普顿港和恋人见面。轮船会从那里出发，驶向美国。而那艘船，就是泰坦尼克号。

这是一个经过精心打磨的剧本。观众知道这艘举世闻名的豪华客轮将会沉没，但舞台上登场的人们却对此一无所知。因此，每一位观众的心都被牵动着，感到焦躁难安。

结果，女主角并没有去港口。得知泰坦尼克号的事故后，她非常惊愕。这件事带来的冲击在她心中留下长久的阴霾。虽然在人生的分岔路口做出了重大的决断，但她一直无法判断这个选择是对是错。捡回了一条命，因此我选对了——她无法这样想。

约三个半小时的舞台剧结束了，美菜和栗塚被人潮拥着走出剧场时，已经过了晚上八点。

"我看得挺开心的，"栗塚的脸上带着些许潮红，"很满足。"

"还蛮有意思的，对吧？"

"我们换个地方，慢慢聊一聊吧。"

他们来到位于银座的餐吧吃饭。栗塚提前预约过这家店。

"剧情最后的发展让我很意外，"栗塚单手拿着红酒杯说，"没想到她的恋人竟然还活着。还好没将心爱的人卷进来——他全靠这个想法支撑，这里着实感人。"

"我对神父的话印象深刻。他说，没有乘上泰坦尼克号的人，可能会觉得捡回了一条命。但是，如果乘船的不是这些人，船长的判断也会发生变化，也许事故就不会发生。这段台词让我心底一惊，重新思考起人生中每一次选择的意义。如果选择了不同的道路，又会如何呢？谁也不知道答案。"

"那段台词确实醍醐灌顶。这样高难度的故事，用一般的手法来讲述可行不通。真的很精彩，演员们的演技也很好。"

"演技啊，"美菜说着歪起头，"这怎么说呢……"

栗塚一脸意外地眨了眨眼。"你不满意吗？"

"你不觉得女主角的演技有点太夸张了吗？看了上半场的剧情展开，可以预想到下半场应该会有情感张力巨大的场面。这种情况下，前面演的时候应该收着点情感，这样比较好吧？果然，到了结尾处，我感觉观众都有些疲劳，紧张感也削弱了。"

"啊……"栗塚凝望着美菜，露出同意的表情，"这么说来确实是。即便是我，到了下半场也感觉神经有点麻痹了。哎，不愧是你呀，和我的观点完全不是一个等级的。"

"抱歉，自以为是地说了这么多。"

"没有，我受教了。"

两人走出餐吧时，已经是晚上十点半。"我送你。"栗塚说。今晚他应该想到此为止了。

"没事，送到这里就可以。今晚谢谢啦，我很开心。"

"我也是。我还能再约你吗？"

"当然。我等你。"

见一辆空出租车驶来，栗塚抬起手拦下。美菜坐进车内，向他挥手。

"去惠比寿。"待出租车启动后，她告诉司机。

拉开"TRAP HAND"的门，吧台边坐着两名客人，靠里的那个戴贝雷帽的男人，之前和神尾真世来的时候他也在。坐在外侧的是一个四十岁上下的女人，美菜没有见过。他们之间隔了几个座位，她应该不是那个男人的朋友。

"欢迎光临。"神尾招呼道，"你一个人？"

"直到刚才，还跟他一起。我们去看戏剧了。"

"怎么样？"

"是个还算不错的舞台，不会令人觉得无聊。"

神尾投来意味深长的目光。"我问的是审查的结果。你跟他见面的目的就是这个吧？"

"结果基本上已经出来了。我认为和老板你几天前说的差不多。"

257

神尾凑过脸来。"是真的吧?"

"毫无争议。"

神尾用力点了点头。"我有一支珍藏的格拉帕,今晚我请客。"

"那我一定要尝尝。"

神尾转过身时,入口的门开了,进来的是神尾真世。看到美菜,她露出一副既惊又喜的表情,走上前来。"一个人?"

"是的。"

"我也一个人。酒会在这说早不早说晚不晚的时间结束了。"

"那正好,我有事想向你汇报。"

"是关于栗塚先生的吗?"

美菜缓缓点了点头,神尾真世瞪大了眼睛。

"如果是这件事,可得给我展开讲讲。啊,等等,我先去一下洗手间。——叔叔,虽然不知道美菜点了什么,但给我一杯一样的。"她丢下这句话,便走向了洗手间。

神尾故意拉下脸,咂了一下舌,说道:"一进来就直奔厕所,真是没品的家伙。至少先找个座位坐下。"

"哎呀,她这样也好,不是吗?"

"必须请那家伙喝格拉帕吗?我真是不情愿。"

很快,洗手间的门开了,神尾真世走了出来。与此同时,入口的门也开了,有人进来,两人眼看就要撞到一起。

然而下一个瞬间,美菜差点发出惊叫,因为来人戴着黑色面罩。

"Freeze!"蒙面男大声喊道,这句英语的意思是"不许动"。男人接着说:"别出声,不听话就杀了你们。[①]"

[①] 楷体字表示该句对话使用的是英文。下同。

看见他手中握着的刀，美菜寒毛直立。

男人抓住站在身边的神尾真世的手腕，一把将她拽到身前，把刀架到她的脖子上。她神情僵硬，却没有发出声音。

"冷静，"神尾朝男人伸出右手，"我们谈谈看，你的目的是什么？"他用流畅的英语问道，声音虽然变尖了一点，但语气还算平稳，必定是考虑到不能刺激对方。

男人转向神尾。"把钱拿出来！"

"钱当然可以给你，你不要冲动。"神尾从下方拿出手提式保险箱，放到吧台上，"这个给你。"

"打开。"男人说。

神尾打开保险箱的盖子，能看见里面放着好几张万元纸币。

"拿来。"男人命令神尾真世。她将手伸向保险箱，身体不停颤抖着。

"好了，你的目的达到了吧？放了她。"神尾说。

蒙面男摇头。"这个女人我要带走，否则我一出去，你们就会报警，等我平安逃脱后，我会把她放了。如果在那之前我发觉有警察在追我，我就杀了她。"

"我们不会报警的，也不会通知任何人。我保证。所以把她放了。"

"不行！我不相信你的话。"蒙面男继续用刀尖抵着神尾真世的脖子，一步步向后撤。神尾真世脸色惨白。

在这紧迫的局面中，美菜突然被一种奇妙的感觉击中，不知为何，她似乎感到血液开始沸腾。虽然她的头脑清晰地知道此刻不应该动，必须保持现状，但一股莫名的冲动仍然涌了出来。

"Wait!"美菜发出了声音，她说"等一下"。她也不知道为什么会这样做。

看见蒙面男将目光转向自己,美菜全身都仿佛冻住了,她怎么也无法说出下一句话。为什么要发出声音呢?尽管后悔,但已经太迟了。

然而,嘴巴不由自主地动了起来。"放了她,我代替她跟你走。"

你在说什么?——她在心中自问,你的脑子出什么问题了吗?

"不行。"她突然听见一句日语,是神尾,他站在吧台内侧摇了摇头。"你安静待着,我不想刺激到他。"

"你们在说什么?"蒙面男大声喊道,"用英语说!"

"我说我代替她跟你走。"美菜从高脚椅上起身,走近男人。

"等一下,你别过来!"男人伸手制止,"把你的包给我!"

美菜将目光投向自己的单肩包。"这个吗?"

"对,就是那个包。就这样,慢慢递过来。老实点!"

听见男人的话,美菜意识到从刚才开始就一直让她觉得不对劲的是什么,也明白了她为什么会有奇怪的反应。

该不会是……想到一半,她又觉得应该不会发生那种事。

"你在干什么?快点!"蒙面男怒声道。

美菜伸出右手,慢慢拿起单肩包,朝男人走去。

"到此为止吧,放了她。"

"你说什么?"

美菜瞪着男人,肾上腺素飙升,全身的血液都沸腾起来。即便如此,她的头脑还保有一丝清醒。为什么会发生这种事?她完全不明所以,但本能驱使着她去做现在必须做的事。

"我是 MPD 调查员阵内。"美菜对男人说,"这个包里有枪。请你放弃抵抗。"

"MPD"是"Metropolitan Police Department",即"警视厅"的

260

缩写。她在脑中一边思考着一边说。

神尾震惊地看向美菜。他听得懂英语，此刻大概并不明白美菜为什么会说出这种话。而即使是美菜，也没有自信能够不露出马脚。

"别撒谎了！"男人叫喊道。

"不信的话，来试试看？你要是伤到她一丝一毫，我就扣下扳机。"美菜留心着保持冷静的语调。

"退回去，别再靠过来了！"

"我说放了她，这也是为你好。只要在我把枪拿出来之前，报告书上想怎么写就怎么写，我可以写这只是一个恶劣的玩笑。一旦我拿出枪，就不是这么回事了。日本的警察是不会轻易拔枪的，就像武士不会轻易拔刀一样。只要拿出枪，就必须写一份长长的报告陈述相应理由。我就只能写，因为面前有一名持刀男子试图伤害女性。这样你就成了罪犯。伤人未遂？糟糕一点可能被判杀人未遂吧？无论你去哪里，警察都会追着你不放。所以，你怎么选？对我来说都没什么差别哦。"平常用不到的英语单词从她嘴里流畅地冒出。当然，这是有原因的。

蒙面男转动着眼珠，不安的氛围笼罩着他。

男人用力推开神尾真世，只听她发出一声微弱的呻吟，男人已经拉开门，飞奔而出。

神尾拿出手机，大概是打算报警。就在他有所动作之前，有人说了句"请等一下"，是坐在里侧的贝雷帽男。不知为何，他带着满脸笑容转向美菜，接着举起双手，啪啪拍了起来，他越拍越快，最后变成了鼓掌。

不仅是他，第一次来店里的女客人也拍起了手。

"什么啊？到底发生了什么？"神尾声音颤抖着问。美菜从没见过他如此无措的样子。

贝雷帽男停止了鼓掌,换上认真的表情,深深鞠了一躬。"我先道歉。非常抱歉,阵内小姐,还有神尾老板,给你们添麻烦了。最应该说抱歉的,是老板的侄女,对不起。"

"你为什么要道歉,究竟怎么回事?"神尾再次问道。

"我不知道应该从哪里开始说明,但先揭晓谜底吧。今晚的强盗事件是假的。戴面罩的男人是我雇来的演员。"

"演员?"神尾皱起眉,仍是无法接受的样子。

美菜却并非完全没有想到。事情进展到一半时,她就察觉有些奇怪。

"这是我的真实身份。"贝雷帽男取出名片,递给美菜和神尾,上面写着"KABUTO Agency 董事长 制作人 大濑逸郎"。

美菜吃了一惊。她对"KABUTO Agency"这个名字有些眼熟,与此同时,她想起自己曾与这个人见过面。

"你在纽约的工作室……"

"看来你已经想起来了。好久不见,自那以后已经过去三年了。"

"你为什么会在这里?"

"我回国半是休假半是工作。来到这家店也是碰巧。我听说是之前在美国的舞台上活跃的魔术师开的,纯粹因为感兴趣,就找过来了。然后偶然碰到了你,虽然你似乎一点都没有察觉。"

"不好意思,我完全忘记了。"

"这也是自然。你是被观看的一方,而我是观看的一方,立场不同。"

"打扰二位说话,"神尾插嘴道,"可以说得详细些,让我这种局外人也明白吗?"

"失礼了。"大濑微微缩了缩下巴,"我在美国从事戏剧相关工作,经常负责亚裔艺人的选角。三年前,在做一部新的音乐剧的企划时,我受人所托找一位日本女演员,而且对方希望尽量找未成名的。于是我发动人脉,找到几人参加选拔,最终选出三人,征求导演的意见,决定好了角色人选。但我另有中意的候选人,那位女演员的演技虽然还不够细腻,但她身上有一种能打动人心的东西,而最具魅力的,还是她让人无法预测的表演。我非常想在某部戏中用她。没过多久,机会就来了。读了剧本,她与我对角色的印象完全吻合,我甚至觉得没有选拔和试镜的必要了。我想立刻和她见面,但怎么都联系不上她,她似乎已经回日本了。无奈之下,我只好找了别的演员,但心里一直放不下。就在我时隔许久回到日本时,竟然在意想不到的地方见到了那位女演员,也就是你,阵内美菜小姐。"

听了大濑的话,美菜想起几周前,和那个自称外科医生的男人见面的晚上。原来她感受到的视线并不是错觉。

"美菜小姐,你在美国做过演员?"神尾问。

"只是形式上,可以说是自认为演员。"美菜无力地笑了笑,"我基本没有接到过有名字的角色。我下定决心要挑战到二十五岁,如果还没做出成绩,就承认自己不是这块料,放弃这行回日本。"

"别这么轻易对自己绝望,"大濑认真看着美菜,"美国有无限的机会。"

"我知道,但是机会只有一个,却有数千倍的人想要抓住它。"

"千倍而已,不能被吓倒。"大濑把手伸进上衣内侧的口袋,取出了什么。是一张照片。看见那张照片,美菜呼吸一滞。那是她三年前参加选拔时提交的照片。"这时候的你应该是天不怕地不怕的吧。"

"我做不到，"美菜摇着头，"所以我回来了。但你为什么要对我做这种事？"

"终于进入正题了。"大濑收好照片后走近美菜，瞪大了眼睛，"其实，我这里有一个大企划，需要一位日本女性扮演一个很重要的角色，由我担任选角。我很苦恼，究竟找谁好呢？在这里见到你，我突然有了主意。没有比你更适合的人选了。"

"我？怎么可能……"美菜感到惊讶，显得有些不知所措，"我已经好多年没演过戏了。"

"我知道。无论多么锋利的刀刃，不勤于磨炼，都会生锈。所以有测试的必要。"

"测试……"

"就是刚才的强盗事件。蒙面男突然持刀闯入，挟持人质。我想确认你在这样的情况下，会做出什么样的反应。不过，我并非只想看你面对突发状况时的临场反应能力。在刚才的过程中，你已经察觉到了我设置的圈套，不是吗？"

"我觉得不太对劲。毕竟，我之前经历过相似的情况，蒙面男的台词也完全相同……"

"是那时吧？"大濑激动地说，"三年前你参加选拔时演的，就是刚才的情节。蒙面强盗突然闯进巷子里的小饮食店，挟持人质索取钱财，你都想起来了。"

"我不会忘记的，但是我的头脑一片混乱，我觉得现实中不可能发生跟戏里完全相同的场景。在分不清这究竟是现实还是演戏的情况下，身体不由自主地做出了反应，台词未经思考抢先说出了口。"

"实在精彩。对于舞台上的演员，除了演技，我们还要求具备种种素养。在我看来，其中最重要的，就是即便面对突发状况，也能当即应对的胆魄和判断力。在那般紧迫的事态中，我对你完成演绎的胆识表示敬意。你的刀刃一点也没有生锈，对此，我可以做出保证。也就是说，你通过了测试。"大濑将一只手抵在胸口，凝视着美菜，"所以我想拜托你，请你和我一起去美国，可以吗？我想让你和导演们见面，我想推荐你。"

突如其来的邀约让美菜几乎目眩。这是梦？幻觉？还是演出仍在继续？如果是这样，她接下来又该做出什么样的演绎才好呢——

"请等一下。"神尾说，"也就是说，你为了测试美菜小姐是否具有出演的能力，策划了这一出闹剧吗？"

"我很抵触闹剧这种说法。算了，可以这么说吧。我很抱歉，没有事先和你商量。为了追求逼真的效果，这也没办法。"

"开什么玩笑，"神尾少见地变了脸色，"你在我的店里都做了些什么？刚才那个扮演罪犯的演员，拿的刀可是真的。如果有人受伤，你打算怎么办？最坏的情况，可是会被勒令停业的。"

"我没有想到会将你侄女卷进来，本来是安排了她作为人质的。"大濑指了指那个中年女人，"但你侄女撞上了扮演罪犯的演员，从那名演员的角度来说，如果不挟持近在眼前的人作为人质，会显得不自然。坦白说，我也很焦虑。"

神尾歪着嘴，仰了一下头。"什么？你要是事先跟我商量一下，明明可以有更好的办法。"

"对不起。我刚才也说了，我很注重逼真的效果。"

"不影响你那逼真效果的做法，要多少有多少。"神尾一脸懊悔，长吁一口气，"不过，你怎么知道美菜小姐今晚会过来？"

美菜也感到难以置信。

"很简单,只需要不辞辛苦地等待机会,她总有一天会过来的。"

"也就是说,"神尾说着看向美菜,"你一直在监视她的行动吗?"

"我没有别的办法了,而且也有接受这类委托的专业人士。"

美菜心下一惊。"侦探吗?一直在监视我?"

"为了达成目的,有时候需要不择手段。不过,我无意侵犯你的隐私,做这些只是为了掌握你的行踪。但你今晚约会的安排,给了我勇气,让我明白你依然没有失去对戏剧的兴趣。"

美菜从对方脸上转开视线。"我去看戏剧,并不是因为对舞台还有留恋。"

"但你也没有回避它,这一点很重要。怎么样,阵内小姐,你可以跟我一起去美国吗?"

"你突然这么说,我也……我已经在一个完全不同的世界里生活,找到了新的归宿,现在还谈什么演戏呢……"

"当然,我不是让你立刻给出回答。我会等你一个星期。这是你的人生,请慎重考虑。不过,我只想先说一句。刚才也说过,美国有无限的机会,但机会是不会留给不去挑战的人的。"大濑的话在店里回响,回声渐渐消失。"告辞。"他说着,从钱包里取出一张万元纸币,放到吧台上,"我们先走了。期待有一个好的答复。"他和中年女人交换眼神后,两人一起走了出去。

目送他们离开后,美菜依然呆站在原地。她的脑海中掀起了狂风暴雨。一切都被搅乱了,她无法厘清思绪。"老板,"她唤道,声音十分微弱,"你觉得我应该怎么做?"

"呼——"神尾长长地吐出一口气,"只有你自己可以做出决定。"他说的话再恰当不过,但也正因如此,听起来十分冷淡。"不过,"

他继续道，"如果从我的经验来说，日本人想要在美国的演艺界取得成功，是极为困难的。即使一时崭露头角，也许第二天所有的聚光灯就都消失了。那个世界就是这样的。"

"是啊……"

"而且你不是终于找到了吗？通过了审查的男人。"神尾向她投来笑容。

"嗯，是啊。"美菜也放松了表情，她竟然马虎到忘了栗塚。

"格拉帕，请用。"神尾将盛有透明液体的玻璃杯放到美菜面前。

在将玻璃杯送到嘴边之前，美菜看了眼神尾真世，只见她浑身无力地靠在吧台角落，一副失神的模样，似乎还没有从震惊中缓过来。

"喂。"神尾对她喊道。

"呃啊……"神尾真世发出一声轻吟。

"你那是什么声音？振作点。给，能鼓励人的药，你也喝点。"神尾将盛着格拉帕的玻璃杯抵在了她的脸颊上。

6

她正在对新款沙发进行说明，眼前这位年长女顾客的表情却越来越不妙。

"你听清楚我说的话了吗？布的比较好，我刚才说了吧。明明都说了，你为什么还故意给我介绍皮的？虽然皮的价格是比较贵，但我也有我的考量啊。"

"啊，非常抱歉，是我疏忽了。如果是布艺沙发，请往这边。"

美菜慌忙将对方领到其他区域，但女顾客的心情越发糟糕了。"什么啊，这不是矮沙发吗？这种东西我怎么可能放在办公区的接待室啊？你是把我当傻瓜吗？"

"不，绝对没有……对不起，是我考虑不周。是要放在办公区的接待室吗？那么，嗯……皮制的……"

"布的，我要说多少次你才能明白？"

也许是听到了女顾客怒气冲冲的话，楼层经理走了过来。"您好，发生了什么事呢？"

"我没什么好说的，你们就不能找些靠谱点的员工吗？"

"如果她唐突了您，我向您道歉。之后我会让她注意的。那么，我来为您介绍吧。"楼层经理回头看向美菜，小声说，"回办公室去。"美菜对顾客鞠了个躬，离开了。

她一边走，一边感到沮丧。接待工作做得如此糟糕，被训斥也是正常的。她完全无法集中精神去工作。她知道这是为什么，大濑的话一直盘旋在她的脑海中。

再次远渡重洋去美国，向成为演员发起挑战，这完全出乎她的意料。她已经和那个与她无缘的世界切割开来，但心还是被扰乱了，这让她焦躁不安。好不容易封印起来的东西，又被强行撬开，她为此憎恨起大濑。

美菜的心飞到了遥远的过去。因为父亲调职，她从八岁起便在美国生活。最初因为语言吃了些苦头，但习惯之后，她交到了朋友，每天都过得很开心。

那次冲击性的相遇，发生在她十岁的时候，父母带她去看百老汇音乐剧。大幕一拉开，她的心就被紧紧抓住了。她被那些歌曲和音乐折服，为演员们的演技感动，陶醉于华丽的世界。她知道了原来有这样一种艺术,能够带给人们如此幸福的心情,等她回过神来,已经泪流满面。

她稚嫩的心中产生了一个坚定的信念,对于她来说,这就是命中注定的地方,总有一天,她会再次回到这里。她相信这就是命运。

父母很反对,因为在演艺界取得成功非常难,更何况是少数族裔。母亲和她说:"百老汇并不是只演《西贡小姐》这一部戏。"父亲则说:"歌剧《蝴蝶夫人》也是洋人演的。"

即便如此,她还是无法舍弃梦想,但在她十五岁的时候,全家要回到日本去了。美菜坚持要留下来,而她的想法自然没有被采纳。

她在日本上完高中,升学进入日本的大学。在这期间,她的内心一直十分矛盾。日本的生活并不坏,她不会被当作少数族裔对待,日子过得比她想象中的更加舒适。不过,她对演戏的热情仍没有消退。她加入了几个小剧团,学习表演。虽然没能站上大舞台,但她体会到了表演带来的快乐。很快,她心中便定下去美国登上演员生涯顶峰的目标。

在即将年满二十岁那年的冬天,她决定最后一搏。她从大学退学,去了美国,像离家出走一样。

她一边打各种零工,一边朝着演员的道路迈进。她参加了数不清的选拔,却很少能够接到正经的角色。即使偶尔接到有台词的角色,也基本是出于政治方面的原因,或是作为增强多样性的一环才被录用。

二十五岁时,她最后一次接受选拔,那是前所未有的重要角色——女主角的朋友、司机兼保镖。试镜时选取的场景是她们在旅途中遭遇暴徒袭击,但依靠胆识和机智化解险境。没错,就是在"TRAP HAND"里重现的那场对手戏。

在那次选拔中落败后,她下定决心就此结束,第二天便踏上了回国的旅程。

自那以后过了三年,她本以为已经把这一切都忘记了——

消息提示音将美菜从回忆中拽回了现实,她慌忙取出手机。是栗塚发来的消息:"今晚,可以见面吗?"

他们约定的地点是位于日本桥的一家法式餐厅。在门口报上栗塚的名字后,服务员带她到了包间。

"不好意思,突然把你叫出来。"栗塚低下头道歉。

"没关系。反倒是栗塚先生,你不忙吗?"

"我的事情还是很多。我并不是因为闲下来才找你的,而是无论如何都想跟你见一面,为此努力挤出了时间。"栗塚的语气比往常生硬。

"有什么急事吗?"

"急事……这么说也不太准确。哎,先享用美食吧。"栗塚唤来服务员。

他们用香槟干杯后,开始吃饭。第一道菜是用马鲛鱼做的渍菜。

"我上网查了查我们前几天看的演出,"栗塚开启了话头,"吓了一跳。看到知名评论家的评论,发现他指出的地方和你完全相同,说女演员的演技收放不得要领,令人遗憾,如果上半场她能更收着点演,效果会更好。我在心中感叹,你真厉害,对于戏剧的审美可以媲美专家了。"

"这……只是碰巧。"

一上来就聊戏剧吗?美菜心里感到忧郁,这是她目前不想提及的话题。

"我坦白哦,看戏期间,我时不时望向你的侧脸。我没有什么特别的用意，只是因为喜欢的女人就坐在身旁，想要看她也是正常的吧？"栗塚毫不羞涩地说，"我也在期待你察觉到我的视线，然后转过来呢。但你的目光被牢牢钉在了舞台上。"

"对不起，我完全没察觉。"

栗塚笑着摇了摇头。"你没有道歉的必要。反倒是我该反省，如果要把戏剧当作兴趣，就必须做到那样全神贯注啊。"

"那我们找些别的兴趣吧？"

听见美菜的提议，栗塚说着"怎么突然这么说"，睁大了眼睛。"好不容易开始了，我还想进一步学习学习。我们下次去看音乐剧吧？根据我查到的，日本的剧团将上演好几部百老汇的作品呢。你看过吗？"

"没有，在日本没看过。"

听见美菜的回答，栗塚挑起眉。"你在当地看过？"

"小时候看过几次……很久以前了。"她觉得自己说了多余的话，心中一阵懊悔。

"是吗？你喜欢哪一部？"

"这……"美菜歪了歪头，"我刚才也说了，是很久以前的事了，所以已经记不太清了……硬要说的话……《芝加哥》吧。"

"啊，《芝加哥》是吗？"栗塚操作起手机，"是这个吧？"话音刚落，爵士名曲开始流淌。

伴着乐曲，美菜的眼前浮现出美妙的舞蹈。当她得知主演是日本人时，天知道她有多么忌妒。

栗塚点了点手机，乐曲声停止了。"这首曲子的确很棒。"

美菜拿起玻璃杯，让香槟流进喉咙，试图以此挥去脑海中浮现的画面。

"我也去过纽约好几次,却很遗憾没去看音乐剧。其实有一次有机会去看,有人送了票给我,但我没有一起去的伙伴,最后把票转送给了别人。据说是一部很有名的作品。"

"那部作品叫什么?"

"叫什么来着……我记得名字是'摩门'什么的。"

美菜的脑海中有一团小小的火花在迸发。"《摩门经》?"

"啊,应该就是这个。"

"你把这部剧的门票转送给了别人?"美菜不自觉提高了声调。

"啊……不行吗?"

"你知道我为了抢到一张票,得费多大的劲吗……"她发觉语气中带有的热切,干咳了一声,"不好意思……"

栗塚直直地盯着她。"你果然是个不折不扣的戏剧迷。"

"我觉得并不能这么说……"她想是时候换个话题了,"对了,你去纽约是旅游吗?"

"是工作。我已经记不清多少年没去旅游过了。所以即便是国内,也有很多地方是我没去过的。"

"那札幌呢?你没有回家的计划吗?"

"札幌……"栗塚的表情不知为何严肃起来,"这个话题我本打算过会儿再提。"

"为什么?"

"其实,我下周打算回去,因为有件事想要当面告诉父母。不过,我还不确定能否告诉他们,如果不行的话,我就不回去了。"

美菜一脸莫名地歪起头。

栗塚缓缓取出一样东西,放到美菜面前。是一个方盒。看到它的瞬间,美菜心跳加速。盒子里放着什么,一看就能明白。

"打开看看。"栗塚说。

美菜小心翼翼地伸出胳膊,将盒子拿到手中。掀开盖子时,她的手指都在打战。

一枚镶嵌着大钻石的戒指出现在眼前,戒圈上密密地排布着一颗颗小钻石。

"我就直说了,你能考虑跟我结婚吗?"

面对这过于直接的提问,美菜感到轻微眼花。

她是多么期待这一天的到来啊。只要想象被理想对象求婚的瞬间,她的目光就会变得光彩熠熠。放弃在美国追求演员梦的时候,她也是想着,这是让自己获得幸福的唯一方法,就这样活到了现在。

"你不必今天就回答我。"栗塚一脸认真地说,"不过,能早一刻,对我来说都帮了大忙。我刚才说过,我打算下周回家。"

"我知道了。应该不会让你等那么久的。"

其实她已经有了主意,无法马上回答的样子只不过是在演戏。

"这样吗?那戒指就先由我保管吧。其实,这是从珠宝店特地借来的,等知道你戴多大的,我再正式下单。"

"谢谢。"美菜说着合上盖子,将盒子还给栗塚。

"再点一杯香槟吗?我想和你再干一次杯。"

"嗯,赞同。"

"我们聊回旅游的话题吧。"栗塚说,"你有什么想去的地方吗?"

"很多啊……栗塚先生呢?如果不考虑工作,你有想去的地方吗?"

"怎么说呢……有个地方我想跟你一起去,那就是百老汇。"

"啊……"美菜露出苦笑。怎么又绕回这个话题了。

"应该很棒吧,两个人一起漫步在时代广场璀璨的夜色中,向着百老汇走去。很快,剧场一个接一个出现在眼前。你喜欢的剧是《芝加哥》吧,那我们就去买那场最好的座位。进入剧场后,观众席上排列着高级的椅子。我们慢慢走下台阶,走向特等席。坐到座位上后,我们抬头看向舞台,等待大幕拉开。"

栗塚的描述勾起了美菜的回忆,华丽的景象在她脑海中复苏。承载着梦想与憧憬的百老汇,她不知去过多少次。

"然后,大幕缓缓拉开。舞台上究竟会呈现怎样的表演,现在的我们尚未可知。但毫无疑问,那将是最棒的表演。音乐也一定充满魅力。我们沉浸其中,忘却了时间。"

不仅是充满魅力,美菜在心底反驳,开场的曲子可是著名的 *All That Jazz*。灯光下,女演员们表演着打磨到极致的舞蹈。编舞经过精妙设计,每一个动作都饱含深意,掠夺了观众的呼吸,攫住了他们的视线——

"不对……"美菜喃喃自语。

"哎,什么?"栗塚问道,"怎么了吗?"

"不对。"美菜重复道,"我该待的地方才不是观众席。"

7

真世走进"TRAP HAND"时,武史正拿着手机打电话。

"……这样吗?这是最重要的……嗯,我当然会期待。你做事应该不需要别人操心,但我还是在心里祝愿你取得成功……好的,我们再联系。"结束通话,武史冷冷地看向真世,"来得真早啊,还没到七点呢。"

"我和栗塚先生约好了见面,他说有急事想跟我说。我猜应该是装修的事吧,但也说不好。"

武史耸了耸肩,一副不感兴趣的样子。"谁知道呢。"

"说起栗塚先生,你听说美菜的事了吗?她去美国了。"

"我知道。我刚才就在和她打电话。"武史说着,挥了挥手机,"她好像已经找好住的地方了。今天就马上开始声乐训练。"

"这样啊。真叫人没想到,我看她和栗塚先生似乎相处得很顺利,还以为她会拒绝去美国的邀请。"

武史对此并未回应,面不改色地确认起柜子里的酒。感觉自己似乎被无视了,真世的火气一下子蹿起。

这时,入口的门开了,栗塚带着和气的笑容走了进来。"哎呀,两位好。"

真世从高脚椅上起身。"我在等您。"

"传言的主角登场了。"武史说。

真世转过头,瞪了武史一眼。"你别多嘴。"

"什么呀?你们说的传言是什么?"栗塚坐上高脚椅。

"没什么,您不用在意。"真世慌忙挤出微笑。

"该不会……"栗塚舔了舔嘴唇继续说,"是我被甩的事?被阵内美菜小姐。"

真世的呼吸一滞,用手捂住嘴。

栗塚轻声笑了。"看来我猜对了。"他说着,抬头看武史,"你还没揭露谜底吧?"

"我想还是得先等你小子来。"

"原来如此。"

听着两人的对话，真世蹙起眉头。揭露什么谜底？武史对栗塚使用"你小子"这个称呼，也叫人在意。

"说什么呢？什么意思？"真世来回看着两人。

武史抱起双臂，俯身看着真世。"前几天在这里上演的那场戏，你肯定还记得吧？你被蒙面男威胁，失了神，但记忆应该没有飞走吧？"

"当然不可能忘记啊！"真世噘起嘴，"而且，我可没有失神，只是愣住了。那场戏怎么了？"

"其实我之前就知道大濑逸郎是坐镇美国的制作人。我在那边工作的时候，跟他见过几次面。他之所以会到店里来，也是因为当时结下的缘分。"

"果然是这样。我第一次在这里见到他，就有这种感觉。不过，你们演戏的时候可不是这么说的。"

"情况有些复杂，我现在和你说明白吧。那天晚上大濑说的话基本都是事实。在店里认出美菜后，他无论如何都想把她带回美国，让她和导演见面。于是，他理所当然地来和我商量。最开始我以为他只是半开玩笑，但他实在太认真了，以至于我无法将他的话当作耳旁风。我说'我明白了，会尽可能帮忙'，他便提出演那场戏。结果如真世你所知道的那样，圆满成功，因为大濑确认了美菜的魅力依旧不减。虽然这对突然出现的你来说，大概像一次整蛊。"

"别说得这么轻巧。我可是遭到重创，留下心理阴影了。"

现在看到刀具，她还会下意识地闭上眼睛。

"我想你那时也听见了，本来应该是另一位女性扮演人质的。角色分配突然发生了变化，据说扮演强盗的演员也很心焦。我也提心吊胆的，不知道事情会如何进展。"

"是吗？当时叔叔你的表现，可是一副不知道这是在演戏的样子呢。为什么？"

"这是有原因的，因为对美菜的测试没有结束。"

"什么意思？"

"大濑来找我商量的时候，我提醒过他，想让美菜回到剧场，有一个巨大的阻碍。真世，你应该也知道我指的是什么。"

真世只能想到一个人。"难道是……嫁入豪门？"

"没错。她嫁入豪门的愿望不是说着玩的。大濑听说后，也觉得这是个问题。还以为找个有钱的男人结婚就能抓住幸福，有这种陈腐思想的女人，是无法在美国严酷的演艺界生存下去的。于是就来到了第二道测试，看清嫁入豪门和重新做回演员，哪条路才是她的选择。"

"嫁入豪门之路？"真世说着看向身旁，发觉栗塚正在不停窃笑，"啊？不会吧……"

"就是这么意想不到。"栗塚低头致歉，"终于说到我了。"

"您对美菜的心动和喜欢，也是演的吗？"

"确实是。骗了你，我很抱歉。"

"哎？不过，栗塚先生，您跟美菜是在我带您参观Barbaroux时……"说到这里，真世心下一惊，"不对，我们会去Barbaroux，是因为您想要找一款心仪的沙发。所以……"她缓缓将目光移向栗塚，"难道这场戏，是从您打电话给我们公司，说想装修那里开始的？"

"对不起。"栗塚再次低头致歉，"我心里也不好受。"

"怎么这样……"真世说不出话来。

"你别责怪他。"武史在一旁说,"他之前是演员,只是受大濑所托,按照指示行动罢了。而且想出剧情大纲的是我,之所以想到利用你,是因为如果是从相亲APP上认识的对象,需要多费很多心思才能取得美菜的信任。在这一点上,熟人介绍的对象,会自带安心感。"

真世将双手撑到吧台上,怒视武史。"既然这样,你一开始就明明白白告诉我不好吗?我会很乐意地帮忙的啊!"

"也许是吧。不过这样一来,就会产生一个巨大的不确定因素,"武史伸出食指,"真世的演技。"

"你真没礼貌!就算是我,也是会演戏的——"

"美菜可是戏剧专家。"武史冷静地说,"如果她察觉到你的言行不自然,计划就泡汤了。所以还是不告诉你为好。"

"那装修房子的事……"

"假的。"武史立刻回答。

"那套房子是我调去海外工作的朋友的。我在电话里向他说明了情况,他同意借我用。不过你别悲观,他回国后如果有装修的想法,会跟我联系的。"

"什么啊!我还以为这是难得的大单呢。"真世用手撑住脸颊,转向栗塚,"不过,如果美菜选了嫁入豪门的道路,你们打算怎么办?"

"不,神尾先生说不会有这种可能……"

真世抬眼看向武史。"你怎么能下这种定论?"

"你只要一直观察美菜的举动就能明白,她虽然说自己是在审查男人,但她审查的其实是她自己未来的模样。如果不是将来的她,而是现在的她能够得到正当评价,她一定会抓住那个机会。"

仔细琢磨一下这句话，真世问道："你的意思是，她并不抗拒成为被审查的对象？"

"如果有自信，就应该如此。现在可不是审查男人的时候，尤其是像她那样有才华的女性。"说着，武史啪地打了个响指。

下一个瞬间，他的指尖夹着一张照片。是阵内美菜的试镜照。

图书在版编目（CIP）数据

觉醒者们 /（日）东野圭吾著 ; 朱文曦译. -- 海口 :
南海出版公司, 2025. 5. -- ISBN 978-7-5735-1131-7

Ⅰ. I313.45

中国国家版本馆CIP数据核字第20254YD332号

著作权合同登记号　图字：30-2025-013

Black Showman and the Awakening Women
©Keigo Higashino, 2024
All rights reserved.
Original Japanese edition published by Kobunsha Co., Ltd.
Publishing rights for Simplified Chinese character arranged with Kobunsha Co.,
Ltd. through KODANSHA CO., LTD., Tokyo and KODANSHA BEIJING
CULTURE LTD. Beijing, China.

觉醒者们
〔日〕东野圭吾　著
朱文曦　译

出　　版	南海出版公司　（0898）66568511
	海口市海秀中路51号星华大厦五楼　邮编 570206
发　　行	新经典发行有限公司
	电话（010）68423599　邮箱 editor@readinglife.com
经　　销	新华书店
责任编辑	倪莎莎
特邀编辑	陈梓莹　刘羽悦
营销编辑	王书传　刘治禹
装帧设计	韩　笑
内文制作	王春雪
印　　刷	山东韵杰文化科技有限公司
开　　本	850毫米×1168毫米　1/32
印　　张	9
字　　数	209千
版　　次	2025年5月第1版
印　　次	2025年5月第1次印刷
书　　号	ISBN 978-7-5735-1131-7
定　　价	59.00元

版权所有，侵权必究
如有印装质量问题，请发邮件至 zhiliang@readinglife.com